ANDREAS PITTLER

Kärntner Hochzeit

BIS DASS DER TOD SIE SCHEIDET Neuer Einsatz für Obiltschnig und Popatnig. Ein Kollege aus Villach bittet sie, sich eines merkwürdigen Falles anzunehmen. Unter mysteriösen Umständen kam in der Draustadt eine Frau ums Leben, die erst kurz zuvor geheiratet hat. Ihre Freundinnen verdächtigen Vito, den italienischen Ehemann, des Mordes an seiner Gattin. Tatsächlich stoßen die beiden Polizisten bald auf einige Ungereimtheiten, doch Beweise lassen sich zumindest vorerst nicht finden. Obiltschnig und Popatnig tappen im Dunklen. Des Ungemachs nicht genug, erschüttert auch noch eine Einbruchserie das schöne Villach, und die Kärntner Polizei gerät mehr und mehr unter Druck. Während Obiltschnig eifrig Fakten sammelt, ist sein Kollege Popatnig abgelenkt. Er hat sich doch tatsächlich verliebt, eine völlig neue Erfahrung für den Ferlacher Gigolo. Die Ermittlungen werden dadurch freilich nicht leichter. Können die beiden Kriminalisten Licht in die Angelegenheiten bringen?

© Pat Anderson

Andreas Pittler, geboren 1964, studierte Geschichte und Politikwissenschaft (Magister und Doktor phil.). Ursprünglich als Journalist tätig, wandte er sich im 21. Jahrhundert vermehrt der Belletristik zu und veröffentlichte seit dem Jahr 2000 insgesamt 25 Romane. Seine Werke landen regelmäßig auf den österreichischen Bestsellerlisten und wurden bislang in acht Sprachen übersetzt. In seiner ursprünglichen Profession als Historiker ist er regelmäßig als Experte im Österreichischen Rundfunk zu Gast. Für sein literarisches Wirken erhielt er 2006 das Silberne Ehrenzeichen für Verdienste um die Republik Österreich, 2016 wurde ihm vom österreichischen Bundespräsidenten der Berufstitel »Professor« verliehen.

ANDREAS PITTLER

Kärntner Hochzeit

KRIMINALROMAN

Die automatisierte Analyse des Werkes, um daraus Informationen insbesondere über Muster, Trends und Korrelationen gemäß § 44b UrhG (»Text und Data Mining«) zu gewinnen, ist untersagt.

Bei Fragen zur Produktsicherheit gemäß der Verordnung über die allgemeine Produktsicherheit (GPSR) wenden Sie sich bitte an den Verlag.

Immer informiert

Spannung pur – mit unserem Newsletter informieren wir Sie regelmäßig über Wissenswertes aus unserer Bücherwelt.

Gefällt mir!

Facebook: @Gmeiner.Verlag
Instagram: @gmeinerverlag

Besuchen Sie uns im Internet:
www.gmeiner-verlag.de

© 2025 – Gmeiner-Verlag GmbH
Im Ehnried 5, 88605 Meßkirch
Telefon 0 75 75 / 20 95 - 0
info@gmeiner-verlag.de
Alle Rechte vorbehalten
1. Auflage 2025

Lektorat: Claudia Senghaas, Kirchardt
Satz: Mirjam Hecht
Umschlaggestaltung: U.O.R.G. Lutz Eberle, Stuttgart
unter Verwendung eines Fotos von: © only_fabrizio / iStock.com
Druck: CPI books GmbH, Leck
Printed in Germany
ISBN 978-3-8392-0791-8

Personen und Handlung sind frei erfunden.
Ähnlichkeiten mit lebenden oder toten Personen
sind rein zufällig und nicht beabsichtigt.

PROLOG

»Gott sei Dank ist sie endlich unter der Haube!« Sonjas Freundinnen hatten sich an diesem heißen Julitag in der Villacher Innenstadt getroffen, um letzte Vorbereitungen für Sonjas Hochzeit zu besprechen. Sie saßen bei einigen Mojitos im *Sem Jeito*, der Tapas Bar im *Kulturhof*. Jede der fünf Frauen bekam dort ihre Aufgabe zugeteilt. Birgit, die eigentlich aus Südtirol stammte, ergriff als Sonjas Trauzeugin gleich die Initiative. So sollte Susanne, eine Deutsche aus Bremerhaven, Kontakt zu einigen Bands aufnehmen, die bei der Hochzeitsfeier aufspielen könnten. Dolores, die bekanntermaßen ein Händchen für Blumen und Raumgestaltung besaß, bekam die Aufgabe, sich um Dinge wie Tischdeko und floralen Schmuck zu kümmern, während die Schwestern Brigitte und Hermine, die als Brautjungfern ausersehen waren, mit Sonja eine Geschenkeliste erarbeiten sollten, die dann in einigen Villacher Geschäften ausgelegt werden sollte, damit sich Sonja nach ihrer Eheschließung nicht über zehn Toaster ärgern musste, während es ihr gleichzeitig an einer Kaffeemaschine mangelte.

Doch naturgemäß verlief die Unterhaltung der Freundinnen nicht konzentriert und zielorientiert wie eine Arbeitssitzung in einem Unternehmen. Immer wieder schweiften die Frauen in ihren Gesprächen ab, wobei sie beinahe leitmotivisch immer wieder auf das Kernthema ihres Treffens zurückkamen.

»Also ehrlich, Mädels, hätten wir geglaubt, dass die Sonja doch noch jemanden findet, der sie nimmt?«, sagte Birgit mit einem Gran Erleichterung in der Stimme. Und die anderen stimmten ihr umgehend zu. Sonja war schon über 40 und symbolisierte auf mannigfache Weise das, was man landläufig unter einem Mauerblümchen verstand. Etwas füllig mit einer Knollennase und viel zu kleinen Augen war Sonja der Inbegriff einer schüchternen, zutiefst verunsicherten Person. Menschenscheu, stets nervös und irgendwie auch ein wenig langsam. Sie lebte in der Ledderergasse in einem uralten Gemäuer auf Zimmer-Küche und verdiente das Wenige, das sie zum Leben brauchte, als Änderungsschneiderin. Sonja war die Sorte Mensch, die niemals ausging und das Wort »Spaß« nur aus den Büchern kannte, die sie regelrecht verschlang. Genau deshalb hatten ihre Freundinnen auch ziemlich große Mühe aufwenden müssen, Sonja dazu zu überreden, mit ihnen gemeinsam einen Italienisch-Kurs für Anfänger zu machen. Sonja war zutiefst davon überzeugt gewesen, dass sie schlicht zu blöd sei, sich eine andere Sprache anzueignen, aber als Birgit und Hermi ihr dann eindringlich geschildert hatten, dass eine neue Erfahrung doch ausnahmslos etwas Positives habe, da hatte sie schließlich eingewilligt.

»Könnt ihr euch noch an die erste Italienisch-Stunde im Februar erinnern?«, rief Susanne den anderen zu, »die Sonja ist dagesessen und hat wie Espenlaub gezittert vor Aufregung.« Sie erntete ein kollektives Lachen. »Ja, da hast glaubt, es geht um Leben und Tod für sie«, ergänzte Hermine.

»Wer hätte damals gedacht«, griff Brigitte den Faden auf, »dass ausgerechnet sie sich den Lehrer angelt!« Unter dem allgemeinen Gekicher relativierte Dolores Brigittes Worte. »Na ja, wenn, dann nur sie. Immerhin war sie als Einzige von uns unverheiratet.« Birgit lachte vielleicht eine Spur lauter als die anderen: »Aber, Dolores, für den Vito hätten wir uns doch alle jederzeit scheiden lassen, oder?« Dabei zwinkerte sie rasch mit dem rechten Auge.

Vito, der Italienisch-Lehrer, der in wenigen Tagen den Bund der Ehe mit Sonja schließen würde, stammte aus einem trostlosen Kaff hinter der Grenze, das nicht ohne Grund auf Deutsch »Hinterbergen« hieß. Vor allem aber war Vito ein sportlicher Typ mit einer üppigen Portion Humor und einer engelsgleichen Geduld gegenüber den Lernfortschritten seiner Schülerinnen.

»Aber echt jetzt«, meldete sich noch einmal Susanne zu Wort, »der Vito könnte ja fast ihr Sohn sein.« Und damit hatte sie beileibe nicht unrecht, denn Vito zählte kaum mehr als 20 Lenze. Angesichts dieser Tatsache blieb der eigentliche Satz, der allen durch den Kopf ging, taktvoll ausgespart: Was fand ein attraktiver Twen an einem 20 Jahre älteren Mauerblümchen? »Was soll's«, gab Birgit daher Linie vor, »freuen wir uns einfach, dass die Sonja doch noch jemanden gefunden hat, und hoffen wir, dass die beiden glücklich werden.«

Was an diesem heißen Juli-Abend noch keine der fünf wissen konnte, war das Faktum, dass sie nur einen Monat später wieder zusammenkommen würden. Beim Leichenschmaus. Im Anschluss an Sonjas Begräbnis.

ERSTER TEIL

I.
ANFANG SEPTEMBER

Drei Wochen waren ins Land gezogen, seit Popatnig und Obiltschnig zufrieden den Fall um die Morde bei der Burg Hochosterwitz als gelöst zu den Akten hatten legen können. Kärnten war ein ruhiges Land, sodass die beiden mit einiger Gewissheit davon ausgehen durften, nicht allzu bald wieder in Aktion treten zu müssen. Vor allem nicht auf so spektakuläre Weise. Denn anders, als die vielen TV-Krimis es suggerierten, waren die meisten Morde, die im wirklichen Leben begangen wurden, stümperhaft ausgeführt, sodass es in der Regel keine zwei Tage dauerte, den Täter oder die Täterin zu überführen. Dies auch deshalb, weil der Mensch eben nicht dafür geschaffen ist, seinesgleichen ums Leben zu bringen. Eine solch radikale Tat blieb nie ohne erkennbare Folgen für denjenigen, der sie begangen hatte, und so verrieten sich die Mörder ohnehin selbst. Wenn sie nicht überhaupt sofort gestanden, eben, weil sie mit dem Geschehenen nicht klarkamen.

Rein statistisch geschahen die allermeisten Tötungsdelikte im Familienverband. Ehemänner erstachen oder erschossen ihre Frauen, Ehefrauen vergifteten ihre Männer. Mitunter wollte auch eine verzweifelte Seele schneller an ihr Erbe kommen, weshalb dann auch Eltern oder Schwiegereltern zu Opfern wurden, doch die mörderischen Kunstwerke von Serientätern oder die großen

Rache- und Vergeltungstaten, sie blieben in der Regel den Autoren einschlägiger Manuskripte vorbehalten. Obiltschnig hatte sich nicht nur einmal darüber geärgert, dass ihm im Fernsehen eine Gestalt als Mörder präsentiert wurde, die sich den gesamten Film über fröhlich und unbeschwert verhalten hatte, ganz so, als ob sie nicht einmal das allerkleinste Wässerchen trüben könnte. »Wenn das wirklich so wär'«, sagte er dann immer zu Resi, seiner Frau, »dann würden wir nie einen Mörder kriegen. Aber stell dir nur einmal vor, es wäre so: dann wären die Menschen allesamt Psychopathen.« Dass sie einmal mit »Wer weiß, vielleicht sind sie's ja auch« geantwortet hatte, war freilich nicht nach seinem Geschmack gewesen.

Doch dieser unerfreuliche Wortwechsel lag bereits wieder lange genug zurück, sodass Obiltschnig beschwingt das Büro betrat, wo er Popatnig bei der Lektüre der Tageszeitung antraf. »Und, was ist so alles passiert in der Welt?«, fragte er daher, nachdem er dem Kollegen einen guten Morgen gewünscht hatte. »Die *Austria* hat gestern die *Rapid* paniert. Vier zu null! Alle Achteln!«, rapportierte Popatnig. »Welche? Die aus Wien oder unsere?« Obiltschnigs Frage war nicht ohne Hintergrund, denn in der österreichischen Fußballbundesliga kickten zwei Mannschaften, die sich *Austria* nannten. Popatnig sah kurz verwundert auf. »Na unsere natürlich. Glaubst ernsthaft, ich hätt' es sonst überhaupt erwähnt?« Obiltschnig setzte sich an seinen Schreibtisch und fuhr den Computer hoch. Popatnig hatte natürlich recht. Warum sollten einen Kärntner die Wiener interessieren? Andererseits: Warum sollten einen Ferlacher die Klagenfurter interessieren?« »Weißt eh«, antwortete Obiltschnig daher nach einer kleinen Pause, »für mich gibt's nur *ATUS*.« Dabei lächelte er. Popatnig blätterte um. »Drei zu null gegen den *Slowenischen AK* verloren«, konstatierte er emotionslos. »In der Tabelle auf Rang elf abgerutscht.« Obiltschnig quittierte die Nachricht mit einem Seufzer. Beinahe wehmütig erinnerte er sich an die seinerzeitigen hochfliegenden Pläne für ein eigenes Bundesligastadion in Kirschentheuer, in dem *ATUS* auf höchstem Niveau hätte mitspielen sollen. Stattdessen bestand einmal mehr die Gefahr, nicht einmal mehr in der Landesliga zu überleben. »Leck Fettn«, entfuhr es ihm daher, »die machen einem echt keine Freud'!« Popatnig zuckte mit den Achseln. »Was willst? Der Bürgler hat aufg'hört, den Ogris-Martic haben s' an die Klagenfurter verkauft, Jaklitsch und Mak verletzt, da kannst nichts reißen.« Dem konnte man schwerlich widersprechen. »Schad', dass der Glock nicht so fußballnarrisch war wie seinerzeit der Mateschitz und der Stronach. Sonst spielerten wir statt gegen den *SAK* gegen *Real* oder wenigstens gegen *Liverpool*.« Popatnig gluckste. »Ja, aber da müsstest du zuerst den Schatzl exhumieren und wiederbeleben, damit der uns doch noch das Stadion hinstellt, das du für solche Gegner brauchst.«

»Ich weiß eh …« Weiter kam Obiltschnig nicht, da das Amtstelefon läutete. Er hob ab und meldete sich. »Ja, grüße Sie, Kollege, Chefinspektor Lassnig vom Posten Villach-Stadt am Apparat.« Obiltschnig war ganz Ohr! Die Villacher hatten seit geraumer Zeit gehörigen medialen Druck, da die Stadt von einer Einbruchsserie heimgesucht wurde, bei der zuletzt ein älteres Ehepaar zu

Tode gekommen war, da die Einbrecher in deren Haus eingestiegen waren, ohne zu wissen, dass die Besitzer zugegen waren. Seitdem wetteiferten *Kleine* und *Krone* darum, wer der Villacher Polizei mehr Feuer unter dem Hintern machte. Obiltschnig rechnete daher damit, von den Villachern um Hilfe gebeten zu werden.

»Ich habe da ein paar nette Damen bei mir, die der Überzeugung sind, ihre Freundin sei von ihrem Gatten ins Jenseits befördert worden.« Lassnig machte eine Pause, um seinen Satz wirken zu lassen. »Jetzt sind wir aber, wie ihr euch denken könnt, mit dem Doppelmord am Rasenweg voll angehängt, weshalb wir einfach keine Kapazitäten mehr haben, dieser Sache auch noch nachzugehen. Und deshalb wollte ich fragen, ob ihr euch nicht vielleicht der Damen annehmen könnt. Ihr hättet echt was gut bei uns!« Lassnig klang beinahe flehentlich.

Obiltschnig überlegte kurz. Eigentlich hatten sie zurzeit nichts zu tun. Und eine kleine Plauderei mit einem Teekränzchen mochte da sogar eine willkommene Abwechslung sein. Dies umso mehr, als die Damen wahrscheinlich ohnehin einem Hirngespinst nachjagten. Denen war sicher fad, und so reimten sie sich etwas zusammen, um ihrem trostlosen Dasein ein wenig Glamour zu verleihen. Wahrscheinlich hatten auch sie ganz einfach zu viele Krimis gesehen und kamen deshalb auf krude Gedanken. Substanz würden ihre Verdächtigungen natürlich nicht haben. Aber so ein kurzer Ausflug zum kleinen Nachbarn brachte immerhin Abwechslung in den Büroalltag. Ohne weiteres Zögern stimmte Obiltschnig zu. »Wir sind in einer halben Stunde bei euch.«

Popatnig klappte resigniert die Zeitung zu. »Ich hab's gehört, wir fahren nach Villach.« Zehn Minuten später bahnten sie sich ihren Weg zur A2, brausten bald an Pörtschach und Velden vorbei und hatten nach weiteren 20 Minuten Villach erreicht. Als sie das dortige Polizeigebäude betraten, wartete Lassnig schon am Empfang auf sie. »Ich bin euch echt dankbar, dass ihr uns das abnehmt. Ich glaub' ja eh nicht, dass da was dran ist. Ein paar Weiberleut', die sich was zusammenreimen, aber man weiß ja nie.«

»Stimmt«, bekräftigte Obiltschnig, »wo gehören wir hin?« Lassnig deutete auf den Fahrstuhl. »Wir haben sie in der Cafeteria platziert. Da könnt ihr euch in Ruhe mit ihnen unterhalten. Eure Konsumation geht natürlich auf uns, also keine falsche Bescheidenheit, gell.« Popatnigs Miene hellte sich auf. Sie begaben sich in das entsprechende Stockwerk und sahen, kaum, dass sie die Kantine betreten hatten, bereits die fünf Damen am Fenster sitzen. Zu Obiltschnigs Überraschung waren sie allesamt wesentlich jünger, als er erwartet hatte. Es warteten keine alten Schachteln auf ihn, die mangels sonstiger Ansprache wie ein Wasserfall drauflossprudeln würden. Und so gesehen war es durchaus möglich, dass ihr Anliegen doch eine gewisse Berechtigung haben mochte.

Zu dritt gingen sie auf die Frauen zu, Obiltschnig und Popatnig verbeugten sich leicht und stellten sich vor. Die Jüngste in der Runde stellte sich als »Birgit« vor und schien eher von der amikalen Sorte zu sein. »Das sind der Reihe nach die Hermine, die Brigitte, ihre Schwester, die Susanne, und die Dolores.« Obiltschnig replizierte etwas hölzern mit einem »Sehr erfreut.« Popatnig hingegen war wieder ganz Charmeur: »Dürfen wir uns zu Ihnen setzen, die werten Damen?«, fragte er und erhielt umgehend die entsprechende Erlaubnis. Ehe Obiltschnig noch reagieren konnte, saß Popatnig schon neben Birgit und strahlte diese mit einem breiten Lächeln an. »Was können wir von der Exekutive denn für die Villacher Miss-Auswahl tun?« Erwartungsgemäß erntete er huldvolles Lächeln. Nur das Gesicht von Susanne blieb ernst. »Sie müssen entschuldigen, Herr Inspektor«, klärte ihn Birgit, der Susannes Reaktion nicht entgangen war, auf, »die Susanne ist Deutsche.« Popatnig wollte schon wissend nicken, als er unter dem Tisch Obiltschnigs Fußspitze an seinem Unterschenkel spürte. Susanne aber überging Birgits Erklärungsversuch. »Wir sind hier«, ließ sie verlauten, »weil wir allesamt den Verdacht hegen, dass unsere gemeinsame Freundin Sonja ermordet worden ist. Und zwar von ihrem Ehemann.« Popatnig pfiff zwischen den Zähnen. »Und was veranlasst Sie zu dieser Vermutung?«, blieb Obiltschnig sachlich.

Wieder übernahm Birgit das Kommando. »Die Sonja, die war schon eher eine unscheinbare Person, wenn Sie verstehen, was ich meine. Nicht allzu attraktiv und wohl auch ziemlich schüchtern.«

»Eigentlich haben wir ja alle geglaubt, sie bleibt ewig eine Jungfer«, ergänzte Dolores. »Ungeöffnet zurück«, gluckste Hermine. »Wie auch immer«, kehrte Birgit zum Kernthema zurück, »jedenfalls haben wir ab Februar alle gemeinsam einen Italienisch-Kurs besucht. Bei einem Herrn Vito.«

»Blutjung und echt fesch«, grätschte Dolores abermals dazwischen, dafür einen tadelnden Blick von Birgit erntend, die gleich darauf fortfuhr. »Und frei nach dem Motto: ›Wo die Liebe hinfällt‹, haben sich die Sonja und der Vito offenbar ineinander verliebt. Im Juni war der Kurs aus, im Juli haben sie geheiratet, und im August …«

»Geheiratet, obwohl die Sonja mehr als doppelt so alt war wie der Vito.« Wieder hatte Dolores einen Zwischenruf gewagt. Birgit wurde eine Nuance lauter. »… und im August war die Sonja tot.«

»Mit Mitte 40«, ergänzte Susanne. »So etwas ist doch verdächtig.«

»Haben Sie Informationen die Todesursache betreffend?«, wollte Obiltschnig wissen.

»Es hat geheißen, sie ist an einer Pilzvergiftung gestorben«, meldete sich nun Brigitte zu Wort. »So hat es der Arzt in den Totenschein geschrieben«, präzisierte Hermine, »Parasole mit Knollenblätterpilzen verwechselt.«

»Aber so ein Fehler wäre der Sonja nie passiert«, nahm wieder Brigitte den Ball auf, »die war viel zu unsicher in allem, was sie tat. Die wäre selbst mit am Markt gekauften Steinpilzen aufs Amt gegangen, um die dort überprüfen zu lassen.«

»Sie schenken dieser Diagnose also keinen Glauben«, fasste Obiltschnig zusammen, »was ist demnach Ihre Vermutung?«

»Der Vito hat sie vergiftet«, platzte es aus Dolores heraus.

»Und wieso hätte er das Ihrer Meinung nach tun sollen?«

»Das war sicher von Anfang an sein Plan. Ich bitte Sie, Herr Inspektor, ein Mann von knapp über 20 Jahren, sportlich und fesch, der verliebt sich doch nicht in eine vertrocknete alte Jungfer, die seine Mutter sein könnte! Nein, der war sicher auf ihr Geld aus!«

»Hatte sie denn welches?«

Die Damen schwiegen einen Moment. »Nicht direkt«, begann dann Hermine, »aber auf sie wartete ein enormes Erbe.«

»Ja, sie selbst hat zwar spartanisch gelebt wie ein Bettelmönch, aber ihren Eltern gehört eine riesige Landwirtschaft in Ledenitzen«, fügte Brigitte hinzu, »und da sie das einzige Kind ihrer Eltern ist, hätte sie das alles geerbt. Das Anwesen ist mehrere Millionen wert.«

Obiltschnig ertappte sich bei der Frage, ob dieser Vito, nunmehr Witwer geworden, überhaupt noch erbfähig war, wenn seine Frau nicht mehr unter den Lebenden weilte. Da musste er sich wohl bei einem Juristen erkundigen. Doch derlei ließ sich später immer noch klären. »Und wo dieser Vito sich befindet, das wissen Sie?«

»Das ist es ja, was die Sache so verdächtig macht«, verkündete Dolores, »der ist seit Sonjas Begräbnis vorige Woche wie vom Erdboden verschluckt. Keine Spur von ihm. Nirgends!«

»Aber meine Damen, wenn es sich so verhält«, gab Obiltschnig zu bedenken, »dann spricht das doch eher gegen ihn als Täter. Also zumindest, was das von Ihnen offerierte Motiv betrifft. Denn als Verschwundener kommt er ja erst recht nicht an sein Erbe. Wenn er überhaupt Anspruch auf das Erbe hat«, schob Obiltschnig gleich nach, seinen eigenen Zweifel damit auch offen deklarierend.

»Davon verstehen wir nichts. Wir wissen nur, dass die Sonja tot ist und der Vito verschwunden. Und wenn das nicht komisch ist, dann wissen wir auch nicht«, fasste Birgit die Stimmung der Gruppe zusammen.

»Also gut«, lenkte Obiltschnig ein, »der Vito, hat der auch einen Nachnamen?« »Pedruzzo«, kam es aus mehreren Kehlen gleichzeitig. »Gut, die Damen, wir werden dem nachgehen. Zuerst stellen wir einmal fest, wo sich der Herr Pedruzzo befindet, dann werden wir einmal ein Wörtchen mit dem Arzt reden, der die Totenbeschau vorgenommen hat, und wenn Ihre Zweifel dadurch nicht zerstreut werden können, dann werden Kollege Popatnig und ich entsprechende Ermittlungen aufnehmen.«

»Die Damen können ganz beruhigt sein«, flötete Popatnig, »auf uns können Sie sich voll und ganz verlassen.« Dabei strahlte er abermals Birgit an, was Obiltschnig zu dem Gedanken veranlasste, dass sein Kollege anscheinend schon wieder auf der Pirsch war.

Und diese Überlegung hatte Obiltschnig auch noch nicht losgelassen, als sie bereits wieder über die Autobahn bretterten, um nach Klagenfurt zurückzukommen. »Sag einmal, täusch ich mich, oder hast du tatsächlich eine Auge auf diese Birgit geworfen?« Popatnig ließ die Straße vor sich nicht aus den Augen. »Wie kommst denn auf so etwas, bitte? Die ist doch sicher zehn, zwölf Jahre älter als ich.« Er überholte einen langsam vor sich hin tuckernden Kleinwagen. »Und außerdem so überhaupt nicht mein Beuteschema, wie du weißt.« Er reihte sich wieder auf der rechten Spur ein. »Aber stimmt schon, wär einmal etwas anderes. Eine gestandene Frau statt immer nur den jungen Hungerhaken.« Ihm schien glatt ein Grinsen zu entkommen. »Aber ...«, Popatnig schien den Moment regelrecht zu genießen und zog ihn dementsprechend in die Länge. »Ich kann dich beruhigen. Zurzeit bin ich ganz woanders engagiert.«

Obiltschnig wusste ganz genau, dass Popatnig förmlich danach gierte, sich erklären zu dürfen, und genau deshalb blieb Obiltschnigs Mund geschlossen. Den Triumph wollte er seinem Kollegen einfach nicht gönnen. Doch der ließ sich ohnehin nicht bremsen. »Hungerhaken ist das Stichwort. Fast schon magersüchtig, möchte ich meinen. So dünn, dass beinahe nichts dran ist an ihr.« Dennoch leckte sich Popatnig genießerisch die Lippen. »Sie heißt Niki.« Und nach einer kurzen Pause. »Also eigentlich heißt sie ja Ingrid. Aber sie nennt sich Niki. Ist ihr Künstlername. Du musst nämlich wissen, sie ist Sängerin.«

Obiltschnig seufzte vernehmlich. Doch auch das schien Popatnig nicht zu stören. »Du fragst dich jetzt sicher, wo ich die wieder aufgegabelt habe. Die tritt in dem neuen Lokal bei den *City-Arkaden* auf, im *Flamingo*.« Obwohl Obiltschnig gelangweilt auf die Windschutzscheibe starrte, entging ihm nicht, wie Popatnigs Augen zu leuchten begannen. »Ich hab sie gesehen in ihrem Minirock und diesem Nichts von einem Top, und ich hab mir gesagt: Die fick i, die Niki.« Er lachte laut über seinen plumpen Kalauer, während Obiltschnig das Loch in der Bodenplatte suchte, durch welches er verschwinden konnte.

Da es jedoch mit der Dislokation so gar nicht klappen wollte, fragte er schließlich gottergeben. »Und? Hast du?«

»Und wie auch noch«, kam es euphorisiert zurück, »die ist die absolute Kanone im Bett. Ich sag dir, die saugt dich aus, da bleibt kein Auge trocken.«

»Na gratuliere!« Popatnig ignorierte den galligen Unterton und nahm die Worte tatsächlich als Kompliment. »Und jetzt fragst du dich natürlich, wie macht der Ferdi das?« Nichts war weiter von der Wahrheit entfernt, doch um des lieben Friedens willen ließ Obiltschnig den Kollegen gewähren. »Ich weiß auch nicht, die Mädels stehen halt auf mich«, antwortete der auf die nicht gestellte Frage. »Ich hab der Niki lange in die Augen geschaut, und da hab' ich gewusst, mit der geht's jetzt in die Federn. Und so war's auch. Ich sag' dir, die hat einen Körper, da verschlägt es dir die Sprache. Und gelenkig ist die, habe die Ehre. Und wie sie ...« Obiltschnig hob abwehrend die Hände. »Bitte, Ferdl, verschone mich mit Details. Wir stehen am Beginn einer Mordermittlung und nicht am Anfang eines Pornofilms.«

»Wie du das schon sagst, Sigi. Da klingt das alles total schmutzig«, schmatzte Popatnig abschätzig. Um gleich darauf von einem Ohr zum anderen zu grinsen. »Ist es auch. Wie mir die, kaum dass wir nackt waren, einen gebla...« Obiltschnig verlor die Contenance. »Ferdi! Echt jetzt! Aus! Es reicht!« Die Stimme des Vorgesetzten war laut genug gewesen, noch am Mittagskogel ein Echo zu evozieren, und Popatnig schwieg eingeschnappt bis zur Abfahrt Richtung Innenstadt. Sie waren schon fast bei ihrem Büro angelangt, als er ein »Du reagierst ja nur so, weil du zu wenig Sex hast« murmelte.

Obiltschnig richtete seinen Blick ganz auf den Mann am Fahrersitz aus. »Kollege Popatnig, zu Ihrer Information: Ich habe mit der Resi ein überaus erfüllendes Sexualleben. Aber darum geht es gar nicht. Vielmehr geht es darum, dass ich von deinen Ausschweifungen ganz einfach nichts wissen will. Ist das jetzt angekommen?« Popatnig maulte ein kaum hörbares »ja« und machte noch eine Viertelstunde später, als sie schon längst an ihren Schreibtischen saßen, auf beleidigt.

Obiltschnig versuchte, die Haltung seines Mitarbeiters zu ignorieren und gab erst einmal den Namen »Vito Pedruzzo« in die Suchmaske ein. Laut Meldedaten war dieser seit wenigen Wochen in der Villacher Lederergasse wohnhaft und am 15. Juni 2000 in der Nähe von Venzone im Kanaltal geboren worden. Offiziell war er 2019 nach Villach gekommen, um an der dortigen Fachhochschule Wirtschaftspsychologie zu studieren. Obiltschnig hielt inne. Wirtschaftspsychologie? Was für ein neumodischer Quatsch war das schon wieder? Was lernte man da? Wie man potenzielle Kunden am besten über den Tisch zog? Egal, das brauchte ihn nicht zu interessieren. Relevant war lediglich, dass der Mann vollkommen unbescholten war. Und dass nichts darauf hindeutete, dass er nicht immer noch in der Lederergasse hauste.

Schwieriger war freilich, den Arzt ausfindig zu machen, der den Totenschein unterschrieben hatte. Dazu musste er sich wohl mit der Abteilung in Verbindung setzen, die in Kärnten für Sterbefälle zuständig war. Automatisch blickte er auf die Uhr. Noch genügend Zeit bis zur Mittagspause. Also rief er kurz entschlossen an.

»Ja, begrüße Sie. Bezirksinspektor Obiltschnig, LKA Klagenfurt, am Apparat. Ich hätte eine Frage bezüglich einer vor Kurzem angeblich an einer Pilzvergiftung verstorbenen Villacherin.«

»Aha«, antwortete die Beamtin, ohne sich ihrerseits vorzustellen. »Und was wollen S' da wissen?« Obiltschnig räusperte sich. »Freundinnen der betreffenden Dame haben uns gegenüber Zweifel am Wahrheitsgehalt dieser Todesursache geäußert, und dem gehen wir jetzt nach. Dazu würden wir gerne mit dem Arzt sprechen, der den Totenschein ausgestellt hat.«

Die Beamtin war hörbar not amused. »Sie tun mir was an«, seufzte sie, »okay, wie heißt die Guteste?« Obiltschnig gab die Daten durch. Er wartete eine gute Weile, in der er wenig mehr als das Knattern von Keyboardtasten hörte. Endlich drang wieder eine menschliche Stimme an sein Ohr. »Doktor Robert Scharinger. Udo Jürgens-Platz.«

»Udo Jürgens Platz? Wollen Sie mich häkerln?« Obiltschnig blies gepresst Luft aus. »Ganz und gar nicht. Wir sind hier ein Amt. Das häkerlt nicht«, kam es empört zurück. »Wir auch, also was soll das mit dem Bockelmann?«

»Ich kann nichts dafür, der Platz heißt seit 2019 wirklich so. Benannt nach dem Musiker. Aber bitte, wenn es Ihnen so besser gefällt: Draulände 3.«

Obiltschnig verdrehte die Augen. Er atmete kurz durch und bedankte sich anschließend recht einsilbig. Die Telefonnummer des Doktor Scharinger war rasch gefunden, und da er noch ordinierte, rief Obiltschnig kurzerhand in der Praxis an. Eine süßliche Stimme meldete sich. »Ordination Doktor Scharinger, was kann ich für Sie tun?« Obiltschnig schmunzelte in den Hörer. »Sie können mir den Herrn Doktor ans Telefon holen«, sagte er dann. »Das geht jetzt leider nicht, weil der Herr

Doktor gerade Patienten behandelt. Aber Sie können gerne mit mir einen Termin machen«, blieb die Stimme unverändert süßlich. »Na, dann mache ich das einmal. Der Termin ist jetzt«, griff Obiltschnig den Vorschlag der Assistentin auf, selbige offenkundig verwirrt zurücklassend. »Wie *jetzt*?«, replizierte sie, nachdem sie sich gefangen hatte. »Na jetzt jetzt. Sie stellen mich einfach durch.« Endlich verschwand das Süßliche aus dem Ton der Frau. »Ich habe Ihnen erklärt, dass das nicht geht.«

»Und ich habe Ihnen anscheinend noch nicht erklärt, dass das doch geht. Hier spricht nämlich die Polizei. Bezirksinspektor Obiltschnig am Apparat. Wenn Sie also vermeiden wollen, dass wir in ein paar Minuten mit Blaulicht und Folgetonhorn vor Ihrer Praxis auffahren und den Herrn Doktor zu einer Befragung aufs Revier mitnehmen, dann drücken Sie flink die entsprechende Taste und stellen mich durch.«

Anscheinend war die Botschaft diesmal angekommen. »Einen Augenblick, ich verbinde«, kam es eisig aus dem Hörer. Dann knackte es, ehe sich ein ärgerlicher Bariton vernehmen ließ. »Ich bin mitten in einer Behandlung! Mit welchem Recht machen Sie sich da wichtig?«, schnarrte Scharinger ins Telefon.

»Mit dem Recht eines Polizeibeamten, der in einem möglichen Verbrechensfall ermittelt.«

»Und was, bitte schön, habe ich damit zu tun?«

Obiltschnig hielt kurz inne. »Jetzt schicken Sie einmal Ihren Patienten aus dem Behandlungszimmer, und dann werden Sie meine Fragen beantworten. Sind wir uns so weit einig?«

»Wie kommen Sie darauf, ich würde ...«

»Ich kann Sie auch gerne mit der Funkstreife abholen lassen. Das macht sicher einen guten Eindruck auf die Leute im Wartezimmer.«

»Ich werde mich über Sie beschweren, Sie …«

»Ja, machen S' das. Aber zuerst beantworten Sie meine Fragen, verstanden? Was sagt Ihnen der Name Sonja Pedruzzo?«

»Gar nichts! Wieso sollte er?«

»Weil Sie ihren Totenschein ausgefertigt haben.«

»Ich? Wann soll das gewesen sein?«

»Ungefähr vor drei Wochen. Die Pilzvergiftung«, half Obiltschnig Scharinger auf die Sprünge.

»Ach so, ja, *die* Geschichte. Ich erinnere mich.«

»Und? Wie kamen Sie zu Ihrer Schlussfolgerung? Haben Sie die Pedruzzo obduziert? Ihren Mageninhalt untersucht?«

Scharinger schnaubte. »Natürlich nicht. Hören Sie, ich bin, weil ich Bereitschaft hatte, zu dieser Adresse – in die Ledrergasse, glaube ich, war das – gerufen worden. Als ich ankam, war die Frau zweifelsfrei mausetot. Und ihr Ehemann ist völlig gebrochen neben der Leiche gesessen und hat immer wieder gejammert: die Schwammerl, die gottverdammten Schwammerln. Dann ist er aufgestanden, ist in die Küche gegangen und mit einem Reindl zurückgekommen, in dem sich unverkennbar die Reste von einem Schwammerlragout befanden. Ich habe natürlich eine Probe genommen und die später im Labor untersuchen lassen. Es handelte sich um Knollenblätterpilze.«

»Na gut«, lenkte Obiltschnig vordergründig ein, »aber was war mit der Toten? Hatte die tatsächlich besagtes Gericht in sich?«

»Ich bitte Sie, Herr Inspektor. Wenn etwas so offensichtlich ist, dann bemüht man doch nicht erst die Gerichte. Wissen Sie, was eine Obduktion dem Steuerzahler kostet? Wissen Sie das?«

»Ich darf also zusammenfassen«, blieb Obiltschnig kühl, »der Ehemann hat Ihnen einen Topf mit einem Pilzgericht gezeigt, und Sie haben daraus messerscharf geschlossen, die Frau sei an der Konsumation eben dieser Speise verstorben. Ist das so richtig?«

Man hörte förmlich, wie Scharinger zu transpirieren begann. »Also wenn man es ... so ... darstellt, dann ergibt das ... natürlich ... keine gute Optik. Aber ... Sie müssen verstehen, das Offensichtliche, das ist eben auch die Regel. Da ...«

»Jetzt seien Sie nicht naiv, Herr Doktor. Wissen Sie, wie viele Tötungsdelikte es im engsten Familienkreis jedes Jahr gibt? Und da fällt Ihnen nichts anderes ein, als den Beteuerungen eines Ehemannes blind Glauben zu schenken, der Ihnen buchstäblich ein vergiftetes Essen auftischt? Ein Ehemann übrigens, der seitdem flüchtig ist.«

Obiltschnig wartete auf die Wirkung seiner Worte. Tatsächlich benötigte der Mediziner einige Augenblicke, ehe er sich wieder im Griff hatte. »Hören Sie, Herr Bezirksinspektor, wir sind dazu angehalten, alles zu melden, was uns verdächtig vorkommt. Und dieser Fall wirkte auf keine Weise auch nur annähernd verdächtig. Ich weiß schon, hinterher ist man immer klüger, und ich will auch nicht bestreiten, dass uns Totenbeschauern jedes Jahr etliche Morde entgehen, weil sie eben clever ins Werk gesetzt wurden. Aber wenn wir wirklich jedes Mal mit dem großen Besteck antanzen würden, dann hätten Sie in der Gerichtsmedizin einen Rückstau von mehreren Jahren.«

Obiltschnig musste, wenn auch nur ungern, zugeben, dass die Argumentation des Arztes etwas für sich hatte. Darum gab er sich eine Spur konzilianter. »Mit anderen Worten, die Dame hätte an sonst was gestorben sein können, es wurde aber einfach nicht überprüft?«

»An sonst was würde ich jetzt nicht sagen. Es gab keinerlei Gewalteinwirkung auf ihren Körper. Keine Blutergüsse, keine Einstiche, nichts. Eine Vergiftung war daher naheliegend. Aber ich gebe zu, theoretisch könnte sie auch an einem Herzstillstand, an einem Gehirnschlag oder einem Infarkt verstorben sein. Ja, ich gehe sogar so weit zu sagen, theoretisch könnte sie auch erstickt worden sein. Aber angesichts der Umstände, unter denen ich sie angetroffen habe, schien all das vollkommen unrealistisch zu sein.«

»Na gut, Herr Doktor. Belassen wir es vorerst dabei. Behandeln Sie Ihren Patienten, wenn ich noch eine Frage an Sie habe, werde ich mich melden.« Ohne weiteres Wort legte Obiltschnig auf.

»Hast du das mitbekommen? Die ist gar nicht richtig untersucht worden. Die könnte an sonst was gestorben sein«, fasste er für Popatnig noch einmal zusammen. »Der Quacksalber hat dem Ehemann einfach sein Ammenmärchen abgekauft.«

»Das heißt, wir wissen gar nicht, woran die wirklich gestorben ist?«

»Stimmt auffallend, Kollege«, erwiderte Obiltschnig aufgeräumt. »Ich gebe zu, die Geschichte der fünf Freundinnen beginnt an Substanz zu gewinnen.«

»Irgendwie erinnert mich das an die Geschichte mit der Faschaunerin«, ließ sich Popatnig plötzlich vernehmen.

»Wen?« Obiltschnig verstand nur Bahnhof.

»Eva Faschauner. Ein in der Spittaler Gegend bekannter Fall aus dem 18. Jahrhundert, wo eine Frau des Giftmordes an ihrem Mann verdächtigt wurde, was sie unter Folter dann auch gestand. Sie wurde geköpft, soweit ich mich erinnern kann.«

»Aha, und was hat das jetzt bitte mit unserem Fall zu tun?«

»Man geht heute allgemein davon aus, dass die ganze Geschichte getürkt war. Nur dass es in dem Fall umgekehrt war. Um an das beachtliche Erbe der Faschaunerin zu kommen, wurde sie des Mordes bezichtigt, anstatt dass sie selbst ermordet worden wäre.«

»Ferdl«, schüttelte Obiltschnig den Kopf, »manchmal machst du mir Angst. Wie soll uns eine 200 Jahre alte Räuberpistole in unserer Sache weiterbringen.« Der Bezirksinspektor war von Kopf bis Fuß ein einziger tadelnder Blick. »Fakt ist, dass wir nicht wissen, woran die Pedruzzo wirklich gestorben ist. Was bedeutet, dass wir wahrscheinlich eine Exhumierung werden beantragen müssen, damit man den Leichnam doch noch obduziert.«

»Das wird schwierig werden«, dämpfte Popatnig Obiltschnigs Enthusiasmus. »Erstens wird die Staatsanwaltschaft die Dinge ähnlich sehen wie unser Villacher Doktor, und zweitens stellt sich die Frage, ob das Gift, wenn denn welches im Spiel war, jetzt überhaupt noch nachweisbar ist.«

Der Bezirksinspektor schnaufte. Sein Kollege hatte so unrecht nicht. Mit beiden Annahmen. Betrachtete man die Angelegenheit von neutraler Warte, ohne die Einflüsterungen der Freundinnen, dann klang die Giftmordthese tatsächlich weit hergeholt. Möglicherweise würde sie nicht einmal von Oberst Dullnig geteilt werden, womit der Staatsanwalt gar nicht erst bemüht zu werden brauchte. Obiltschnig warf einen prüfenden Blick auf die Amtsuhr. Zehn vor zwölf. »Weißt was, gemma was essen«, schlug er vor.

Zehn Minuten später, man hörte aus der Ferne die Glocken des Klagenfurter Doms, saßen sie im Gastgarten des *Asia-Restaurants* in der Gabelsberger Straße und orderten zweimal das Mittagsbuffet. Während sich Popatnig erst einmal Frühlingsrollen besorgte, balancierte Obiltschnig eine übervolle Schale mit süßsaurer Suppe über die Stufen ins Freie. Als sie ein Weilchen später vor einem Curryhuhn beziehungsweise vor einem Huhn Szechuan saßen, griff der Bezirksinspektor die Thematik wieder auf. »Wie sollen wir deiner Meinung nach vorgehen? Das Ganze vergessen, oder wie?«

Popatnig spießte eine Karottenscheibe auf. »Also zuerst würde ich mich einmal um den Witwer kümmern. Stimmt es, dass er wirklich verschwunden ist? Ich meine«, er kaute inbrünstig an dem orangefarbenen Gemüse herum, »vielleicht ist er einfach nur heim ins Kanaltal, um dort bei Mama und Papa seinen Verlust zu betrauern. Wäre doch möglich.«

»Ja, dem sollten wir nachgehen, du hast recht«, pflichtete Obiltschnig dem Kollegen bei. »Zuerst kontaktieren wir gleich nach dem Mittagessen den Lassnig. Der soll eine Funkstreife in der Lederergasse schicken, damit die sich dort unter den Nachbarn umhören, ob der Göttergatte wirklich ausgebüxt ist. Und wenn es stimmt, was unser Damenkränzchen vermutet, dann machen wir zwei Hübschen morgen eine kleine Dienstreise nach Italien.«

Popatnigs Gesicht hellte sich auf. »Bei der Perspektive hole ich mir gleich noch einen Nachschlag.« Er verschwand kurz im Inneren des Restaurants und kehrte wenig später mit einem Teller Nudeln und einer kleinen Schale zurück. Wie Obiltschnig feststellen konnte, handelte es sich bei deren Inhalt um Pfirsichkompott. »War ökonomischer, die Nachspeise gleich mitzubringen. Dann brauch ich nicht noch einmal aufstehen«, erklärte er.

Obiltschnig fühlte sich inspiriert und ließ nun seinerseits den Kollegen kurz allein. Am Buffet sah er sich im Dessert-Bereich um und entschied sich nicht nur für das nämliche Kompott, sondern auch gleich für einen kleinen Teller Bananen in Schokoladensoße. »Na ja«, erklärte er nach seiner Rückkehr dem Kollegen, »Obst soll ja sehr gesund sein, heißt es.« Dabei zwinkerte er vergnügt. Und für eine kleine Weile gaben sich beide schweigend dem Genuss hin.

Schließlich schob Popatnig die leere Schüssel beiseite, angelte nach dem Aschenbecher und steckte sich eine Zigarette an. Postwendend belferte die dicke Dame am Nebentisch los und wedelte dabei demonstrativ mit der Hand. Ihr so offensichtlich zur Schau getragener Husten hatte etwas Tuberkulöses, und Obiltschnig begann sich ernsthafte Sorgen zu machen, ob die Frau nicht noch vor Beendigung ihrer Mahlzeit ersticken würde. Mitfühlend sah er in ihre Richtung, und ihre Blicke trafen sich. Abrupt stoppte ihr Husten, und sie erklärte mit heiserer Stimme, sie sei Nichtraucherin. Obiltschnig bemühte sich um einen möglichst ernsten Gesichtsausdruck. »Da müssen Sie aber aufpassen, Gnädigste. Mein Kollege hier raucht eine ganze Schachtel am Tag, aber so einen Keuchhusten wie Sie hatte der noch nie.« Ihr »Unverschämtheit« interessierte ihn schon nicht mehr. Stattdessen wandte er sich wieder ihrem Fall zu.

»Also gut, halten wir fest, dass wir zunächst einmal diesen Vito unter die Lupe nehmen. Wenn sich da irgendein Anhaltspunkt dafür ergibt, dass der Tod seiner Frau kein dummes Missgeschick war, dann reden wir einmal mit dem Dullnig. Wenn Herr Pedruzzo aber einfach nur an Mamas Busen heult und sich in Selbstmitleid ergeht, dann machen wir still und heimlich den Deckel drauf und reden weiter nicht mehr darüber. Sind wir uns da einig?«

»Vollkommen.« Popatnig schien keine gesteigerte Lust zu verspüren, einer Schimäre hinterherzujagen. »Hauptsache, wir fahren morgen nach Venzone. Am Hauptplatz gibt es ein kleines Buffet, da bekommst du die allerbesten friulanischen Spezialitäten. Du wirst sehen, die sind ein Gedicht. Und für deine Resi kannst du auch gleich etwas mitnehmen. Die haben dort alles, was das Herz begehrt: Rohschinken, Salami, Mortadella und jede Menge feinsten Käse.« Genießerisch ließ Popatnig seine Zunge über seine Lippen gleiten.

»Ferdi, du bist ein Faszinosum. Da hast du gerade eine doppelte Portion Mittagessen verdrückt und denkst schon wieder ans Futtern. Dabei bist du rank und schlank wie ein indischer Fakir. Wie machst du das?« Kaum hatte Obiltschnig diese Worte ausgesprochen, als er in Popatnigs Augen die Antwort auf seine Frage las. »Lass stecken, Buffalo Bill, ich weiß, was du mir sagen wirst.«

Den Nachmittag brachten sie im Wesentlichen damit zu, alte Akten zu wälzen und auf den Dienstschluss zu warten. Sie waren schon beinahe im Aufbruch, als sich doch noch die Villacher meldeten. Lassnig selbst war am Apparat. »Also, ich habe, wie vereinbart, eine Funkstreife an die Adresse der Pedruzzos geschickt. Wie erwartet war niemand zu Hause. Die Kollegen haben sich dann im Haus umgehört, aber niemand wusste etwas über den Verbleib von Herrn Pedruzzo zu sagen.«

»Das stand zu befürchten«, warf Obiltschnig ein, wurde jedoch gleich von Lassnig unterbrochen. »Moment, nicht so voreilig. Meine Leute waren nämlich so clever, sich auch in der näheren Umgebung umzuhören. Und in der nächsten Trafik wurden sie dann fündig. Die dortige Besitzerin konnte ihnen nämlich erzählen, dass der Pedruzzo vorige Woche, gleich nach dem Begräbnis seiner Frau bei ihr im Geschäft gestanden sei und ihr gesagt habe, er ertrage es im Augenblick nicht, in Villach zu sein, weil ihn hier alles an seine Sonja erinnere.« Obiltschnig war gespannt, was nun folgen würde. Doch Lassnig schien nicht mehr zu sagen zu haben.

»Hat er auch gesagt, wohin er abreist?«, formulierte der Bezirksinspektor daher. »Angeblich zu seinen Eltern in Italien«, kam es zurück. Obiltschnig sah Popatnig an, der versuchte, das Gespräch aus der Distanz mitzuverfolgen, und hob den Daumen, wobei seine Lippen das Wort »Venzone« formten. »Gut«, sagte er dann in den

Hörer, »Kollege Popatnig und ich, wir werden dann morgen einmal nach Venzone fahren und schauen, ob wir dort den Herrn Pedruzzo aufstöbern. Und wenn wir ihn finden, dann werden wir uns mit ihm unterhalten und ihn fragen, was er zu den Vorwürfen der Damen zu sagen hat. Dann sollten wir klarer sehen, denke ich.« Lassnig stimmte Ansicht und Vorgehensweise zu und wünschte anschließend noch einen schönen Tag.

»Was ist, gehen wir in der *Casa Mia* noch auf ein gepflegtes Getränk?«, fragte Popatnig, als sie sich auf den Sparkassenplatz zubewegten. »Sei mir nicht bös, Ferdi, aber ich glaub, ich will nach diesem Tag einfach nur heim zur Resi. Außerdem verbringen wir morgen eh viel Zeit zusammen, da wird es wohl mehr als nur ein Getränk werden.« Popatnig nahm's zur Kenntnis. »Dann gehe ich einmal in den *Affen* und schau, was sich dort um diese Uhrzeit so tut.« Obiltschnig lächelte. »Viel Spaß. Viel Erfolg wünsche ich dir nicht, denn ich weiß, dass du den ohnehin haben wirst.« Dabei zwinkerte er wieder einmal und erntete dafür ein gewinnendes Grinsen seines Kollegen.

Nur wenige Minuten später fläzte sich Bezirksinspektor Sigi Obiltschnig auf seine Küchenbank und atmete, ein *Schleppe* vor sich, tief durch. »Das war wieder ein Tag«, begann er dann, während Resi damit beschäftigt war, Leberknödel zu formen. »Uns haben ein paar Frauen einen Floh ins Ohr gesetzt, wonach eine ihrer Freundinnen von ihrem Mann vergiftet worden sein soll. Sehr mysteriös das Ganze. Der Ehemann hat nämlich behauptet, sie sei an einer Pilzvergiftung gestorben, und der Arzt hat ihm das ohne weitere Überprüfung geglaubt. Jetzt ist der Mann weg, und wir haben den Hinweis, er ist in Italien, aber die Frauen glauben, er hat sie wegen ihres Erbes umgebracht. Na ja, und deshalb wollen der Ferdi und ich morgen einmal nach Italien fahren ... sag einmal, was machst du da überhaupt? Willst eine ganze Kompanie verköstigen oder was? Das sind ja sicher 100 Knödel, die du da machst!« Obiltschnig starrte ungläubig auf den großen Teller, auf dem sich die Suppeneinlage bereits zu einer riesigen Pyramide türmte. »Dummerchen, die friere ich ein. Dann haben wir bis ins nächste Frühjahr etwas davon. Und heute gibt's schon einmal eine Kostprobe.«

»Leberknödelsuppe? Ist das nicht ein bisschen karg für ein gestandenes Mannsbild?« Obiltschnig meldete seine Zweifel an. Resi drehte sich um und schenkte ihrem Mann ein breites Lächeln. »Das ist natürlich nur die Vorspeise. Anschließend gibt's Spaghetti Carbonara. Aber mit Schinken statt mit Speck. Ich weiß ja, dass dir das Fette nicht so liegt.« Obiltschnig begann zu strahlen. »Du bist die Beste«, sagte er dann.

»Und wie schätzt du die Glaubwürdigkeit dieser Damen ein«, griff Resi das Thema ihres Mannes wieder auf, als sie beim Essen saßen. Obiltschnig wickelte eifrig Nudeln auf seine Gabel und wiegte dabei skeptisch seinen Kopf. »Sie wirkten auf mich jetzt nicht so, als spönnen sie sich etwas zusammen. Aber es ist halt insgesamt eine eher heikle Angelegenheit, weil die Frau ja schon unter der Erde ist. Für eine Exhumierung brauchst du schon sehr gewichtige Gründe und nicht bloß Vermutungen aus einer Freundesrunde. Von daher weiß ich nicht so recht ...«

Resi sah ihn mitfühlend an. »Ich denke, du machst das schon richtig. Red einmal mit dem Witwer, und dann wirst du wissen, ob an der Sache etwas dran ist oder nicht.« Obiltschnig legte die Gabel beiseite und dann seine Hand auf Resis Unterarm. »Du weißt halt immer, was ich gerade brauche. Dafür liebe ich dich.« Ihr saß augenblicklich der Schalk im Nacken. »Nur dafür?«

Drei Kilometer weiter langweilte sich Popatnig im *Affen*. Er hatte sein drittes Bier vor sich stehen und sah der Kartenrunde am Nebentisch beim Schnapsen zu. An diesem Ort, so gestand er sich ein, würde er an diesem Abend nicht mehr glücklich werden. Kurz entschlossen zahlte er seine Zeche, begab sich zu seinem Wagen und fuhr zurück nach Klagenfurt. Am Beginn der Radetzkystraße fand er einen Parkplatz. Er schickte der beleuchteten Kirche am Kreuzbergl einen abendlichen Gruß, den diese jedoch nicht erwiderte. Er überquerte die Straße und schlenderte durch den Schubertpark in Richtung Stadttheater, ehe er wieder auf den Sankt Veiter Ring stieß, wo er den Weg zu den *City-Arkaden* einschlug. Schon aus einiger Entfernung stach ihm das Leuchtschild der *Flamingo-Bar* ins Auge, eine technische Spielerei, die das betreffende rosa Tier abwechselnd mit nach oben gerecktem oder aber nach unten gebücktem Hals präsentierte. Popatnig schenkte dem Schnickschnack weiter keine Beachtung, sondern hielt konsequent auf den Eingang zu. Vor der Tür befand sich ein schwarzer Ständer, auf den jemand mit krakeliger Schrift »Heute Niki« gemalt hatte. Popatnig lächelte und trat ein.

Trotz der für die Bar frühen Stunde herrschte schon hektische Betriebsamkeit. Praktisch alle Tische waren besetzt, was Popatnig allerdings nicht betrübte. Er bevorzugte ohnehin einen Hocker am Tresen, da er von dort den besten Blick auf die kleine Bühne hatte. Er bestellte einen doppelten *Cutty Sark*, an dem ihm stets der leichte Geschmack nach Vanille faszinierte. Er nahm kaum den ersten Schluck, als ihm aus unerfindlichen Gründen der Spaßvogel aus Wien einfiel, der ihn einmal partout zu *Single-Malt*-Whiskys hatte bekehren wollen. Für den Hauptstädter waren blended Whiskys beinahe ein Sakrileg gewesen, vergleichbar mit billigstem Fusel. Doch Popatnig gab einen feuchten Kehricht auf die Weisheiten irgendwelcher Aficionados, er trank, was ihm schmeckte, egal, welches Label dem Getränk auch immer anhaftete.

Er nutzte die Zeit bis zu Nikis Auftritt, sich ein wenig umzusehen. Dabei musste er sich eingestehen, mittlerweile schon zu den Älteren im Raum zu zählen. Die allermeisten Anwesenden schienen Studenten zu sein, einige gingen vielleicht sogar noch zur Schule, und bei manchen hatte er das Gefühl, sie könnten theoretisch sogar schon seine Kinder sein. Wurde sein Alter allmählich zum Problem? Ihm fiel ein, dass er nicht einmal wusste, wie alt Niki war. Er schätzte sie auf Mitte 20, womit sie nur wenige Jahre jünger wäre als er selbst. Er nahm einen weiteren Schluck und fuhr sich dann mit dem Handrücken über den Mund, als könnte er so auch die düsteren Gedanken wegwischen, die sich unmerklich in sein Hirn eingeschlichen hatten. Fragen über eine zu hohe Zahl an Jahren konnte er sich immer noch stellen, wenn er einmal so alt war wie Obiltschnig. Bis dahin aber genoss er sein Leben als Wildfang und lebte für den Augenblick.

Und eben jener war nun gekommen. Der Raum wurde merklich dunkler, während gleichzeitig über der Bühne zwei Scheinwerfer eingeschaltet wurden. Jemand schnappte einen Hocker von der Bar und platzierte ihn direkt hinter dem Mikrofon. Für einen kurzen Moment schien das Bild eingefroren, doch dann kam sie. Niki. Sie trug abermals einen überaus kurzen Minirock, der kaum die Scham bedeckte. Popatnig konstatierte hochhackige Stiefel, die beinahe bis zu den Knien reichten, sodass lediglich Nikis Oberschenkel wirklich nackt waren. Oberhalb des Rocks glitzerte etwas auf, und Popatnig erkannte das kleine Nabelpiercing, mit dem seine Zunge erst vor wenigen Stunden gespielt hatte. Nikis Oberbekleidung deutete so etwas wie eine Bluse an, war aber dennoch kaum größer als ein Büstenhalter. Sie deckte gerade einmal Nikis eher kleinen Brüste ab, während Bauch und Schulterbereich textilfrei blieben. Zudem trug Niki ihre Haare offen, sodass sie beinahe majestätisch auf ihren Schultern ruhten. Im Gesicht hatte sie so etwas wie Kriegsbemalung angelegt, links und rechts zierten zwei dicke rote Striche ihre Wangen. Sie setzte sich auf den Hocker, schlug die Beine übereinander und griff nach der Gitarre. Ohne ein Wort begann sie eine Melodie zu spielen, was das ohnehin schon leiser gewordene Gemurmel im Saal endgültig zum Verstummen brachte. Schließlich erklang ihre Stimme.

Popatnig schien sie glockenhell und rein, beinahe mystisch, und er war gefangen von den Tönen, die sie in den Raum entließ. »I wandered lonely through the fields«, ließ sie ihr Publikum wissen, und Popatnig wusste genau, er würde ihre Einsamkeit so rasch wie möglich beenden wollen. Vorerst aber gab er sich ganz ihrem Gesang hin. Er schloss die Augen und träumte sich in andere Sphären, wobei ihm zwar sein Geist, nicht aber andere Teile seines Körpers folgten. Immer wieder öffneten sich die Lider, und sein Blick saugte sich abwechselnd an ihren Schenkeln und an ihrem Bauch fest. Eilig bestellte er durch Hochheben seines Glases noch einen weiteren Whisky.

Eine gute Stunde später war Nikis letzte Zugabe verklungen, und sie verschwand buchstäblich hinter den Kulissen. Popatnig wartete geduldig. Es kam ihm wie eine Ewigkeit vor, die er allein mit seinem Whiskyglas zubringen musste, und nur mit Mühe hielt er sich selbst davon ab, hinter die Bühne zu gehen, um nach ihr zu suchen. Als er schon beinahe jede Hoffnung aufgegeben hatte und zu der Überzeugung gekommen war, sie sei einfach nach Hause gegangen, wuchs sie plötzlich vor ihm aus dem Boden und strahlte ihn an. Sie hob schüchtern die linke Hand und deutete ein Winken an. »Hugh, großer Medizinmann. Sprechen wir wieder dem Feuerwasser zu?« Dabei grinste sie. »Manitu will es so«, gab er prosaisch zurück. Niki schnappte sich einen Hocker und setzte sich neben ihn. »Na, da wollen wir hoffen, dass Manitu auch noch etwas anderes will. Etwas ganz anderes.« Popatnig blickte ostentativ auf seinen Schoß. »Ob Manitu etwas anderes will, kann ich dir nicht sagen. Aber ich kenne jemanden, der will unter Garantie etwas ganz Bestimmtes.« Dabei grinste er anzüglich. Niki lachte hell auf. »Eigentlich bist du unmöglich. Dein Glück, dass ich nach Auftritten immer mega geil bin.« Und nach einer kleinen Pause. »Willst du da noch rumsitzen, oder gehen wir gleich zu mir?« Popatnig fiel die Wahl leicht.

Einmal mehr ärgerte sich Obiltschnig über das Fernsehprogramm. Da hatten sie an die 100 Kanäle, und nirgendwo lief etwas halbwegs Brauchbares. Besonders störten ihn diese selten dämlichen Shows, die irgendeine Form von »Promi« in ihrem Namen trugen: *Das große Promi-Backen*, *Das wilde Promi-Shopping*, *Das Promi-Irgendwas*. Er vermochte nicht zu sagen, was bei diesen Formaten abstoßender war: ihre unendliche Langeweile oder ihre abgrundtiefe Dummheit. Noch dazu traten darin Leute auf, von denen er noch nie etwas gehört hatte und die ihm dennoch als »prominent« verkauft wurden. Eine »Influencerin« da, ein »Model« dort, ein abgehalfterter *Big Brother*-Teilnehmer hier, ein ehemaliger Unterliga-Kicker da. Es war zum Verzweifeln. Ebenso übrigens wie die öden Filme, die zum gefühlten 100. Mal wiederholt wurden. Er gestand ja gerne ein, dass ihm *Jurassic Park* seinerzeit gut gefallen hatte. Auch beim zweiten und sogar beim dritten Mal. Aber zum zwölften Mal? Wirklich? Wer machte eigentlich bei diesen Sendern die Planung? Ein Zyniker? Oder ein Alzheimer-Patient, der sich nicht mehr daran erinnerte, was er vor einer Stunde zu sich genommen hatte? Und wenn die Sender einmal etwas Gutes im Programm spielten, dann sicher erst um Mitternacht, wo jeder normale Mensch schon an sein Bett dachte. Der *Österreichische Rundfunk* war besonders gut darin, seinen Sehern das Beste penetrant vorzuenthalten. *Der Kommissar und die Alpen* zum Beispiel, eine geniale italienische Krimiserie, die auf den Romanen Antonio Manzinis basierten, die Obiltschnig genauso wie seine Frau geradezu verschlangen. Der *ORF* zeigte diese exzellente Produktion prinzipiell mitten in der Nacht und bot sie nicht einmal in der Mediathek an, sodass er sie einfach nie zu Gesicht bekam. Aber natürlich war das den Mächtigen des Staatsfunks schnurzegal. Die lebten gut von den Zwangsgebühren, die der Staat bei allen Kunden automatisch einhob. Dabei hatte Obiltschnig gar nichts gegen das Konzept an sich. Er verstand nur nicht, weshalb er Monat für Monat Geld bezahlen musste, wenn der *ORF* in seinem Programm noch niveauloser war als irgendwelche abenteuerlichen Privatsender, die von den Werbeeinschaltungen diverser Erotik-Unternehmen oder dubioser Finanzdienstleister lebten. Rechtschaffen sauer griff er sich die Fernbedienung und schaltete das Gerät aus. Er erhob sich schwerfällig von der Couch, schlurfte aus dem Wohnzimmer, löschte an der Tür das Licht und hielt auf das Schlafzimmer zu. Er warf einen prüfenden Blick hinein, um festzustellen, ob Resi schon im Land der Träume weilte. Ihr ruhiger, flacher Atem sagte ihm, dass sie schlief. Er verzichtete daher darauf, sich zu duschen, putzte nur kurz die Zähne und schlüpfte dann zu seiner Frau unter die Decke.

Niki hatte die Tür zu ihrer Wohnung aufgeschlossen und streifte augenblicklich ihre Stiefel ab. Achtlos warf sie ihre Jacke auf den Boden, sodass sie in ihrem Bühnen-Outfit vor Popatnig stand, der seinerseits die Schuhe auszog und dabei einen schnellen Blick auf seine Füße warf, um solcherart festzustellen, ob seine Socken herzeigbar waren. Niki achtete weiter nicht auf ihn, sondern eilte schnurstracks ins Wohnzimmer. »Bringst du uns zwei Drinks«, rief sie über die Schulter, »du weißt ja, wo du den Sprit findest.« Popatnig signalisierte Zustimmung und begab sich in die schmale

Küche, wo unter dem Fenstersims diverse Spirituosen aufgereiht waren. Er entdeckte, was er suchte, und mixte gekonnt zwei *Irish Shots*, die aus Whiskey, *Baileys* und Crème de Menthe bestehen. Der Vorteil des Getränks war evident. Es schmeckte süß, wies aber gleichzeitig einen recht hohen Alkoholgehalt auf. Derlei lockerte in jedem Fall die Stimmung.

Er wartete einen Moment, bis sich die Flüssigkeiten soweit geschieden hatten, dass sich tatsächlich in der Färbung die irische Fahne ergab, dann nahm er die beiden Gläser und marschierte zu Niki ins Wohnzimmer. Ihr Anblick wärmte ihn mehr, als der *Irish Shot* es je vermögen würde, denn sie hatte Bluse und Rock abgelegt und saß nur noch in einem Tanga auf der Couch. Ihr Bauchnabelpiercing glänzte im Licht der Zimmerbeleuchtung, und Popatnig registrierte mit Begeisterung, dass Nikis Brustwarzen bereits steil aufgestellt waren. Achtlos stellte er die Gläser am Beistelltisch ab und ließ sich neben ihr nieder, wo er ohne weitere Verzögerung damit begann, ihre Schultern zu küssen, während seine rechte Hand ihren Oberschenkel streichelte. Sie blieb keineswegs passiv, sondern zog an seinem Gürtel, um sodann seine Hose zu öffnen. Mit einem gekonnten Griff holte sie Popatnigs Glied hervor, an dessen Schaft sie augenblicklich mit der Handfläche auf und ab glitt. Popatnig suchte Nikis Mund, fand ihn, und für eine kleine Weile legten ihre Zungen einen veritablen Tango hin, während sich ihre Hände auf das Geschlecht des jeweils anderen konzentrierten.

Niki hob kurz ihr Hinterteil an, was sie dazu nutzte, nun auch den Slip abzustreifen. Mit einer beinahe athletischen Bewegung beförderte sie ihr rechtes Bein über Popatnig hinweg, sodass es zwischen der Lehne der Couch und seinem Körper zu liegen kam. Gleichzeitig umfasste sie den Kopf des Polizisten und drückte ihn sanft abwärts. Popatnig wusste, was sie von ihm erwartete, und so machte sich seine Zunge auf, Bekanntschaft mit Nikis anderen Lippen zu machen. Ihr kehliges Schnurren bedeutete ihm, dass er seine Aufgabe durchaus akzeptabel löste.

Obiltschnig wälzte sich rastlos hin und her und fragte sich, warum er partout nicht einschlafen konnte. Irgendetwas ging ihm durch den Kopf und ließ ihn einfach nicht ruhen. Ob es an dem Fall lag? Kaum. Denn es war überaus fraglich, ob es sich überhaupt um einen solchen handelte. Aber was war es dann? Er hatte nichts Schweres gegessen, und auch sonst fiel ihm kein Grund ein, warum er nicht wie Resi schon längst tief und fest schlief. Er seufzte leise, schlug die Decke zurück und erhob sich. Vorsichtig tappte er durch die Dunkelheit und peilte dabei die Küche an. Dort angekommen, öffnete er den Kühlschrank und durchforstete diesen nach möglichen Ablenkungen. Seine Mutter hatte für Schlafstörungen immer warme Milch empfohlen, und als Kind hatte dieses Hausmittel seine Wirkung nie verfehlt. Er goss also einen Viertelliter in einen kleinen Topf und stellte selbigen auf den Herd. Als sich erste Dampfschwaden zeigten, zog er das Gefäß wieder weg und schüttete seinen Inhalt in ein Glas. Er stellte sich ans Fenster, starrte in die Finsternis und nippte dabei immer wieder an dem heißen Getränk. Was Popatnig zu dieser späten Stunde wohl machte, fragte er sich.

Popatnig keuchte heftig und kniff noch ein letztes Mal seine Hinterbacken zusammen, um solcherart auch noch den letzten Rest seines Samens in Niki zu pumpen. Die war schweißnass auf seine Brust gesunken und biss ihn sanft oberhalb seines rechten Schlüsselbeins. Er spürte, wie das Blut allmählich aus seinem Penis wich, was selbigen merklich schrumpfen ließ. Plötzlich nahm er einen sanften Druck links und rechts des Schafts wahr. Nikis spannte offenbar ihre Muskulatur an. »Bleib in mir«, hauchte sie, »ich will dich noch ein wenig in mir spüren.« Popatnig strich sachte über ihren Rücken und ließ dann seine Hände auf ihrem Hinterteil zur Ruhe kommen.

Er registrierte, wie Nikis Atem sich allmählich normalisierte. Wahrscheinlich, so sagte er sich, würde sie sich bald abrollen, um dann neben ihm einzuschlafen. Doch zu seiner eigenen Überraschung nahm der Druck, den sie auf sein Glied ausübte, an Kraft zu. Gleichzeitig fing sie an, ihn intensiv zu küssen, ehe sie an seinen Ohrläppchen knabberte. Sie hob ihren Oberkörper leicht an und bewegte sich leicht auf und ab, sodass ihre steifen Brustwarzen Linien auf seiner Brust zeichneten, was Popatnig wohlig zur Kenntnis nahm. Sie bog ihre Rechte nach hinten, wo sie zwischen ihren Hinterbacken abwärts glitt, bis sie auf Popatnigs Hoden stieß, die sie zart kraulte. Und tatsächlich begann Popatnigs Glied wieder zu wachsen. Er küsste ihre Stirn und flüsterte: »Wenn du so weitermachst, dann will ich gleich noch einmal.« Sie warf den Kopf zurück und funkelte ihn erwartungsvoll mit ihren dunklen Augen an: »Genau das ist der Plan«, entgegnete sie.

Obiltschnig stellte frustriert das leere Milchglas in die Spüle und strebte wieder seinem Bett zu, als er mitten in der Bewegung innehielt. Wenn er schon einmal auf den Beinen war, dann konnte er genauso gut seine Blase erleichtern, sagte er sich und suchte den Lokus auf. Dort holte er sein trauriges Genital aus der Pyjama-Hose und wartete darauf, dezentes Plätschern zu hören. Doch nichts tat sich. War wohl nichts, dachte er mit einem achtlosen Schulterzucken. Wie ein alter Mann schlurfte er zurück zu seinem Bett, wo er sich erschöpft auf das Laken fallen ließ, was Resi mit einem unwilligen Grunzen kommentierte, ehe sie sich umdrehte und weiterschlief. Obiltschnig verschränkte die Arme hinter dem Kopf und starrte an die Decke.

Niki war langsam seitlich von Popatnigs Körper gerutscht, sodass sie direkt neben ihm zu liegen kam. Sie legte ihr schlankes Bein auf seine Genitalien und streichelte gedankenverloren seine Schulter. »Ob du ein drittes Mal auch schaffst?« Er drehte den Kopf seitwärts und sah sie an. »Du bist ja ein kleiner Nimmersatt«, sagte er leise. Sie küsste seinen Oberarm, während sie gleichzeitig ihre linke Hand auf seinen Bauch legte. »Es heißt doch, alle guten Dinge sind drei.« Verspielt kräuselten ihre Finger sein Schamhaar, ehe sie eine Etage tiefer wanderten, wo sein Penis sichtlich zufrieden vor sich hin schlummerte. Sie tat erschrocken und riss ihre Augen weit auf. »Na aber hallo, da müssen wir ganz dringend jemanden aufwecken. In diesem Zimmer wird nicht geschlafen, auch wenn es 100-mal Schlafzimmer heißt.« Popatnig verschränkte die Arme hinter dem Kopf und starrte an die Decke. »Dann zeig einmal, was du kannst«, sagte er mit einem genießerischen Blick. »Wenn du es richtig machst, stehe ich dir gleich wieder zur Verfügung.« Und nach einem abermaligen Drehen des Kopfes in ihre Richtung: »Und ich weiß, dass du es richtig machst.« Ihre Augen blitzten noch einmal auf, ehe ihr ganzer Körper in südlichere Regionen emigrierte. Bald schon spürte Popatnig Nikis Lippen an seiner Eichel, ehe selbige in ihrem Mund verschwand. Für eine kleine Weile versuchte er, seine Lust zu zähmen, doch dann gingen seine Gefühle mit ihm durch. Er richtete sich auf, fasste Niki an ihren Schultern und positionierte sie auf dem Rücken. Flink war er über ihr und versenkte sein steifes Genital ein weiteres Mal in ihr.

II.
AM FOLGENDEN TAG

Obiltschnig konnte sich nicht mehr daran erinnern, wann er schließlich doch noch eingeschlafen war. Es konnte jedoch nicht der geringste Zweifel daran bestehen, dass er schwer übernächtig war. Er fühlte sich wie gerädert, als er mühsam aus dem Bett kletterte und herzhaft gähnend Richtung Küche torkelte. Dort war Resi freilich das blühende Leben. Beschwingt wünschte sie ihm einen guten Morgen und stellte ihm eine Tasse Kaffee vor die Nase, was Obiltschnig dankbar registrierte, ehe er sich schwerfällig auf den Sessel fallen ließ. »Ich weiß nicht, was da heute Nacht los war«, begann er, »aber ich habe bis 3 oder vielleicht sogar 4 Uhr kein Auge zugemacht.«

»Das war sicher der Föhn«, klärte ihn Resi auf, »es ist ja untypisch warm für diese Jahreszeit.« Obiltschnig blickte aus dem Küchenfenster, als könnte er allein dadurch die aktuelle Temperatur feststellen. »Findest du? Wir haben Anfang September. Also eigentlich noch Sommer. Da ist Badewetter doch nichts Besonderes!«

»Aber hast du den Wind gestern nicht gemerkt? Den wirst du unbewusst gespürt haben, und darum konntest du nicht schlafen.« Obiltschnig zuckte mit den Achseln. »Möglich. Aber ich hoffe wirklich, der Ferdi fährt heute, weil so, wie ich mich im Augenblick fühle, schlaf ich glatt hinter dem Steuer ein.«

Resi strich ihm mitfühlend über den Nacken. »Jetzt gehst einmal unter die Dusche, das weckt die Lebensgeister. Und ich mache dir einstweilen eine Eierspeise, dann sieht die Welt schon wieder ganz anders aus.« Obiltschnig sah seine Frau dankbar an und verschwand anschließend im Badezimmer.

Popatnigs erster Blick nach dem Erwachen galt nicht Nikis süßer Brust, die sich in ihrem Tiefschlaf kaum merklich hob und senkte, sondern seiner Armbanduhr. Es war wenige Minuten vor 8 Uhr. Er unterdrückte einen Fluch. Aber kein Wunder, sagte er sich, dass er verschlafen hatte. Sie hatten sicher bis 3 oder vielleicht sogar 4 Uhr früh kein Auge zugemacht, weil sie sich gleichsam um ihren Verstand gevögelt hatten. Sorgsam, um Niki nicht zu wecken, glitt er aus dem Bett und strebte nackt, wie er war, dem Badezimmer zu. Eine lange und ausgiebige Dusche würde seine Lebensgeister schon wieder wecken, dachte er, und setzte den Plan sofort in die Realität um. Er seifte sich sorgfältig ein und ließ dann den Wasserstrahl sein Werk tun. Nachdem er sich abgetrocknet hatte, suchte er seine Kleidung zusammen und hielt dann Ausschau nach einem Stück Papier. »Meine große Liebe«, kritzelte er auf einen Notizblock, »musste leider zur Arbeit. Ich hoffe, wir setzen am Abend fort, was wir am Morgen vorläufig enden ließen. 1000 Küsse, F.« Er riss den Zettel ab, schlich auf Zehenspitzen ins Schlafzimmer und legte ihn neben Niki auf das Kopfpolster. Dann schlüpfte er durch die Wohnungstür und begab sich ins Freie.

Kaum auf der Straße rief er Obiltschnig an. »Du, wie der Zufall es will, bin ich schon in Klagenfurt. Treffen wir uns gleich im Büro?« Nebenbei versuchte er, sich daran zu erinnern, wo er seinen Wagen geparkt hatte. »Ich bin ein bisserl ramponiert«, hörte er den Bezirksinspektor maulen, »hab kaum ein Auge zugemacht diese Nacht«, ergänzte dieser. Wenn du wüsstest, dachte Popatnig. »Kannst mich nicht einfach mit dem Wagen zu Hause abholen, und wir fahren direkt von mir nach Italien?« Popatnig stand der Sinn ohnehin nicht nach seinem Schreibtisch. »Okay, ich bin ungefähr in einer halben Stunde bei dir«, sagte er noch, ehe er das Gespräch beendete. »So, wo hab ich die Karre gestern bloß hingestellt? Ach ja, in der Radetzkystraße, na sehr fein.« Er unterdrückte einen Fluch und stapfte durch das morgendliche Klagenfurt. Die halbe Stunde war entschieden zu optimistisch gewesen.

Nachdem er endlich sein Auto erreicht hatte, setzte er selbiges in Gang, drehte eine Runde um den Häuserblock, was ihn zurück zum Villacher Ring brachte. Von dort hielt er in gerader Linie auf die Rosentaler Straße zu, sodass er verhältnismäßig rasch aus der Stadt kam, was ihn weiter nicht verwunderte, da um diese Zeit alle Welt nach Klagenfurt, aber kaum jemand aus Klagenfurt hinaus wollte. Dennoch war es beinahe 9 Uhr vormittags, ehe er sein Gefährt endlich vor Obiltschnigs Haus zum Stehen bringen konnte.

Obiltschnig öffnete die Haustür. »Magst noch auf einen Kaffee reinkommen, bevor wir loslegen?« Popatnig nahm das Angebot gerne an, denn er hatte seit dem *Irish Shot* in der Nacht nichts mehr zu sich genommen. »Kaffee wäre echt toll, ich bin auch ein wenig müde«, murmelte er.

Zwei Minuten später saß er Obiltschnig am Küchentisch gegenüber und freute sich darüber, dass ihm Resi nicht nur eine Tasse Kaffee, sondern auch einen Aschenbecher auf die Tischplatte gestellt hatte. »Magst eine Kleinigkeit essen auch?«, fragte sie fürsorglich. »Wenn es keine Umstände macht?« Resi machte eine abwehrende Geste mit der rechten Hand. »Aber geh, überhaupt nicht.«

Nach einem üppig beschmierten Butterbrot mit Schinken zündete sich Popatnig genussvoll eine Zigarette an. »Was meinst, wie lange werden wir nach Venzone brauchen?«

»Na, was werden das sein? 100 Kilometer? 120?« Popatnig zückte sein Handy. »Warte. Ich schau einmal nach.« Er tippte die entsprechenden Daten ein. »135 sogar. Eineinhalb Stunden, sagt *Google*.« Obiltschnig gab Linie vor. »Dann rauch in Ruhe fertig, und dann gehen wir's an. Immerhin müssen wir dort ja erst das Kaff finden, wo die Pedruzzos tatsächlich hausen.«

Sie fuhren erst quer durch das Rosental, bis sie an die Autobahnanschlussstelle bei Sankt Jakob kamen. Von dort hielten sie sich zunächst in Richtung Villach, ehe sie die Stadt buchstäblich rechts liegen ließen, um hinter Arnoldstein die Grenze zu passieren. Vorbei an pittoresken Bergdörfern wie Camporosso und Malborghetto fuhren sie immer die Fella entlang, bis sie Pontebba erreichten. »Jetzt ist es nicht mehr weit«, versprühte Popatnig Optimismus. Neben der Autobahn nahm der Tagliamento die Fella in sich auf und strebte weiter der Adria zu. Wenig später sahen sie bereits die malerische Andreaskirche im Zentrum von Venzone. Sie bogen links ab und stellten ihren Wagen auf dem Parkplatz vor der Stadtmauer ab.

Durch das Stadttor ging es in gerader Linie auf den Hauptplatz, wo sich auch das Rathaus befand. Sie traten ins Innere des Amtsgebäudes und wandten sich an den dort gelangweilt vor sich hin stierenden Portier. Obiltschnig wollte als der Ranghöhere die Initiative ergreifen, besann sich dann jedoch der Tatsache, dass er kein Italienisch sprach. Missmutig sah er Popatnig an und gab ihm mit einem leichten Nicken in die Richtung des Italieners zu verstehen, er möge das Reden übernehmen. Popatnig deutete ein kurzes Grinsen an, wurde dann aber gleich wieder sachlich.

Er atmete schnell durch und legte dann los: »Buon giorno. Cerchiamo il dipartimento che possa dirci dove sono registrati i singoli cittadini nella loro comunità.« Dabei bemühte er sich um ein Sympathie heischendes Lächeln. Sein Gegenüber ließ sich davon jedoch nicht beeindrucken. »Che?« Popatnig wiederholte mit einfacheren Worten, sie wollten jene Abteilung sprechen, die die Meldeverzeichnisse verwaltete. »Primo piano, camera 102«, kam es gelangweilt zurück.

Der Mann kümmerte sich nicht weiter um sie, und so stiegen sie die Treppe aufwärts und sahen sich um. Raum 102 war, wie sie feststellten, schlicht das Amtszimmer des Bürgermeisters. Beinahe schüchtern klopften sie an, um der Vorzimmerdame noch einmal ihr Begehr darzulegen. »Chi stanno cercando?«, wollte diese wissen.

»Famiglia Pedruzzo.«

Die Beamtin lachte lauthals auf. »Qui una persona su due si chiama Pedruzzo«, klärte sie Popatnig auf.

»Was sagt sie?«, wollte Obiltschnig wissen. »Dass hier jeder zweite Pedruzzo heißt«, informierte ihn sein Kollege. »Cerchiamo un Vito Pedruzzo. 25 anni«, ergänzte Popatnig. Der Gesichtsausdruck der Italienerin verriet, dass sie wusste, von wem die Rede war. »Oh, quei Pedruzzo. Vivono a Pioverno, al di là del Tagliamento.« Wieder zupfte Obiltschnig den anderen am Ärmel. »Was hat sie jetzt gesagt?« Popatnig drehte sich gar nicht erst um, sondern quetschte über die Schulter ein »Dass die auf der anderen Seite des Flusses leben. In einem Ort, der anscheinend Pioverno heißt.«

»E lontano da qui?« Abermals begehrte Obiltschnig eine Übersetzung, was Popatnig sichtlich nervte. »Sigi, jetzt gib einmal Ruh'. Ich regle das hier schon. Ob's weit ist, hab ich g'fragt.« Er entschuldigte sich bei der Italienerin und wiederholte seine Frage.

»Puoi camminare. Forse quindici minuti. Manca un chilometro a casa loro. Proprio laggiù, attraverso il ponte.« Dabei deutete sie in die Richtung, welche die Ermittler einzuschlagen hatten. Popatnig bedankte sich und bedeutete Obiltschnig ihm zu folgen. Der war schon fast bei der Tür, als er sich umdrehte, sich leicht verbeugte und ein überdeutliches »grazie« in den Raum schickte. Die Beamtin deutete ein Lächeln an und schickte ein »de niente« hinterher.

Sie hatten kaum das Stadttor erreicht, als sie bereits die Brücke sahen. Die kleine Ansammlung an Häusern am anderen Ufer musste demnach Pioverno sein. Sie querten den Fluss und schritten dann forsch aus, sodass sie schon nach zehn Minuten die ersten Häuser der Ortschaft erreicht hatten. Der Weg beschrieb eine leichte

Kurve nach links, und nach wenigen Metern hatten sie die Piazza erreicht, in deren Mitte ein Gefallenendenkmal thronte, was Obiltschnig mit einem »Das ist ja wie bei uns« kommentierte. Zu ihrer Verwunderung gab es jedoch nicht einmal ein Café am Hauptplatz, sodass sie sich nach jemandem umsahen, den sie nach Vito Pedruzzo fragen konnten.

Allerdings war das angesichts der mittäglichen Stunde vergebene Liebesmüh. Der ganze Ort schien wie ausgestorben. Popatnig blieb stehen und lauschte. Aus einem Haus an der Via Monte drang eine Melodie. Kurz entschlossen klopfte er an das Fenster. Erst wurde die Musik leiser gestellt, dann erschien ein Schatten auf der anderen Seite des Vorhangs. Eine Hand wurde sichtbar, die tatsächlich das Fenster öffnete. »Cosa vuoi?« Wieder erkundigte sich Popatnig nach den Pedruzzos und vergaß dabei nicht, Vito zu erwähnen. Die Hand deutete auf die Gasse hinter der Piazza, und der dazugehörige Mund informierte den Ermittler darüber, dass Vitos Familie das letzte Haus dieser Gasse bewohne. Popatnig dankte und bedeutete Obiltschnig, ihm zu folgen.

Das Heim der Pedruzzos wirkte nicht gerade luxuriös, aber solide. Die beiden Polizisten betätigten die Klingel und warteten auf eine Reaktion. Endlich kamen Geräusche von jenseits der Pforte. Ein stoppelbärtiger Mann mit wettergegerbtem Gesicht öffnete ihnen. »Che siete e que cosa volete?« Popatnig stellte erst seinen Kollegen und dann sich selbst vor, ehe er sich nach Vito erkundigte. Der Mann kratzte sich nachlässig am Kinn und rief dann nach hinten. »Vito!«

Obiltschnig registrierte mit einiger Überraschung,

dass der Italienisch-Lehrer tatsächlich auf der Bildfläche erschien. Und er wirkte wirklich geknickt. »Sie wünschen?«, fragte er auf Deutsch, nachdem ihm der Mann gesagt hatte, um wen es sich bei den Gästen handelte. »Wir sind extra aus Villach hierhergekommen, weil wir Sie leider zum Tod Ihrer Frau etwas fragen müssen«, begann Obiltschnig vorsichtig. Vito sagte einige Worte zu seinem Vater, der die beiden daraufhin ins Haus bat. Sie fanden sich am Küchentisch wieder, wo der Vater zwei kleine Gläser mit Grappa füllte, die er vor Popatnig und Obiltschnig platzierte. Dann schenkte er sich selbst ein und prostete den Polizisten zu. Die nahmen beide einen Schluck und wandten sich dann wieder dem Sohn zu.

»Herr Pedruzzo, können Sie uns mit Ihren eigenen Worten schildern, was sich Ende August rund um Ihre Frau zugetragen hat?« Augenblicklich schossen dem Mann die Tränen in die Augen. »Meine Sonja, meine über alles geliebte Sonja, sie ist gestorben. Und es war alles meine Schuld.« Dabei schlug er die Hände vors Gesicht und begann laut zu schluchzen, woraufhin sein Vater tröstend die rechte Hand auf Vitos Schulter legte. »Ihre Schuld? Inwiefern?« Der junge Lehrer benötigte geraume Zeit, um sich wieder zu fassen. Er wischte sich melodramatisch eine vermeintliche Träne aus dem Augenwinkel, räusperte sich dann umständlich und begann endlich zu erzählen.

»Meine Sonja, sie war eine gütige Frau. Sie hat sich rührend um mich gekümmert. Den Haushalt gemacht, eingekauft, für mich gekocht. Und da wollte ich ihr eine Freude machen und einmal sie bekochen. Von ihren

Freundinnen habe ich erfahren, dass sie Pilze mag, und so habe ich ihr ein Pilzgulasch zubereitet. Aber ich bin leider nicht ... sehr erfahren ...«, wieder fing er zu schluchzen an.

»Sie haben die falschen Pilze serviert?« Ohne aufzusehen, nickte Vito. »Dann bin ich auch noch dummerweise eingeschlafen, weil ich so müde war. Als ich endlich wieder erwachte, war Sonja schon ... sie war schon ... tot.« Das Schluchzen ging in einen Heulkrampf über, und Popatnig und Obiltschnig sahen sich betreten an. »Sie meinen also, es war alles ein bedauerliches Versehen?« Abrupt hob Vito den Kopf. »Was glauben Sie denn? Dass ich meine Frau vorsätzlich vergiftet habe? Wofür halten Sie mich?« Die eben noch so manifest zur Schau getragene Trauer wandelte sich in grollenden Zorn. »Bin ich ein Verbrecher, weil ich Italiener bin? Ein Katzelmacher?« Das letzte Wort war beinahe hinausgebrüllt, sodass nicht nur die beiden Ermittler zusammenzuckten, sondern auch Papa Pedruzzo erschrak. »Aber mitnichten, Herr Pedruzzo, Sie haben das vollkommen missverstanden. Wir haben lediglich einen anonymen Hinweis bekommen, in dieser Angelegenheit sei nicht alles mit rechten Dingen zugegangen, und wie Sie sicherlich verstehen werden, müssen wir auch solchen Behauptungen nachgehen. Aber wie Sie sehen, haben wir uns die Mühe gemacht, Sie extra persönlich aufzusuchen, um die Sache aus der Welt zu schaffen.« Dabei bemühte sich Obiltschnig um eine unschuldige Miene, die Vito Pedruzzo tatsächlich ein wenig zu beruhigen schien.

»Sie müssen wissen, Commissario, ich habe meine Frau über alles geliebt. Mein Vater hier, er kann Ihnen das bestätigen. Er hat es zwar nicht verstanden und hat immer wieder gesagt, Sonja sei so alt wie meine Mutter, aber für mich war das – wie sagt man – ohne Belang. Sie war mein Ein und Alles. Ich wünschte, ich wäre an ihrer Stelle gestorben. Wirklich, mein Herr.«

»Und weil Sie das alles so mitgenommen hat, sind Sie …« Vito hob die Hand. »Mitgenommen? Nein, ich bin ganz alleine gefahren. Mit meinem Cinquecento …« Popatnig wiederholte Vitos Geste mit dem eigenen Arm. »Nein, nein, Herr Pedruzzo. Mitgenommen bedeutet, es ist Ihnen so zu Herzen gegangen, dass Sie hierher gefahren sind, um Ihrer Trauer im Kreise Ihrer Familie Ausdruck zu verleihen.« Vitos Miene verriet nicht, ob er Popatnigs gedrechselte Sätze vollinhaltlich verstanden hatte, doch nach einer kurzen Pause nickte er.

»Ja, ich kann nicht mehr in der Wohnung sein, in der ich mit ihr gelebt habe. Sobald es mir ein wenig besser geht, werde ich umziehen. Die Erinnerung, sie ist zu schmerzlich.«

»Das verstehen wir. Herr Pedruzzo, verzeihen Sie, dass wir Sie gestört haben, und nehmen Sie bitte unser aufrichtiges Beileid entgegen.« Obiltschnig war aufgestanden und hielt Vito seine Hand entgegen, die dieser ein wenig unsicher ergriff. Popatnig wandte sich dem Ausgang zu und sandte dem Vater noch ein »buona giornata«, ehe er ins Freie trat. Obiltschnig folgte ihm einen Augenblick später. Sie gingen zurück in die Stadt. »Gleich gegenüber dem Rathaus ist dieses Lokal, von dem ich dir erzählt habe. Es ist ohnehin Mittag. Gönnen wir uns eine kleine friulanische Jause.« Obiltschnig war augenblicklich überzeugt.

Sie setzten sich an einen der wackeligen Tische und orderten einen leichten Landwein und zweimal Aufschnitt mit Brot. Nur wenig später genossen beide Rohschinken, Grana Padano, Salami, Mortadella, Ziegen-Caciotta und Canestrato, einen Hartkäse aus Schafsmilch, wozu ihnen reichlich schmackhaftes Weißbrot gereicht worden war. Als sich ein nachhaltiges Sättigungsgefühl einstellte, griff Popatnig zu seinen Zigaretten und sah Obiltschnig an. »Und? Glaubst du ihm?« Der Bezirksinspektor schenkte sich bedächtig Mineralwasser ein. »Ich sehe eigentlich keinen Grund, ihm nicht zu glauben. Die Frau war nicht gerade wohlhabend. Welches Motiv sollte er also haben? Ich weiß schon«, wehrte er einen erwarteten Einwand ab, »das angebliche Erbe in Ledenitzen. Ich muss das noch mit unseren Juristen abklären, aber ich bin mir ziemlich sicher, dass Vito durch den Tod seiner Frau vor jenem ihrer Eltern aus der Erbfolge ausscheidet. Er hätte, so mein Wissensstand, nur dann geerbt, wenn seine Frau die Landwirtschaft schon besessen hätte. Von daher …«

Popatnig blies gelassen Rauch aus und linste dann listig in Obiltschnigs Richtung. »Was aber, wenn die Eltern ihr den Besitz bereits zu Lebzeiten übertragen haben? Gerade in der Landwirtschaft kommt das oft vor. Daher auch die vielen Auszieh-Häuser bei uns in der Gegend.« Obiltschnig wedelte mit dem rechten Zeigefinger. »Das ist allerdings ein interessanter Aspekt. Dem sollten wir tatsächlich nachgehen. Allerdings, und das spricht jetzt wieder für unseren kleinen Italiener, wenn er seine Frau wirklich um die Ecke gebracht hätte, dann wäre er kaum unter den Rock seiner Mutter geflüchtet, wo wir ihn sofort finden, meinst du nicht?«

»Wenn es um ein Erbe geht, dann kann er überhaupt nicht flüchten, sonst kommt er ja nicht an all das schöne Geld«, gab Popatnig zu bedenken.

»Das wiederum wäre hingegen eine leichte Übung. Er braucht für das Annehmen eines Erbes nicht persönlich zugegen sein. Eine beglaubigte Unterschrift genügt da voll und ganz. Er kann seelenruhig in der Karibik sitzen, und all die schöne Knete wird ihm einfach nach Sainte Marie überwiesen.«

Popatnig lächelte wissend. »Schaust auch *Death in Paradise*? Ja, das ist eine nette Serie.« Obiltschnigs Mundwinkel gingen nun ebenfalls nach oben. »Ich kann mir gut vorstellen, warum sie dir gefällt. Die Josephine Jobert, die Sara Martins ...« Popatnig schüttelte den Kopf. »Das ist es nicht, da bin ich in der Realität gut genug versorgt. Nein, die Karibik ist es, die mich fasziniert. Die Wärme, der Strand, die Palmen ... nicht so kalt und abweisend wie hier, wo acht Monate im Jahr der Schnee liegt.«

»Ist dir einmal aufgefallen, wie oft es in den Folgen von *Death in Paradise* regnet? Ganz so sonnig dürfte es dann dort doch nicht sein.« Popatnig ließ sich nicht beirren. »Selbst wenn, auch bei Regen hat es dort noch über 30 Grad. Bei uns hingegen wird's bald wieder schneien.«

»Jetzt bist aber ein bisschen gar pessimistisch.« Popatnig wischte den Einwand des Bezirksinspektors beiseite. »Erinnere dich an die letzten drei Jahre. Es hat jedes Mal schon im November zu schneien begonnen, und der Schnee ist bis Anfang April liegen geblieben. In Ferlach, wohlgemerkt. Oben im Bodental hab ich sogar noch Mitte Mai Schnee gesehen.«

»Ich gebe zu, unsere Heimat ist jetzt nicht unbedingt ein Hotspot für Hitzefans. Aber sieh dir einmal den heutigen Tag an. Wir sitzen bei mehr als 20 Grad im Freien unter wolkenlos blauem Himmel, genießen Rohschinken und Käse im Schatten netter Häuser, da haben wir doch wahrlich keinen Grund zur Klage.«

»Doch«, blieb Popatnig hartnäckig, »dass wir wieder zurück müssen.« Aber wenigstens lächelte er dabei. »Das stimmt«, pflichtete ihm Obiltschnig bei, »aber wenigstens werde ich nicht mit leeren Händen nach Hause zurückkehren.« Er stand auf und verschwand im Inneren des Lokals. Zehn Minuten später trat er wieder ins Freie, und Popatnig registrierte zwei Plastiktüten, je eine in jeder von Obiltschnigs Händen. Er schickte seinem Kollegen ein großes Fragezeichen. Der hatte zwischenzeitlich wieder ihren Tisch erreicht und hob die eine Hand hoch. »Eine Stange Salami, einen Schlögel Rohschinken und ein bisschen Mortadella«, verkündete er. Dann ließ er die Hand wieder sinken und hob die andere. »Grana Padano, Schafs- und Ziegenkäse.« Er strahlte über das ganze Gesicht. »Die Resi wird entzückt sein.«

»Davon kannst du ausgehen«, erwiderte Popatnig. »Ich frage mich, ob ich mir nicht auch etwas kaufen soll. Du weißt ja, mit dem Kochen habe ich es nicht so.« Obiltschnig ermunterte ihn, es ihm gleichzutun. Tatsächlich ging nun auch der Jüngere zur Theke und ließ sich gleichfalls Schinken, Salami und Hartkäse einpacken. »Wie ich mich kenne, wird das alles zwar langsam in meinem Kühlschrank verschimmeln, aber den Versuch ist es immerhin wert.«

Noch ehe er seine Brieftasche zücken konnte, übernahm Obiltschnig die Rechnung, und kurz nach 14 Uhr nachmittags schlenderten sie zurück zum Parkplatz, um dann die Heimfahrt anzutreten. Wenige Minuten vor 16 Uhr schauten sie noch einmal im Büro vorbei, um festzustellen, dass alles in Ordnung war, dann gönnten sie sich einen frühen Feierabend. Popatnig setzte seinen Kollegen zu Hause ab und fuhr dann selbst zurück zum Hauptplatz, wo er sich zur Feier des Tages beim *Eistraum* noch ein gemischtes Eis gönnte. Er hatte eben einen Cappuccino bestellt und sich eine Zigarette angezündet, als sein Handy läutete. Neugierig geworden, fischte er es aus seiner Tasche und sah auf das Display. Vier Buchstaben waren darauf zu lesen: »Niki« Erfreut nahm er das Gespräch an.

»Hey, ich habe heute zwar keinen Auftritt, aber ich würde dich trotzdem gerne sehen. Was meinst du? Hast du Zeit?« Popatnigs Körper wurde von purer Freude durchflutet. »Ich wüsste nicht, was ich lieber täte«, antwortete er mit öliger Stimme. »Aber wie gesagt«, schränkte Niki ein, »kein Auftritt heute. Ich weiß also nicht, ob ich geil sein werde.« Popatnig tat ganz auf Gentleman. »Hey, allein schon der Umstand, mit dir Zeit verbringen zu können, ist doch schon ein enormer Gewinn. Was willst denn machen? Kino? Oder irgendeine Bar?«

»Ich weiß nicht. Die Bars in Klagenfurt sind jetzt nicht wirklich so der Bringer. Und im Kino läuft gerade auch nichts, was mich ernsthaft interessieren würde. Warum organisierst du nicht unterwegs ein paar Knabbereien, zwei gute Flaschen Wein und eventuell Softdrinks, und wir schauen uns bei mir ganz gemütlich irgendetwas auf *Netflix* an?« Ein gemütlicher Heimabend besaß durchaus seinen Charme, dachte Popatnig, vor allem nach der exzessiven Nacht, und so stimmte er kurzerhand zu. Er sei noch in Ferlach, könne aber in etwa einer Stunde bei ihr sein, verkündete er. Sie entgegnete, sie freue sich auf ihn. Er dämpfte die Zigarette aus, stand auf, beglich im Lokal seine Rechnung und begab sich zu seinem Auto. Er fuhr die paar Meter bis zu *Herbies Tanke* und betrat dessen kleines Geschäft.

»Servus, Herbie«, begrüßte er den Inhaber, »ich brauch was zum Knabbern und etwas, womit ich selbiges runterspülen kann.« Dabei fiel ihm ein, dass er ja noch Wurst und Käse im Wagen hatte. Damit ließ sich, so befand er, durchaus mehr Eindruck bei Niki schinden als mit irgendwelchen Erdnüssen. Also ging er, ohne Herbies Antwort abzuwarten, zum Weinregal und fischte einen *Malvazija* und einen *Chianti* heraus. Dann nahm er noch je eine Flasche mit stillem und mit prickelndem Mineralwasser, ehe er schließlich noch Weißbrot, eine Packung Kartoffelchips und einen Schokomix auf die Theke legte. Herbie rechnete blitzschnell alles zusammen und nannte den Preis. »Danke übrigens«, ergänzte er. Popatnig sah ihn fragend an. »Wofür?« Der Tankwart zeigte seine Zähne. »Dass du meinen Umsatz heute gerade eben verdoppelt hast.« Popatnig machte sich ernsthafte Sorgen, ob Ferlach nach der Eisenwaren- und der Papierhandlung nun auch noch die Tankstelle verlieren würde, doch die freudige Erwartung auf sein Treffen mit Niki ließ den Gedanken rasch wieder in den Hintergrund treten. Ohne weiteres Wort bezahlte er, wünschte Herbie beiläufig alles Gute und war auch schon auf dem Weg nach Klagenfurt.

Obiltschnig stapfte breitbeinig in die Küche, wo er seine Tüten auf dem Tisch ablegte. »Bin wieder da«, rief er in Richtung Wohnzimmer, wo er Resi rumoren hörte. »Du bist früh zurück«, konstatierte sie, nachdem sie an ihren Mann herangetreten und ihn auf die Wange geküsst hatte. »Das ist schön.« Obiltschnig nickte. »Gell! Und ich habe auch etwas mitgebracht.« Er zeigte ihr seine Einkäufe. »Das sieht ja wirklich lecker aus, sehr fein.« Und nach einer kurzen Pause. »Magst noch einen Kaffee?« Der Bezirksinspektor sah auf die Uhr. »Vielleicht doch schon ein bisschen spät dafür. Ich glaub, ich gönne mir einfach ein Bier und fläz' mich ein wenig auf die Couch.«

»Und wie war's in Italien«, fragte Resi, nachdem sie sich ins Wohnzimmer verfügt hatten. »Also wettertechnisch traumhaft. Wir sollten auch wieder einmal gemeinsam dorthin fahren. Das ist alles so nah, und wir kommen praktisch kaum jemals hin.«

»Stimmt. Aber ich habe eigentlich deinen Fall gemeint«, präzisierte Resi. »Also ich bin mir nach wie vor nicht sicher, ob das überhaupt einer ist. Ich meine, die Bedenken der Damen in allen Ehren, aber vorderhand haben wir nicht den geringsten Anhaltspunkt dafür, dass ihr Verdacht begründet ist.«

»Hast du den Witwer angetroffen?«

»Ja, und irgendwie hat er auf mich einen ehrlichen Eindruck gemacht.« Obiltschnig wirkte nachdenklich. »Ich habe ja noch nicht so viel Erfahrung mit Mördern, aber ich denke mir, so eine Tat, die kann ein normaler

Mensch nicht so einfach überspielen. Ich meine«, er sah Resi direkt an, »erinnere dich daran, wenn wir seinerzeit etwas gemacht haben, von dem wir wussten, dass es falsch war. Da hat uns doch sofort das schlechte Gewissen gepackt. Und ob wir wollten oder nicht, irgendwann mussten wir mit der Wahrheit rausrücken, sonst wären wir daran erstickt.«

»Ja«, bestätigte Resi, »da ist was dran.«

»Eben«, fühlte sich Obiltschnig bestärkt, »das ist es auch, was mich immer an den Krimis so stört. Da bringt einer jemanden um und agiert dann die ganze Zeit so, als könnte er kein Wässerchen trüben. Ehrlich jetzt! Die Menschen werden doch schon von viel banaleren Dingen völlig aus der Bahn geworfen. Die sind dann einfach nicht mehr sie selbst. Und da sollst du nach so einem kapitalen Verbrechen, wie dem Auslöschen von Leben, ganz normal weitermachen können? Also, ich glaub das nicht.«

Er nahm einen Schluck von seinem Bier. »Gut, ja, ein Auftragskiller vielleicht, der hat sich an sein Tun gewöhnt. Die Wiederholung stumpft wahrscheinlich ab. Und ein Psychopath mag mit solchen Taten auch eher weniger Probleme haben. Aber ein Italienisch-Lehrer von 25 Jahren? Selbst wenn er, aus welchen Motiven auch immer, seine Frau wirklich vergiftet hätte, der muss doch moralisch unter der Last der Schuld, die er damit auf sich geladen hat, zusammenbrechen. Meinst du nicht?«

»Sollte man annehmen, ja.«

»Ich habe mir den Kerl ganz genau angesehen, und ich glaube nicht, dass der uns eine solche Komödie vorspielen könnte, wenn er wirklich mit Absicht gehandelt hätte.« Obiltschnig kratzte sich am Kopf. »Und doch sagt mir irgendwas, dass da trotzdem etwas nicht stimmt.« Wieder blickte er Resi direkt in die Augen. »Ich verstehe ja die Motivation der Verstorbenen. Da geht man rasant auf die 50 zu, läuft Gefahr, eine vertrocknete alte Jungfer zu werden, und dann interessiert sich auf einmal ein ranker, schlanker Jüngling für einen. Da verliebt man sich sicher schnell. Aber umgekehrt?« Er richtete einen fragenden Gesichtsausdruck an seine Frau.

»Was willst du damit sagen? Dass eine ältere Frau in ihren besten Jahren für einen jungen Mann nicht attraktiv sein kann?« Obiltschnig registrierte einen Hauch Empörung in Resis Stimme und ahnte, er befand sich gerade auf dünnem Eis. »Ganz und gar nicht. So etwas kommt natürlich vor, keine Frage«, lenkte er ein. »Aber wie oft?«, beharrte er schließlich doch auf seinem Standpunkt.

»Erinnere dich an die Lisa«, gab Resi zu bedenken, »die war 20 Jahre unglücklich mit ihrem Gerry verheiratet. Und dann fährt sie einmal allein nach Griechenland und kommt mit einem blutjungen albanischen Kellner im Gepäck wieder nach Hause. Scheidung, Heirat, Kindersegen«, erinnerte sie ihren Mann. Der lächelte schmal. »Ja, aber dann musst du auch das Ende der Geschichte erzählen. Der saubere Herr aus dem Land der Skipetaren hat brav abgewartet, bis er die österreichische Staatsbürgerschaft erhalten hat, dann hat er die Lisa sofort verlassen, sich ein blutjunges Gör aus seinem Heimatdorf kommen lassen und macht jetzt auf heile Familie unter Skanderbegs Doppeladler.«

Resi schüttelte den Kopf. »Ganz so war es auch wieder nicht. Die beiden haben sich über die Jahre auseinandergelebt, das kommt vor. Und ich glaube nicht, dass das etwas mit dem Altersunterschied zu tun hatte. Weit eher damit, dass die Lisa eben eine feinsinnige Intellektuelle ist, während er, nun ja, halt stets eher der rustikale Typ war. Das ist keine ausreichende Basis für eine Ehe, wenn der Honeymoon erst einmal vorbei ist.«

»Trotzdem«, schaltete Obiltschnig auf stur, »ich glaub, der hat das von langer Hand geplant. Der wollte einfach in den goldenen Westen, wo er ein x-faches von dem verdient, was er in einer griechischen Strandbar bekam, und die Lisa war einfach sein Ticket in die Freiheit.«

»In die Freiheit! Wie du schon redest. Albanien ist nicht Nordkorea. Ich kenne viele Männer, die sich zu älteren Frauen hingezogen fühlen. Und dafür gibt es sicher einen ganzen Haufen Gründe. Weil sie sich an ihre Mütter erinnert fühlen, weil sie die Reife der Ahnungslosigkeit der Gleichaltrigen vorziehen, weil sie sich in Gegenwart Älterer sicherer wähnen ... was weiß ich. Außerdem«, und an dieser Stelle legte Resi eine Portion Gewicht in ihre Stimme, »wenn es jede Menge alter Säcke gibt, die jungen Dingern hinterherlaufen, warum soll es dann nicht jugendliche Helden geben, die Gefallen an reifer Sinnlichkeit finden?«

Obiltschnig spürte das Eis dünner werden. Dennoch vermochte er nicht, sich zu beherrschen. »Na ja, die jungen Dinger, wie du sie nennst, die sind halt gerade deshalb verführerisch, weil sie jung sind. Alles an ihnen ist noch straff und fest und anziehend. Aber alle Schönheit muss welken ...«

»Aber jetzt hör einmal.« Resis Augen wurden schmaler. »Bin ich für dich jetzt eine alte verwelkte Krähe oder was?« Obiltschnig setzte sich instinktiv gerade auf. »Aber Schatz, du doch nicht! Aber ich bin ja auch nicht 25.«

»Schau dir die Doris an, du weißt schon, die Chiropraktikerin am Gärtnerweg, beim Jermoutz drüben. Die ist 50. Und jeder Zentimeter pralle, überbordende Sinnlichkeit. Da wird sogar mir anders.«

Obiltschnig wusste nur zu gut, wen Resi meinte. Die Frau war wirklich eine überwältigende Erscheinung. Er kannte sie schon seit der Schulzeit, und seitdem hatte sie sicher 20 Kilo draufgepackt, sah aber nichtsdestotrotz immer noch hervorragend aus. Er musste sich direkt verbieten, an deren riesige Brüste zu denken, die prall vom Rest des Körpers abstanden, an ihren breiten Mund, dessen Lippen, wenn sie sie leicht öffnete, die pure Versuchung waren. Dazu das lange, glatte blonde Haar, das ihr ebenmäßiges Gesicht edel umrahmte, das … »Aua!« Er hatte Resis Faust nicht kommen sehen. Natürlich hatte sie ihn nur ganz leicht auf den Oberarm geboxt, aber zu spüren war der Schlag dennoch gewesen. »Du Schlawiner, du«, fauchte sie in gespielter Empörung, »da erwähne ich einfach einmal kurz eine Freundin, und du träumst dich gleich ins Bett mir ihr, du treuloser Schuft.«

Er hob abwehrend die Hände. »Aber ich hab' doch gar nicht …«, stammelte er hilflos. Resi konnte die strenge Miene nicht länger aufrechterhalten, und sie changierte in vergnügtes Lachen. »Ich versteh 's ja eh. Die Doris, die war schon in der Schule der ultimative Cheerleader. Hat ihr aber letztlich auch nichts genützt.« Obiltschnig rieb sich den Arm. Er wusste natürlich, worauf sie anspielte. Doris hatte frühzeitig einen Mechaniker aus Klagenfurt geheiratet und war erst nach vielen Jahren aus dieser unglücklichen Verbindung geflüchtet. Seitdem wohnte sie allein am Ortsrand von Dollich und verdiente sich ihre Brötchen damit, andere deren Gliedmaßen einzurenken. Nicht unbedingt die erstrebenswerteste aller Karrieren.

»Und weil wir schon einmal dabei sind«, fuhr Resi derweilen fort, »die Gudrun, kannst dich an die erinnern?« Als ob man Gudrun, die Friseurin, vergessen könnte. »Die hat diesen alten Schrat geheiratet und ist neben dem buchstäblich eingegangen. Weißt noch, die war jahrelang ein Schatten ihrer Selbst. Und dann lernt sie in Velden diesen Segellehrer kennen, der ihr Sohn sein könnte, und vögelt sich seitdem ihren übrigens durchaus beachtlichen Verstand aus dem Leib. Und schaut dabei um 20 Jahre jünger aus«, ergänzte sie, wobei sich Obiltschnig nicht sicher war, ob da nicht ein Quäntchen Neid mitschwang.

»Na gut, das siehst du jetzt aus ihrer Warte, und da ist es ja eindeutig. Man tausche einen 70-Jährigen gegen einen 30-Jährigen. Das ist nachvollziehbar. Aber was findet ein 25-Jähriger an einer 50-Jährigen? Noch dazu einer, die allgemein als fade und unattraktiv beschrieben wird.«

»Du weißt ja, was man sagt: Wo die Liebe hinfällt.«

»Apropos Liebe. Die geht ja auch durch den Magen, sagt man. Was gibt's denn heute Gutes?«

»Ich hab mich von deinem Fall inspirieren lassen. Schwammerlgulasch.« Obiltschnig zuckte zusammen.

Doch gleich danach prustete Resi los. »Den konnte ich jetzt einfach nicht am Wegesrand verkommen lassen, der war aufgelegt. Nein, keine Sorge. Fleischnudeln mit grünem Salat.« In Obiltschnigs Gesicht spiegelten sich Erleichterung und Dankbarkeit.

»Apropos«, begann Obiltschnig, als sie bereits beim Essen saßen, von Neuem. »Ist das mit der Pilzvergiftung nicht irgendwie ein Klischee? Ich meine, wie viele Menschen sterben wirklich an so etwas? Und braucht man dafür nicht eine buchstäblich mörderisch hohe Dosis.« Resi gestand, in diesem Punkt ahnungslos zu sein. Gleich darauf schnappte sie ihr Handy und begann, während sie achtlos etwas Salat zu sich nahm, zu googeln.

Popatnig war mit der Welt zufrieden. Direkt vor Nikis Haustür hatte er einen Parkplatz gefunden. Er raffte die ganzen Leckereien an sich, schleppte sie zum Haus und betätigte dann die Klingel. Wortlos wurde ihm aufgetan. Zwei Minuten später stand er in Nikis Vorzimmer und platzierte seine Schätze auf ihrer Kommode, ehe er in den Wohnraum weiterging. Niki saß auf ihrer Couch und sah ihn erwartungsvoll an. »Was hast denn alles mitgebracht?« Er trat einige Schritte zurück und stellte das Essen nun auf dem Couchtisch ab. Während sie die gesammelten Erwerbungen inspizierte, ruhte sein Blick auf ihrem Körper. Anders als tags zuvor war sie überaus dezent gekleidet. Ein grober Wollpullover ließ schier gar nichts von ihren Formen erahnen, und dazu steckte sie in einer Jogginghose, die ihr wohl mehrere Nummern zu groß war. Schließlich machte er an ihren Füßen noch Skisocken aus. Erotisierendes Outfit sah anders aus. Offenbar war Niki tatsächlich auf einen harmlosen Fernsehabend aus.

»In der Küche sind Gläser und ein Öffner. Holst du die bitte?« Popatnig tat, wie ihm geheißen. Dann ließ er sich neben Niki auf die Couch plumpsen. Sie entkorkte flink die Flasche, schenkte die Gläser voll und forderte ihn dann auf, mit ihr anzustoßen.

»Was wollen wir uns ansehen?«, fragte sie endlich, nachdem sie ein wenig vom Käse genascht hatte. »Es gibt da eine Serie, die *Night Agent* oder so heißt. Irgendein FBI-ler löst mysteriöse Fälle oder so.« Popatnig zeigte sich skeptisch. »Ich weiß nicht, Krimis sind mein Brotberuf, das muss ich nicht auch noch in der Freizeit haben. Gibt es nichts anderes?« Niki sah nach.

»Nun, *Stranger Things* vielleicht? So eine Mystery-Serie, klingt von der Beschreibung her ganz spannend.« Popatnig war nicht wirklich überzeugt, wollte aber den Wahlvorgang nicht unnötig in die Länge ziehen. »Probieren wir es einmal«, sagte er nur.

Es dauerte nicht lange, bis er seine Entscheidung zu bereuen begann. Die Story war krude und verwirrend. Soweit er verstand, war irgendwo im amerikanischen Nirgendwo ein Junge verschwunden, und seine Freunde machen sich auf die Suche nach ihm. Dabei treffen sie auf ein Waldmädchen, das irgendwelche übernatürlichen Fähigkeiten besitzt, über die es, wenn er das richtig mitbekommen hatte, nur deswegen verfügt, weil die US-Regierung an ihm irgendwelche Experimente durchgeführt hat. Er fand den Plot platt und langweilig, und der einzige Vorteil bestand darin, dass Niki sich ganz eng an ihn gekuschelt hatte, sodass er seinen Arm um ihre

Schulter legen und sie sanft streicheln konnte. So sieht es wohl in einer Zweierbeziehung aus, sagte er sich, und war trotz des schwachen Programms zufrieden.

»Also, wenn das stimmt, was ich da gelesen habe, dann klingt die Geschichte deines Witwers nicht sehr glaubwürdig«, fasste Resi ihre Erkenntnisse zusammen. Obiltschnig blickte auf. »Aha. Warum?« Resi zitierte aus ihrem Handy. »Bei Vergiftungen mit Knollenblätterpilzen treten erste Symptome sechs bis 72 Stunden nach der Einnahme der entsprechenden Mahlzeit auf.« Sie sah ihren Mann an. »Du hast doch gesagt, er hat behauptet, Knollenblätterpilze mit Parasolen verwechselt zu haben?« Obiltschnig nickte. »Na dann geht sich das mit dem Nickerchen aber nicht aus, würde ich meinen. Da hätte sie ja frühestens am kommenden Morgen etwas gespürt. Andererseits«, sie verstummte abrupt und las offenbar einen weiteren Link auf ihrem Mobiltelefon, »andererseits könnte er die Parasole mit Pantherpilzen verwechselt haben, die auch in unserer Gegend vorkommen. Die sind anscheinend wirklich stark giftig.« Sie las eifrig weiter. »Da reichen schon ein paar Gramm von dessen Gift, um dich ums Leben zu bringen, steht da.« Obiltschnig stand auf und trat hinter seine Frau, um über ihrer Schulter mitzulesen. »Ein bis zwei Stunden nach dem Verzehr des Pilzes und der damit verbundenen Vergiftung treten Übelkeit, Durchfall und Erbrechen ein, die Haut rötet und die Pupillen weiten sich. Anschließend macht sich ein Übergang zu Erregungs- und Rauschzuständen bemerkbar, Krampfanfälle und Verwirrtheit können ebenso auftreten. Je nach eingenommener Pilzmenge kann ein Koma oder der Tod durch Atemlähmung eintreten.« Er richtete sich auf und pfiff durch die Zähne. »Klingt nicht gerade verlockend.«

Resi legte das Handy wieder auf den Tisch. »Wenn dein Italienisch-Lehrer einen tiefen Schlaf hat, dann könnte es schon sein, dass er davon nichts mitbekommen hat. Die Frage ist freilich, ob man das nicht merkt. Also, wenn man das Gift mit einer Mahlzeit zu sich nimmt?«

»Ich kenne mich bei Giften nicht so aus, aber ich kann mir schon vorstellen, dass diverse Gewürze und andere Geschmacksnoten ablenken«, warf Obiltschnig ein. »Ich glaube, ich sollte mich einmal eingehend mit einem Pilz-Experten unterhalten. Mal schauen, was der dazu zu sagen hat.«

Er streckte sich. »Irgendwie ein grausliches Thema. Können wir meine Arbeit für den Rest des Abends vergessen? Sonst werde ich noch schwermütig.«

»Klar. Soll mir nur recht sein. Worauf hast du Lust?«, fragte Resi.

»Ist was im Fernsehen?« Er winkte ab. »Blöde Frage, vergiss es. Es ist nie was im Fernsehen. Was machen wir stattdessen?« Resis Augen blitzten auf. »Ich hätte da schon eine Idee. Wirst sehen, das wird dir gefallen.« Mit einem sphingenhaften Lächeln verschwand sie im hinteren Teil des Hauses, einen erwartungsvollen Gatten allein in der Küche zurücklassend.

»Täusch ich mich, oder ist diese Serie einfach doof?« Niki sprach aus, was Popatnig sich schon seit einer Dreiviertelstunde dachte. »Ich hätte schon vor 40 Minuten abgedreht«, antwortete er daher leichthin. Tatsächlich griff sie nach der Fernbedienung und beendete das Programm. »Was machen wir aber dann? Wir können ja kaum *Mensch-ärgere-dich-nicht* spielen wollen?« Popatnigs Mundwinkel gingen nach oben. »Ich wüsste da schon etwas ...« Niki drohte ihm neckisch mit dem Zeigefinger. »Du bist es, der nie genug kriegt. Mir tut immer noch alles da unten weh von gestern Nacht. Du hast mich ja richtiggehend wundgefickt.« Zu Popatnigs Erleichterung lachte sie dabei. Gleichzeitig aber signalisierte ihre Haltung, dass sein kleiner Popatnig an diesem Abend wohl nicht auf seine Kosten kommen würde. Aber wahrscheinlich konnte man wirklich nicht alles haben.

»Wenigstens wird es endlich warm. Ich hab' die Heizung aufdrehen müssen«, erläuterte Niki, was auf Popatnigs Unverständnis stieß. Ihm war wahrlich heiß genug. Niki streifte die Skisocken von den Füßen, wozu sie sich auf die andere Seite der Couch verlagert hatte. »Zieh dich aus«, sagte sie ansatzlos.

»Wie bitte?« Popatnig war verwirrt.

»Du sollst dich ausziehen«, wiederholte sie. Der Polizist kam sich ein wenig seltsam vor, sich auf Zuruf zu entkleiden. »Warum soll ich das machen?« Niki lächelte. »Ich will dich einfach nackt sehen«, sagte sie, und als er nicht reagierte, setzte sie nach. »Es wird sich für dich lohnen.« Er fühlte sich ob dieser Ankündigung nicht unbedingt wohler, folgte aber nun doch ihrer Anweisung. Er stand auf und knöpfte sein Hemd auf. Er streifte es ab, lockerte den Hosenbund und ließ die Jeans zu Boden fallen. Für einen Moment zögerte er, doch ihre unmissverständliche Geste ließ ihn weitermachen. Schließlich stand er splitterfasernackt vor ihr und kam sich wie seinerzeit bei der Stellung für das Bundesheer vor. Eine

Musterung im ursprünglichen Sinn des Wortes. Niki schien den Anblick eine kurze Weile zu genießen, dann forderte sie ihn auf, sich wieder zu setzen. »Nein, nicht so«, wies sie ihn an, »so, dass du mir genau gegenüber sitzt.« Er folgte ihren Anweisungen. »Ich weiß jetzt aber wirklich nicht, was du damit bezweckst.« Gegen seinen Willen klang er direkt ein wenig quengelig. Niki aber hatte ihr rechtes Bein gehoben, das immer noch in dieser schwabbeligen Jogginghose steckte. Nur ihr markanter Knöchel, der Fuß und damit auch die Zehen waren nackt. Und eben jene tasteten sich auf seinen Extremitäten vorsichtig vorwärts. Sie passierten sein Knie und seinen Oberschenkel, wechselten dann leicht nach links, sodass sie direkt unter seinem Hodensack kampierten. Nikis Zehen waren tatsächlich merklich kalt, was ihn unwillkürlich erzittern ließ. Doch irgendetwas sagte ihm, dass es nicht allein der Temperaturunterschied war, der dieses Gefühl in ihm auslöste.

Je länger Resi abwesend blieb, umso mehr Kapriolen schlug Obiltschnigs Fantasie. Vielleicht hatte sie ja die zuvor stattgefundene Unterhaltung dazu inspiriert, endlich wieder einmal aus dem Alltagstrott auszubrechen. Doris war immerhin nicht die einzige Frau in Ferlach, die noch überaus verführerisch aussah. Das galt schließlich auch für Resi, und Obiltschnig war sich sicher, dass sie in entsprechenden Dessous absolut umwerfend aussehen würde. Dunkel erinnerte er sich, ihr ebensolche Wäsche zu ihrem 40er gekauft zu haben. Ein blütenweißes Teil, das bis auf die Brustspitzen transparent war und das man wie einen Badeanzug trug, wobei es unten geöffnet werden konnte. Dazu hatte er ihr farblich abgestimmte Strümpfe und einen entsprechenden Strumpfbandgürtel gekauft. Leider hatte sie all das nie getragen. Sie war damals sogar ziemlich sauer auf ihn gewesen und hatte ihm an den Kopf geworfen, jetzt, da sie 40 geworden sei, könne er sich anscheinend nur noch mit entsprechenden Hilfsmitteln für sie begeistern. Der Abend war mehr als frostig zu Ende gegangen.

Doch das lag ja nun schon wieder viele Jahre zurück, und vielleicht verspürte sie endlich einmal ein wenig Mitleid mit ihm. So sehr er sich auch anstrengte, ihm fiel beim besten Willen nicht ein, wann sie zuletzt miteinander geschlafen hatten. Und auch sonst herrschte im Schlafzimmer der Obiltschnigs üblicherweise Ebbe. Unschuldige Küsse und ein paar Streicheleinheiten, nebenbei verteilt, waren alles, was an amourösen Zuwendungen noch zwischen ihnen stattfand. Das musste sich ändern, sonst verdorrte er lange vor seiner Zeit, dachte Obiltschnig und malte sich seine Frau in diesem sexy Outfit aus.

Wie sehr er sexuell unterversorgt war, merkte er daran, dass er allein bei diesen Gedanken eine veritable Erektion bekommen hatte. Ob er Resis Tun antizipieren und sich seines Gewandes entledigen sollte? Keine Frage, sie wollte ihn mit dieser Reizwäsche überraschen. Warum sollte er sie nicht im Gegenzug im Adamskostüm erwarten? Kurzerhand stand er auf und zog den V-Pullover aus, ehe er daranging, die Hemdknöpfe einen nach dem anderen zu öffnen.

Niki hatte ein wenig mit ihrem großen Zeh Popatnigs Hoden angestupst, was nicht ohne Wirkung auf seinen Penis geblieben war, der sich immer deutlicher aufzurichten begann. Seine Hände krampften sich in den Stoff der Couch, denn er war nahe daran, vor Lust zu platzen. Nikis Zehen umkreisten den Sack und landeten am unteren Ende seines Glieds. Sie spreizte den großen Zeh vom Rest der Zehen ab und nahm den Schaft so gleichsam in die Zange. Langsam und bedächtig fuhr sie mit ihrem Fuß auf und ab, sodass Popatnigs Genital schnell zu voller Pracht gewachsen war. Stocksteif und stahlhart stand der Penis vom Rest des Körpers ab, und Popatnig sehnte sich mit jeder Faser seines Leibes danach, augenblicklich in Niki einzudringen. Die aber drückte sein Glied mit ihrem Fuß sachte gegen seinen Bauch und rieb rhythmisch mit dem großen Zeh seine Eichel. Popatnig begann zu keuchen. Er hielt die Spannung kaum noch aus. Am liebsten hätte er sein Gerät in die Hand genommen, um sich endlich zu erleichtern, doch Nikis linkes Bein versperrte ihm den Weg zu dieser Aktivität. Wenigstens aber wurden ihre Bewegungen schneller, und Popatnig drückte seinen Unterleib kräftig gegen ihren Fuß, um die Wirkung ihres Tuns möglichst zu verstärken. Niki verlagerte nun auch den linken Fuß in den Bereich seiner Genitalien, und während dieser mit Popatnigs Juwelen spielte, wurde der Druck des rechten Fußes auf seinen Penis immer markanter. Popatnig hätte es nicht für möglich gehalten, dass man mit dem Fuß eine ähnliche Geschwindigkeit erreichen konnte wie mit der Hand, doch Niki bewies ihm das Gegenteil. Er krümmte sich, wälzte sich, stöhnte, hechelte und spannte endlich alle Muskeln seines Körpers an. Mit einem gurgelnden Laut fiel plötzlich alle Spannung von ihm ab, während sein Samen mit großer Wucht aus seinem Glied geschleudert wurde und mit einem heftigen Klatschen auf seiner Brust und seinem Bauch landete. Nikis linker Fuß presste sich noch enger an seine Hoden und drückte dabei sanft nach oben, ganz so, als ob Popatnigs Ejakulation dadurch zusätzlich bestärkt werden könne. Sein Brustkorb hob und senkte sich in schneller Abfolge, und Popatnig fragte sich, ob er gleich das Bewusstsein verlieren würde. Erst nach einer ganzen Weile beruhigte sich sein Puls wieder, und Popatnigs Atem normalisierte sich. Sein Gesicht umspielte ein seliges Lächeln.

Niki rutschte ein klein wenig auf der Couch abwärts, sodass ihre Beine nun auch Popatnigs Bauch erreichten. Dort kreisten ihre Zehen verspielt um das Ejakulat herum, was Popatnig, nun wieder Herr seiner Sinne, neugierig zur Kenntnis nahm. Er fühlte sich an seine Kindheit erinnert, wo er oft mit einem Stück Brot im flüssig gebliebenen Eiweiß sonntägiger Spiegeleier herumgespielt hatte, eine Erfahrung, die anscheinend auch Niki nicht fremd war. Sie nahm einen Teil seines Spermas mit dem großen Zeh auf und hielt selbigen Popatnig direkt unter die Nase. »Magst kosten, wie du schmeckst?«, neckte sie ihn, und Popatnig wusste nicht, ob sie nun von ihm erwartete, wie in schrägen Pornofilmen damit zu beginnen, verzückt an ihrem Zeh zu lutschen.

»War dir heiß oder wolltest vorher noch duschen gehen?« Resi reagierte überrascht auf den halb nackten Ehemann, der mit seltsam blödem Gesichtsausdruck vor ihr in der Küche stand. Obiltschnig hatte nur noch seine Hosen an, unter denen sich an einer markanten Stelle eine erkennbare Beule abzeichnete. Resi stand einen

Augenblick verdattert da und ahnte dennoch, welchem Trugschluss ihr Mann aufgesessen war. »Du Armer, jetzt habe ich dich sicher enttäuscht, was?«, sagte sie mitfühlend, während sie an Obiltschnig herantrat und ihm einen dicken Schmatz auf die Schulter drückte, während sie möglichst unauffällig das *Mensch-ärgere-dich-nicht*-Spiel hinter der Brotdose verschwinden ließ.

III.
EINEN WEITEREN TAG SPÄTER

Punkt 7 Uhr läutete der Wecker, und Obiltschnig erwachte mit saurer Miene. Er verspürte nicht geringe Lust, das lärmende Gerät durch das geschlossene Fenster ins Freie zu befördern, besann sich dann aber doch und stand stattdessen auf. Mühsam schleppte er sich zur Dusche, wo er eine gute Weile warmes Wasser über seinen gepeinigten Leib rinnen ließ. Endlich stieg er wieder aus der Kabine und begann sich in träger Langsamkeit abzutrocknen. Auch an diesem Tag, so dachte er sich, würde er kaum Zeit in seinem Büro verbringen. Vielmehr werde er Popatnig vorschlagen, sich in Villach mit Lassnig zu treffen, um mit ihm den bisherigen Stand der Ermittlungen zu besprechen. Immerhin war es formell dessen Zuständigkeit. Sollte der entscheiden, ob sie weitermachen oder sich wieder nach Klagenfurt zurückziehen sollten.

Nackt wie er war, schlurfte er ins Schlafzimmer, wo er geeignete Kleidung aus dem Schrank fischte. Dann ging er in die Küche und stellte Kaffee auf. Während er darauf wartete, dass die Maschine das gewünschte Produkt lieferte, rief er Popatnig an.

Der schreckte regelrecht auf. Er vernahm einen unwillig gemurmelten Protest der neben ihm schlafenden Niki und nahm eilig das Gespräch an. »Sigi«, flüsterte er, »was liegt an?« Obiltschnig nahm den Kaffee vom

Herd. »Ich hab mich gefragt, ob du mich nicht wieder abholen könntest. Ist ja blöd, wenn wir immer mit zwei Autos nach Klagenfurt tuckern.« Popatnig druckste kurz herum. »Normalerweise gerne, das weißt du. Das Problem ist nur, ich bin schon in Klagenfurt.«

»Was machst du denn um diese Zeit schon im Büro?« Obiltschnig war ehrlich erstaunt. »Es ist ja noch nicht einmal 8 Uhr!« Popatnig lächelte verschmitzt. »Ich habe nicht gesagt, ich bin im Büro. Ich bin bei Niki.« Obiltschnigs Reaktion bestand in einem missmutigen Grunzen. »Du alter Schwerenöter! Du lässt wirklich gar nichts aus, was?« Popatnig war nicht nach einer Grundsatzdebatte über sein Liebesleben. »Wir sehen uns später im Büro«, statuierte er daher, »ich muss erst einmal unter die Dusche.« Obiltschnigs »Das kann ich mir vorstellen« ignorierte er bereits.

Es schien zur Gewohnheit zu werden, Niki auf dem Polster eine schriftliche Nachricht zu hinterlassen, aber sie schlief derart süß und selig, dass er es nicht über sich brachte, sie zu wecken. Auf leisen Sohlen stahl er sich aus der Wohnung und sah zu, dass er zum Gebäude der Polizeidirektion kam. Dort nutzte er die Wartezeit auf Obiltschnig dazu, ein wenig in den Zeitungen zu blättern, während er sich einen Kaffee und ein Croissant gönnte und genießerisch an die letzten Nächte dachte.

20 Minuten später erschien Obiltschnig auf der Bildfläche und ließ sich schwer auf seinen Sessel plumpsen. »Ich habe mir Folgendes gedacht«, begann er, »wir fahren jetzt nach Villach und halten mit dem Lassnig großen Kriegsrat. Immerhin ist das sein Fall. Soll er entscheiden, ob wir die Sache weiterverfolgen oder nicht. Und

wenn er meint, das Ganze lohnt sich nicht, umso besser für uns. Dann machen wir den Rest der Woche hier in Klagenfurt Dienst nach Vorschrift, und Gott befohlen.« Popatnig hatte gegen diese Vorgangsweise wahrlich nichts einzuwenden.

Pflichtschuldigst meldete sich Obiltschnig bei Oberst Dullnig ab, und nur wenig später waren sie auf der A2 Richtung Villach unterwegs. In der Draustadt angekommen, erreichten sie Lassnig vor dem Amtsgebäude, wie er eben in seinen Wagen steigen wollte. Als der Kollege die beiden Ermittler sah, warf er die Tür wieder zu. »War eh nicht so wichtig«, erklärte er beiläufig, »nur eine weitere sinnlose Befragung. Gehen wir auf einen Kaffee?«

Drei Cappuccini standen vor ihnen, als Obiltschnig ausführlich über ihre bisherigen Erkenntnisse berichtete. Lassnig wiegte bedächtig den Kopf. »Na ja, klingt alles in allem schon ein bisserl dünn, da habt ihr nicht unrecht.« Er klopfte nachdenklich mit den Fingerspitzen auf die Tischplatte. »Was mich noch interessieren würde«, begann er dann von Neuem, »ist, wie das mit der Hochzeit der beiden war. Vielleicht könnt ihr euch ja noch in diese Richtung umhören.«

»Was meinst du da jetzt genau?« Obiltschnig konnte dem Villacher nicht so ganz folgen.

»Na ja, war das so eine richtige Kärntner Hochzeit mit Mordstrara oder eher so eine hingenudelte G'schicht' am Standesamt. Wer war aller eingeladen, wo hat sie stattgefunden und so weiter. Vielleicht könnt ihr mit ein paar Gästen reden und herausfinden, was die für einen Eindruck hatten. Mit dem Pfarrer vielleicht, wenn es eine kirchliche Trauung gab. Da lässt sich dann unter Umständen besser einschätzen, ob der Verdacht der Freundinnen eine Grundlage hat oder nicht. Und«, an dieser Stelle hob Lassnig den Zeigefinger, »die Sache mit Ledenitzen muss man natürlich auch überprüfen. Wenn ihr das elterliche Anwesen tatsächlich schon gehörte, wäre das natürlich ein Eins-A-Motiv.« Lassnig blickte demonstrativ auf die Uhr. »Ich muss dann leider wieder. Diese scheiß Einbruchserie, die geht mir so etwas von auf den Zeiger. Heute sind die schon wieder wo eingestiegen. Draußen am Spritzenhausweg. Zum Glück gab es diesmal wenigstens keine Toten. Aber lästig ist das Ganze, das kann ich euch sagen. Diese miese Bande tanzt uns jetzt schon seit Wochen auf der Nase herum, und dementsprechend stehen wir in der Kritik. Wenn wir nicht bald Ergebnisse liefern, dann versetzt mich mein Vorgesetzter strafweise nach Arnoldstein. Dort kann ich dann grenzlandsingen.« Lassnig seufzte. Generös übernahm er die Rechnung, nannte ihnen noch die Adresse des Villacher Standesamtes und war auch schon wieder entschwunden. Obiltschnig und Popatnig sahen sich noch einen Moment schweigend an, dann verließen auch sie die Örtlichkeit, um sich zum genannten Amt zu verfügen.

Die dort Dienst tuende Beamtin als mollig zu beschreiben, wäre ein Euphemismus gewesen. Tonnenschwer wie ein Walross thronte sie auf ihrem Sessel und war sichtlich verärgert darüber, ihr Studium von Jamie Olivers Kochkunst unterbrechen zu müssen. »Also, wie heißt der Herr noch einmal?«, schnaubte sie, als sie endlich ihren Computer betriebsbereit gemacht hatte.

»Vito Pedruzzo, Jahrgang 2000. Ehefrau Sonja. Die Eheschließung müsste irgendwann im Juli stattgefunden haben«, klärte Obiltschnig sie auf.

»Pedruzzo. Vito. Da haben wir ihn. 7. Juli. Ja, das war bei uns. Ach so«, unterbrach sie sich, »Entschuldigung. Am 7. Juli war die kirchliche Hochzeit. Bei uns waren sie schon zwei Tage vorher. Am 5. Juli. Da hatte der Scheiblinger Dienst, da müssen S' den fragen. Zwei Zimmer weiter.« Für das Schwergewicht galt mit sofortiger Wirkung nur noch Jamie Oliver. Obiltschnig und Popatnig verließen grußlos den Raum und wandten sich an Herrn Scheiblinger.

»Erinnern Sie sich an die Hochzeit am 5. Juli? Ein junger Italiener und eine etwas ältliche Dame aus Ledenitzen?«

»Wie könnte ich nicht«, replizierte Scheiblinger und ließ dabei seine Zähne sehen. »Echt kurios, die Sache. Außer dem Ehepaar waren nur die zwei Zeugen anwesend. Eine Frau Hermine ...«, er suchte in seinen Unterlagen nach den Nachnamen, »und eine Frau Brigitte ...« Obiltschnig kürzte das Procedere ab. »Deren Schwester, ja, wir kennen die Damen. Sonst war niemand da?« Scheiblinger schüttelte den Kopf. »Weder die Eltern der Braut noch die des Bräutigams, was wirklich so gut wie nie vorkommt. Aber bitte, man hat mir erklärt, es gäbe eine kirchliche Hochzeit, und die finde dann im ganz großen Rahmen statt.«

»Die Angelegenheit war auch deswegen bemerkenswert, weil die Herrschaften auf jedwede Ausschmückung der Feierlichkeit verzichtet haben. Keine Musik, keine Rede, einfach der Formalakt mit den Unterschriften und der Rechtsbelehrung. Das alles hat keine zehn Minuten gedauert, und schon waren sie wieder perdu.«

»Wissen Sie zufällig, wo die kirchliche Hochzeit stattgefunden hat?« Scheiblinger schüttelte den Kopf. »Leider nein. Aber das wird Ihnen die Diözese verraten können. Die führen ja über alle Eheschließungen entsprechend Buch.« Wie sich nach einem längeren Telefonat zeigte, waren die Pedruzzos direkt in der Stadtpfarre Sankt Jakob getraut worden. Scheiblinger wies den beiden den Weg und wünschte noch einen schönen Tag.

Eine Viertelstunde später saßen die beiden Ermittler Pater Pius gegenüber, dem die Leitung der Pfarre unterstand. »Ich erinnere mich an die beiden«, sagte er nach einigem Nachdenken, »eine eher seltsame – Verbindung.«

»Wegen des Altersunterschieds?«, fragte Popatnig.

»Das vielleicht auch. Aber eigentlich vielmehr deshalb, weil die Braut auf Wolke sieben schwebte, während der Bräutigam in meinen Augen ernste Zweifel an seinem Tun hegte. Er sah alles andere als glücklich aus, wenn Sie verstehen, was ich meine.«

»War es denn eine große Hochzeit?«, wollte nun Obiltschnig wissen.

»Verhältnismäßig schon. Ja.«

»Das ist, verzeihen Sie, eine etwas seltsame Formulierung«, hakte Obiltschnig nach, »was meinen Sie damit?«

»Ich würde schätzen, es waren weit über 100 Leute in der Kirche. Aber praktisch alle von der Brautseite her. Wir haben deshalb auch die übliche Sitzordnung aufgelöst, denn sonst wäre die linke Seite aus allen Nähten geplatzt, während die rechte gähnend leer geblieben wäre.«

»Aber sonst war es eine Feier im üblichen Rahmen?«

Endlich huschte so etwas wie Begeisterung über das Gesicht des Geistlichen. »Ja, voll und ganz. Ein wunderbarer Gottesdienst mit viel Musik, mit Fürbitten, zwei Lesungen und so weiter, in dieser Hinsicht war alles nahezu vorbildlich.«

»Waren Sie anschließend auch zur Feier eingeladen?«

»Aber ja. Daran erinnere mich sogar noch besonders gerne. Die Braut hatte die *Seestuben* oben am Sankt Leonharder See gemietet. Knappe drei Kilometer von hier. Eine kulinarische Topadresse hier in der Gegend, kann ich Ihnen sagen. Und in einem überaus malerischen Ambiente. In dieser Hinsicht kann man getrost von einer Traumhochzeit sprechen.« Pater Pius lächelte schmal. »Wenngleich die Band nicht so ganz nach meinem Geschmack war, wenn Sie verstehen.«

»Hat sie Heavy Metal gespielt?«, gluckste Popatnig.

»Das hätte mich weniger gestört. Nein, sie hatte einfach kein Talent für Musik. Die Herrschaften haben sich mehrmals verspielt, und die Dame, die für den Gesang zuständig war, brachte das Kunststück zuwege, kaum einen Ton zu treffen. Aber das hat die Stimmung der Gäste weiter nicht beeinträchtigt. Das Essen war gut und reichlich, das Wetter hervorragend, da sieht man gerne über solche Pannen hinweg.«

»Die Stimmung war also gut?«

»Soweit ich das beurteilen kann, ja. Aber Sie müssen verstehen, ich pflege mich bei solchen Gelegenheiten nicht in den Vordergrund zu spielen. Es gab erst auf der Hotelterrasse eine Agape, also«, er räusperte sich, »ein Glas Sekt für alle, um genau zu sein. Da bin ich ein wenig von Gruppe zu Gruppe gegangen und habe mich halt ein bisschen mit den Menschen unterhalten. Später gab es dann im Restaurant das Abendessen, da bin ich bei den Brauteltern gesessen und habe mit denen geredet. Gleich danach bin ich gegangen.« Er schenkte den Ermittlern einen gütigen Blick. »Ich kenne so etwas ja. Da wird es dann wild. Nun ja, junge Menschen, Sie wissen schon.« Er sah Popatnig an. »Sie wissen das sicher besonders gut. Da wird getanzt, dann wird gescherzt, da wird vielleicht sogar ein bisserl geflirtet. Da ist eher nichts für ein Mann Gottes. Und die anderen, die fühlen sich vielleicht sogar gehemmt, wenn ein Priester zugegen ist. Und ich wollte den jungen Leuten einfach nicht den Spaß verderben.«

»Sie sagten, Sie haben sich mit den Brauteltern unterhalten. Was haben die denn so erzählt? Waren sie auch glücklich?« Der Pater dachte über Obiltschnigs Frage lange nach, ehe er antwortete. »Was ich Ihnen jetzt sage, das ist ganz allein mein Eindruck, der sich nur auf Intuitionen stützt. Also verstehen Sie mich bitte nicht falsch und nehmen Sie meine Worte mit aller Vorsicht auf.« Automatisch nickte der Bezirksinspektor.

»Einerseits schienen sie froh, dass ihre Tochter endlich unter der Haube war. Aber man konnte ihnen dennoch ansehen, dass sie sich auch fragten, ob ihr Kind nicht einen Fehler machte. Ich habe sie sogar direkt auf ihren Schwiegersohn angesprochen, und ich muss sagen, die Antworten, die ich erhielt, waren eher verhalten.«

»Inwiefern?« Obiltschnig und Popatnig sprachen das Wort fast gleichzeitig aus.

»Ich denke, er war ihnen zu jung. Zu wenig erfahren. Und wohl auch finanziell eher ein Risiko. Soviel ich weiß, arbeitet der Mann als Sprachlehrer. Für so reiche Bauern ist das, wenn Sie so wollen, nicht gerade standesgemäß.«

»Sind sie denn reich, Sonjas Eltern?«

Den Priester schien die Frage zu verwundern. »Man erzählt sich allerorten, dass die Braut Erbin einer riesigen Landwirtschaft südlich von Villach ist. Aber Genaues weiß ich nicht. Sie verstehen, das geht mich ja schließlich nichts an.«

Mehr, so befanden die Ermittler, war von dem Pater nicht zu erwarten. Sie bedankten sich bei ihm und beschlossen dann, zuerst zu dem Hotel und dann erst nach Ledenitzen zu fahren. Ob des Wetters herrschte bei den *Seestuben* Hochbetrieb. Es kostete sie einige Mühe, jemanden zu finden, der willens war, ihnen Auskunft zu geben. »Sie sehen doch, das Haus ist proppenvoll! Und wir haben wieder einmal zu wenig Personal. Also was immer es ist, machen Sie bitte schnell. Ich habe nicht ewig Zeit«, kam es unwillig von der aparten Endvierzigerin, die sich schließlich bereit erklärt hatte, ihnen Rede und Antwort zu stehen.

»Am 7. Juli, das war ein Sonntag, hatten Sie hier eine große Hochzeitsgesellschaft, ist das richtig?« Die Frau nickte bestätigend. »Ja, an die 100 Personen. Etliche davon haben hier auch übernachtet.«

»Von denen haben Sie sicher die Daten«, vergewisserte sich Obiltschnig. »Klar, schon allein für die Buchhaltung und für die Steuer. Wenn Sie wollen, mache ich

Ihnen einen Ausdruck.« Nun bewegte der Bezirksinspektor den Kopf auf und ab. »Vielen Dank, das wäre sehr hilfreich.«

»Können Sie sich an irgendwelche Auffälligkeiten erinnern?«, meldete sich nun Popatnig zu Wort. »Was meinen Sie?« Er machte eine vage Geste mit der Hand. »Keine Ahnung. Ist Ihnen irgendetwas seltsam vorgekommen? Gab es Spannungen? Wie war die Stimmung so ganz allgemein?« Die Frau wirkte allmählich gestresst. »Hören Sie, das war eine Hochzeit wie jede andere. Die Gäste haben sich volllaufen lassen, haben zu grauenhafter Musik getanzt und sich, je später der Abend wurde, zunehmend gehen lassen. Wie das bei jeder Hochzeit mehr oder weniger der Fall ist. Und wir«, dabei stöhnte sie kurz auf, »haben geackert bis zum Umfallen. Es war sicher schon 3 oder sogar 4 Uhr morgens, bis wir endlich die Bar schließen konnten, weil die letzten Gäste entweder nach Hause gefahren oder aber auf ihren Zimmern waren.« Sie hatte nebenbei die entsprechende Datei ausgedruckt und reichte Obiltschnig die Papiere. »Ich muss jetzt aber wirklich. In der Küche herrscht Alarmstufe eins.«

»Eine Frage noch. Der Bräutigam: War der irgendwie seltsam?« Die Frau war bereits fast bei der Tür gewesen, als sie Obiltschnigs Bemerkung innehalten ließ. »Jetzt, wo Sie es ansprechen – das war tatsächlich ein wenig auffällig. Der saß die ganze Zeit – also zumindest immer dann, wenn ich vorbeigekommen bin – allein an einem Tisch und nuckelte an einem Glas. Die Braut hingegen hat voll die Sau rausgelassen. Die hat mit ihren Freundinnen über die Tanzfläche getobt, als gäbe es kein Morgen. Mich hat das tatsächlich ein bisschen gewundert, weil sie ja deutlich älter war als er. Da erwartet man eher, dass es sich umgekehrt verhält.«

Sie setzte sich endgültig in Bewegung. »So, es nützt nichts, ich muss jetzt. Wenn Sie noch etwas wissen wollen, dann kommen Sie nach 15 Uhr wieder, da habe ich vielleicht ein wenig Luft.« Und schon war sie entschwunden.

»Was ist?«, sah Obiltschnig seinen Kollegen an. »Wenn wir schon einmal hier sind? Ich meine, in solch einem schönen Ambiente, wollen wir uns da nicht eine kleine Mittagspause gönnen, ehe wir nach Ledenitzen aufbrechen?« Popatnig schien zwiegespalten. »Natürlich ist das da der Hammer. Aber ich möchte nicht wissen, was das kostet.« Obiltschnig klopfte ihm auf die Schulter. »Keine Sorge, das Essen geht auf mich.«

Sie warteten eine kleine Weile, bis ein Tisch frei wurde, und setzten sich dann hin. Popatnig fühlte sich ob der Einladung verpflichtet, ein eher billiges Gericht auszuwählen, und so entschied er sich für Kärntner Kasnudeln, während sich Obiltschnig Fisch gönnte. Dazu tranken sie beide Wasser, ehe ein Kaffee das ausgezeichnete Mahl abschloss. »Ich bin jetzt schon direkt auf die Brauteltern gespannt«, sagte Popatnig, nachdem er sich eine Zigarette angezündet hatte. »Und um ehrlich zu sein, denke ich, die sind auch unser letzter Trumpf in dieser Sache. Wenn bei denen nichts Relevantes zutage kommt, dann täte ich sagen, Deckel drauf und aus.«

»Wir können sie immerhin fragen, wer ihrer Meinung nach Sonjas engste Freunde waren. Vielleicht sind die vom Kurs ja gar nicht so eng mit ihr gewesen, wie sie behaupten.«

»Und was soll das ändern?«

»Na ja, vielleicht hatte sie eine wirklich beste Freundin«, überlegte Obiltschnig laut, »der sie sich anvertraut hat. Mit der könnten wir dann auch noch ein Wörtchen reden.«

»Ja, könnten wir. Aber ich glaube mehr und mehr, dass bei all dem nichts rauskommt. Leere Kilometer, sage ich dir.«

»Magst recht haben. Aber versuchen sollten wir es trotzdem«, beharrte Obiltschnig.

Eine Viertelstunde später saßen sie wieder im Wagen, und Popatnig lenkte das Gefährt Richtung Faaker See, hinter dem sich der Wohnort von Sonjas Eltern befand. Das Anwesen der Familie wirkte auf den ersten Blick in der Tat beeindruckend. Das riesige Wohnhaus wurde von zwei nicht minder großen Stallgebäuden eingerahmt, wobei eines davon als Speicher und Garage für die landwirtschaftlichen Nutzfahrzeuge diente, während der olfaktorische Gruß, welchen das andere in die Welt sandte, davon Zeugnis ablegte, dass hier noch Vieh im großen Stil gehalten wurde.

Die Ermittler bewegten sich rasch auf das Haustor zu und betätigten die dort angebrachte Glocke. Nichts tat sich. Sie wiederholten ihr Tun, doch niemand erschien, die Pforte zu öffnen. »Was wollen Sie?« Unerwartet waren sie von hinten angesprochen worden. Sie drehten sich um und erblickten eine reichlich verwitterte Frauensperson von Mitte 60, die einen Eimer in der Hand hielt. »Sind Sie die Mutter von Sonja?«, fragte Obiltschnig. Und nachdem sie genickt hatte, fuhr er fort: »Wir würden uns gerne mit Ihnen und Ihrem Mann unterhalten.« Er stellte sich und Popatnig vor und berichtete andeutungsweise von dem Verdacht, den Sonjas Freundinnen geäußert hatten. Statt einer Antwort griff sie in die große Tasche ihrer Schürze und holte ein altmodisches Handy hervor. Sie stellte den Kübel achtlos auf den Boden und betätigte eine einzige Taste. Kurzwahl, wie sich die Ermittler sicher waren. »Sepp?«, hallte es über den Hof, »wo bist denn?« Und nach einer Pause: »Kannst kurz kommen? Da sind zwei Schantis, die wollen mit uns reden.« Die Polizisten verstanden die Antwort nicht, doch die Frau hatte das Gespräch auch schon wieder beendet und deutete mit dem vorgestreckten Kinn auf das Haupthaus. »Kommen S' erst einmal rein. Der Sepp ist drüben im Kukuruz, er kommt gleich.«

Sie nahmen an dem riesigen Küchentisch Platz, während Sonjas Mutter an einer Kaffeemaschine herumhantierte, was Obiltschnig Gelegenheit bot, sich in dem Raum, für den ihm weitaus mehr die Bezeichnung »Saal« passend erschien, umzusehen. Er wirkte sehr in die Jahre gekommen und hatte seine besten Zeiten eindeutig hinter sich. Dennoch konnte es dem Bezirksinspektor nicht entgehen, dass sich neben dem großen Tisch noch ein zweiter befand. Nicht ganz so groß, nicht ganz so kunstvoll gezimmert und auch eine Spur niedriger als der andere. Obiltschnig ahnte, was das bedeutete. Die hier ansässigen Bauern waren einstmals wirklich mächtig gewesen und hatten über eine beachtliche Zahl an Knechten und Mägden verfügt, die natürlich nicht am Herrentisch hatten Platz nehmen dürfen. Er konnte sich bildlich vorstellen, wie eine Küchenmagd zuerst eine enorme Knödelschüssel vor den Bauern stellte, artig wartete, bis dieser sich bedient hatte, ehe sie ein weitaus kleineres Geschirr am Gesindetisch platzierte. Und jedes Jahr zu Maria Lichtmess blieb den armen Arbeitssklaven das Essen wohl im Halse stecken, weil der Bauer dann irgendwann, nachdem er sich eine Pfeife angezündet hatte, verkündete, wer den Hof verlassen müsse. Die Ausgestoßenen hatten dann buchstäblich ihr Bündel zu schnüren und mussten in den Schnee hinaus, ohne auch nur die geringste Hoffnung zu haben, irgendwo Unterschlupf zu finden. Selbst Maria und Joseph hatten es leichter gehabt, denn sie konnten ihr Kind in einem Stall zur Welt bringen, während man die Vertriebenen der eisigen Februarkälte aussetzte, ohne ihnen auch nur das allerkleinste Dach über dem Kopf zuzugestehen.

Doch diese unseligen Zeiten waren auch in Kärnten lange vorbei. Heutzutage mussten sich die wenigen Landwirte, die noch in diesem Sektor tätig waren, händeringend um ausländische Erntehelfer bemühen, da niemand mehr gezwungen war, eine derart schwere und schlecht bezahlte Arbeit verrichten zu müssen. Und so sah auch der Hof von Sonjas Eltern eher derangiert aus. Es mochte durchaus der Wahrheit entsprechen, dass dies einst ein Ehrfurcht gebietendes Anwesen gewesen war, doch nahm man Equipment und Einrichtung genauer in Augenschein, dann zeigte sich rasch, dass Vito Pedruzzo in eine Familie eingeheiratet hatte, die alles andere als reich war.

Der spezifisch gurgelnde Ton der Espressomaschine signalisierte, dass der Kaffee fertig war, und gerade als die Mutter danach fragte, ob die Herren Milch und Zucker wünschten, betrat der Bauer die Stube. »Sepp, das sind die Herren von der Gendarmerie«, klärte die Frau ihren Gatten auf. Obiltschnig überlegte kurz, ob er darauf hinweisen sollte, dass es schon seit vielen Jahren nur noch eine einheitliche Bundespolizei gab, doch beließ er es dabei, denn letztlich machte es keinen Unterschied. Der Bauer klopfte seine klobigen Schuhe achtlos am Stock der Küchentür ab und trat dann in das Innere des Raumes.

»Sepp Hinterschartner«, stellte er sich vor, »meine Frau, die Mitzi, haben Sie ja schon kennengelernt.« Er ging zum Kühlschrank, holte ein großes gläsernes Gefäß heraus und schenkte einen Teil des Inhalts in einen Becher, aus dem er dann gedankenverloren trank. Erst danach richtete er seine Aufmerksamkeit wieder auf die Ermittler. »Weshalb also sind Sie hier?«

»Sagen Ihnen die Namen Birgit, Brigitte, Hermine, Susanne und Dolores etwas?«, begann Obiltschnig.

»Das sind alles Freundinnen von der Sonja gewesen. Die waren mit ihr in diesem Italienisch-Kurs«, antwortete Mitzi, was Sepp aufgriff, »wo sie dieses Windei kennengelernt hat, diesen Scherenschleifer.«

Popatnig sandte seinem Kollegen einen irritierten Blick, doch der begütigte ihn mit einer beinahe unmerklichen Geste seiner Hand. Popatnig zuckte mit den Schultern und gab sich vorerst zufrieden. Die Eheleute hatten schon eine gute Weile weitergeredet, als auch ihm dämmerte, dass »Scherenschleifer« seinerzeit eine abwertende Bezeichnung für Italiener gewesen war, die jedoch heutzutage weitgehend in Vergessenheit geraten war.

»Jedenfalls haben uns diese Damen kürzlich kontaktiert, weil sie das Gefühl haben, Ihre verewigte Tochter könnte eventuell keines natürlichen Todes gestorben sein.« Obiltschnig kam nicht dazu weiterzusprechen, denn Hinterschartner schlug mit der Faust auf die Arbeitsplatte neben der Spüle. »Ich habe es gewusst. Der Katzelmacher hat sie ermordet«, platzte es aus ihm heraus.

»Das ist der Verdacht, dem wir nachgehen«, bemühte sich Obiltschnig um einen sachlichen Ton, »wozu wir allerdings auch herausfinden müssten, welches Motiv der Herr Pedruzzo gehabt haben könnte.«

Hinterschartner brauste auf. »Motiv? Als ob so ein Spaghetti-Fresser ein Motiv bräuchte! Bei denen genügt es ja, wenn die Ehefrau ein Wort zu viel mit dem Trafikanten redet, und schon krageln die ihre eigene Gattin aus rasender Eifersucht einfach ab.«

»Herr Hinterschartner, solche Taten werden zwar immer wieder begangen. Aber dann sind in der Regel Messer mit im Spiel oder, wenn gar kein Tatwerkzeug zur Verfügung steht, die bloßen Hände. Aber kein Eifersuchtsmörder stellt sich hin, besorgt sich irgendwo Giftpilze, kocht dann ein Ragout und wartet im Anschluss seelenruhig, bis die eigene Frau daran verstirbt. Sie müssen zugeben, das klingt eher – ungewöhnlich.«

»Könnte Herr Pedruzzo vielleicht ein ökonomisches Motiv gehabt haben«, mischte sich Popatnig an dieser Stelle ein. Hinterschartner sah den jüngeren Polizisten ratlos an. »Was mein Kollege wissen will, ist, ob Sonja vermögend gewesen ist, oder ob sie eventuell ein beträchtliches Erbe bekommen hat oder dergleichen«, übersetzte Obiltschnig. Endlich setzte sich der Bauer an den Tisch. »Also reich war die Sonja sicher nicht, falls Sie das meinen. Wir haben ihr immer wieder Geld zuschießen müssen, obwohl sie ja schon weit über 40 war. Aber«, und an dieser Stelle zeigte sich ein hilfloses Lächeln, »was sollten wir machen? Sie war ja unser einziges Kind.«

»Und damit die Alleinerbin dieses riesigen Betriebs hier«, ergänzte Obiltschnig.

»Riesig«, schnaubte Hinterschartner, »was heißt schon riesig? Früher, ja, da war das einmal was. Aber heutzutage? Die Politik wird nicht müde, uns überall dreinzureden, kommt andauernd mit neuen Auflagen daher, und die Preise für unsere Produkte fallen derweil in den Keller. Als Bauer kannst heute praktisch nicht mehr überleben.« Er kratzte sich am Kinn. »Ehrlich jetzt, wenn wir das Ganze da an einen von diesen neumodischen Immobilienentwicklern verkaufen täten, dann bekämen wir wahrscheinlich eine ganz achtbare Summe dafür. Aber das geht ja auch wieder nicht, weil da die Scheißpolitik nicht mitspielt.«

Hinterschartners Augen verdunkelten sich. »Wissen Sie was, da gehören einem unzählige Hektar, man ist also Landeigentümer, und dann kommen diese Polit-Wichteln und bestimmen über unser Eigentum ganz so, als ob es ihres wäre.«

»Wie meinen Sie das jetzt genau?«

»Na wie schon! Lawinenschutz da, Naturschutz dort, hier darf etwas nicht in Bauland umgewidmet werden, dort darf man auf einmal keinen Dünger mehr verwenden. So geht das tagein, tagaus. Man kommt ja gar nicht mehr dazu, all diese depperten Verordnungen und Gebote zu lesen, weil einen die Bürokratie zuscheißt mit ihrem Dreck. Jawohl! Zuscheißt!« Das letzte Wort brüllte Hinterschartner beinahe, sodass seine Frau instinktiv ihre Hand auf seinen Unterarm legte, um ihn wortlos zu etwas Mäßigung zu ermahnen. »Aber weil's wahr ist«, maulte er.

»Haben Sie Ihrer Tochter bereits etwas von diesem Besitz überschrieben?« Hinterschartner sah überrascht auf. »Wie kommen S' denn auf so etwas? Die Sonja, die war ja keine Bäuerin nicht. Die hat sich überhaupt nie für die Landwirtschaft interessiert. Bitte ja, ich hab natürlich gehofft, dass sie sich eines Tages irgendeinen der anderen Bauern in der Umgebung angelt und doch noch die Familientradition fortsetzt. Den Novak drüben zum Beispiel. Wenn man unsere beiden Betriebe zusammenlegt, dann könnte die Landwirtschaft immer noch profitabel sein. Aber von so etwas hat sie ja nichts wissen wollen. Stattdessen hat sie dann ausgerechnet diesen Katzelmacher ...« Er vollendete den Satz nicht und machte stattdessen eine wegwerfende Geste mit der Hand.

»Ich hab ja Angst gehabt«, meldete sich schüchtern Maria Hinterschartner zu Wort, »dass die Sonja überhaupt überbleibt. Dabei war sie so ein fesches Mädel. Aber halt wahnsinnig wählerisch.« Die Alte kam direkt ins Schwärmen. »Alle hätte sie haben können zu ihrer Zeit. Aber wirklich alle.« Sie sah ihren Mann an. »Kannst dich noch erinnern, damals beim Feuerwehrheurigen? Wie s' ihr da alle nachgelaufen sind?« Hinterschartners Miene ließ erahnen, dass er diesbezüglich keine Wahrnehmungen hatte. Daher wandte die Frau sich wieder an die beiden Polizisten. »Ich habe mir dann gedacht, vielleicht ist bei der Sonja irgendetwas nicht richtig im

Kopf, wissen Sie. Dass sie vielleicht ... lesbisch ist oder so. Sie war ja viel allein, weil wir immer so viel arbeiten mussten, der Sepp und ich.«

»Für etwas Besseres hat es sich gehalten, das Mädel«, kam es verächtlich aus dem Mund des Vaters. »Der Bauernstand war ihr nicht gut genug. Musste ja unbedingt in die Stadt gehen, das Gör, das undankbare.« Beinahe bekam man den Eindruck, der alte Hinterschartner machte seine Tochter für ihr Schicksal selbst verantwortlich. »Das ist da ein Bauernhof«, statuierte er, »in Familienbesitz seit über 300 Jahren. Ein Erbhof, wenn Sie noch wissen, was das ist. Aber glauben Sie, die Sonja hätte sich dafür interessiert? Die war schon als Kind so bockig. Wollte nicht einmal die Kühe melken oder den Stall ausmisten. Ist stattdessen lieber in die Schule gegangen. ›Was lernen‹, wie sie gesagt hat.« Überdeutlich trug der Bauer sein Missfallen an diesem Verhalten zur Schau. »Und was hat's ihr genutzt? Einen Dreck! In Villach hat s' gehaust in einem Loch, und gelebt hat sie von irgendeiner Schneiderei. Da, hier am Hof, da wäre sie jemand gewesen. In der Stadt aber war sie nichts. Ein Niemand!«

»Sepp, so darfst nicht reden über die Sonja. Sie war deine Tochter, dein einziges Kind ...« Maria Hinterschartner war um Versöhnung bemüht. Doch ihr Mann sah sie nur zornig an. »Ja eh, weil du keinen Buben zusammengebracht hast. Glaubst, ich weiß nicht, wie die alle gelacht haben über mich im Gasthaus? Der Hinterschartner, haben s' gesagt, der hat halt nur Luft in den Eiern, darum hat es nur für eine Tochter gelangt.« Seine Wangen röteten sich bedrohlich, und Obiltschnig hegte den Verdacht, bei einem einzigen falschen Wort würde der Mann rabiat. Der Mutter aber war die Verletzung, die ihr diese Worte zufügten, deutlich anzusehen, und sie starrte verlegen auf die Tischplatte.

»Der Herr Pedruzzo wird also nichts erben?« Popatnig holte das Ehepaar prosaisch aus seiner Vergangenheitsbewältigung. Sepp Hinterschartner hängte sich ein triumphierendes Lächeln ins Gesicht. »Ja, da hat er sich gründlich getäuscht, der Saubartel. Ein paar 100 Euro vielleicht, mehr ist bei der Sonja nicht zu holen. Und selbst die kommen eigentlich von mir.«

»Und wer wird jetzt all das erben, wenn Sie einmal nicht mehr sind?« Obiltschnig wusste nicht, wie er die Frage taktvoll behübschen sollte, also entschied er sich für unmittelbare Direktheit. Hinterschartner zuckte mit den Achseln. »Wahrscheinlich mein Schwager, der Versager. Wenn er sich nicht vor mir zu Tode säuft. Sonst halt seine verblödeten Kinder, diese debilen Inzüchtler.«

»Aber Sepp!« Maria Hinterschartners Gemüt hatte einen weiteren Schlag erhalten.

»Weil's wahr ist. Was musste der Trottel auch seine eigene Cousine heiraten? Da kann ja nichts Gescheites dabei herauskommen.«

»Zu zwei Söhnen hat es immerhin gereicht.« Auch Marias Leidensfähigkeit hatte ihre Grenzen.

»Ja eh, weil die Vroni nicht so vertrocknet ist da unten wie du«, fauchte Hinterschartner und trieb damit Tränen in Marias Augen. Obiltschnig meinte, intervenieren zu müssen. »Bevor wir uns da in Familieninterna verlieren, dürfen wir vielleicht zum eigentlichen Grund unseres Besuchs zurückkehren. Sie meinen also, dass ein finanzielles Motiv jedenfalls nicht infrage kommt.«

»Wie gesagt, diese Itaker, die ...« Obiltschnig hob die Hand. »Ja, das wissen wir bereits. Lassen Sie uns stattdessen auf die Hochzeit zu sprechen kommen. Wir haben gehört, von der Seite des Herrn Pedruzzo waren nicht allzu viele Gäste anwesend?«

»Was heißt da nicht allzu viele? Gar keiner! Nicht einmal seine Eltern hatten den Anstand, sich die Ehre zu geben!« Hinterschartner richtete sich kurz an seine Frau. »Was hat er gesagt, der Papagallo, der? Dass seine Mutter krank im Bett liegt und der Vater sie pflegen muss?« Der Bauer schnaubte verächtlich. »Das kann ihm sonst wer glauben! Wahrscheinlich haben die nicht einmal gewusst, dass ihr Rabenbraten versucht, sich bei uns einzuschleichen.«

»Uns wurde von über 100 Gästen berichtet. Kamen die dann alle von Ihrer Seite?«

»Ja sicher! So einer wie der, der hat ja keine Freunde. Wie auch! Höchstens Komplizen!« Obiltschnig war sich sicher, der Alte würde sich jederzeit mit seinem Schwiegersohn prügeln, sollte sich ihm die Gelegenheit dazu bieten.

»Wer war eigentlich Ihrer Einschätzung nach Sonjas engste Freundin? Eine aus dem Kurs?«

Während Hinterschartner die Frage überhört zu haben schien, dachte seine Frau angestrengt nach. »Das war wahrscheinlich die Kristl. Die beiden sind schon in der Volksschule immer zusammengesteckt. Die waren unzertrennlich. Und sie sind ja dann auch beide nach der Schule nach Villach gegangen. Die Kristl arbeitet dort bei der Bauernkammer. Und die war auch bei der kirchlichen Hochzeit ihre Trauzeugin.«

»Bei der standesamtlichen Trauung war es aber eine Frau Hermine …« Frau Hinterschartner hob die Hand. »Jaja, das war ein bisserl chaotisch. Die zwei haben nicht gewusst, dass sie auch amtlich heiraten müssen, die haben geglaubt, die Kirche reicht. Und dann musste halt alles sehr schnell gehen.«

»Gut. Wissen Sie vielleicht, wo diese Kristl wohnt? Und wie sie noch heißt?«

»Thaler. Jetzt heißt sie Thaler. Früher hat sie Novak geheißen.« Maria nickte. »Ja, die gehört auch zum Nachbarhof«, bestätigte sie die Vermutung der Ermittler. »Und wohnen tut sie in der Kaigasse. Ganz in der Nähe vom Bahnhof.«

Obiltschnig klopfte sich auf den Oberschenkel. »Ich denke, das war's fürs Erste. Herr und Frau Hinterschartner, Sie haben uns sehr geholfen. Wir dürfen uns vorerst empfehlen. Und nehmen Sie bitte noch einmal unser aufrichtiges Mitgefühl entgegen.« Während der Bauer abfällig grunzte, erhob sich seine Frau und schickte sich an, die beiden Polizisten zur Tür zu begleiten. Die Ermittler standen bereits wieder im Freien, als die Hinterschartner sie noch einmal zu sich winkte. »Sie dürfen meinem Mann nicht böse sein. Er hat halt so seine eigene Art, um Sonja zu trauern.«

»Weißt was«, sagte Obiltschnig, als sie wieder im Wagen saßen, »jetzt reden wir noch mit dieser Thaler, und wenn da auch nichts herauskommt, dann lassen wir's bleiben. Aber endgültig.«

»Ich sag ja schon längst, da kommt nichts heraus«, sah sich Popatnig bestätigt.

Da sie davon ausgingen, die Thaler erst nach 16 Uhr

zu Hause anzutreffen, vereinbarten sie, noch einmal zu den *Seestuben* zu fahren, um nun in etwas entspannterer Atmosphäre ein weiteres Mal mit der dortigen Chefin zu parlieren. Doch das Unternehmen erwies sich als fruchtlos. Sie erfuhren nichts Neues, und die Beobachtungen, die seitens der Gastronomin gemacht worden war, konnten kaum vager und nichtssagender sein. Die beiden gönnten sich noch ein Getränk auf der Terrasse, ehe sie sich zur Kaigasse aufmachten.

Die Thaler war, wie sie feststellen konnten, bereits zu Hause. Mit nicht geringer Verwunderung öffnete sie ihre Wohnungstür, bat die Ermittler dann aber umgehend in ihr Wohnzimmer.

»Die Sonja«, erklärte sie, nachdem sie ihre Gäste mit Wasser und Kaffee versorgt hatte, »die war immer irgendwie eine verlorene Seele. Immer rettungslos in den Falschen verliebt. Darum hat es auch bis heuer nie zu einer Heirat gereicht.«

»Sie und Frau Hinterschartner, Sie standen sich sehr nahe?«

»Nun ja, wir waren das, was man gemeinhin beste Freundinnen nennt. Immer schon. Erst in der Schule, und das ist auch später so geblieben. Es gab praktisch nichts, was wir uns nicht erzählt hätten.« Sie sah suchend um sich und angelte dann einen Aschenbecher von der Kommode. »Es stört sie doch nicht, wenn ich in meinen eigenen vier Wänden rauche?«, formulierte sie eine Frage, die erkennbar keine Antwort begehrte. Popatnig deutete kurz auf seine Schachtel und erntete ein »Tun Sie sich keinen Zwang an« dafür. Nachdem sie ein-, zweimal Rauch ausgeblasen hatte, griff die Thaler ihre Erzählung wieder auf. »Die Sonja, die war immer irgendwie verträumt. Ich weiß auch nicht, aber ich hatte in ihrer Nähe stets das Gefühl, die ist einfach nicht für diese Welt geschaffen.« Sie klopfte Asche ab. »Ich meine, wir alle waren in unserer Jugend in irgendwelche Stars verknallt. *New Kids on the Block*, *Robbie Williams* und solche Leute. Aber instinktiv wussten wir natürlich alle, die Realität würde der Bauer von nebenan sein oder der Mechaniker oder mit etwas Glück der Kassier von der örtlichen *Raika*. Doch die Sonja, die hat sich von diesem Traum eigentlich nie verabschiedet. Die hat noch mit über 30 Dates abgelehnt, weil sie überzeugt davon war, dass plötzlich der Eros Ramazzotti um die Ecke biegt und um ihre Hand anhält.«

»Das heißt, sie war all die Jahre Single?«

»Ja, sicher. Und so wäre es auch geblieben, wenn die Hermi und die Gitti sie nicht überredet hätten, diesen Italienisch-Kurs zu besuchen. Ich hab ihr auch gut zugeredet, weil sie ist ja praktisch überhaupt nicht mehr aus dem Haus gegangen. Das war nicht mehr gesund, wie die gelebt hat. Dass sie sich dann sofort in den Lehrer verliebt und der auch noch in sie, damit konnte ja wirklich keiner rechnen.«

»Das war für Sie also eine Überraschung?«

»Natürlich war es das. Ich habe all die Jahre nie erlebt, dass die Sonja von irgendeiner Person im realen Leben geschwärmt hätte. Ich hab' sie sogar immer wieder einmal ausgehorcht: Wie findest denn den? Oder: Was hältst du von dem? Aber da kam nie auch nur ein einziges positives Wort. Und dann hieß es auf einmal nur noch Vito da und Vito hier. Sie war wie ausgewechselt.« Wieder landete etwas Asche in dem dafür vorgesehenen Behältnis.

»Sie hätten das erleben müssen. Die Sonja ist so etwas von aufgeblüht, die wirkte auf einmal wie 20 Jahre jünger. Sie ist mit mir shoppen gegangen und hat sich schicke Klamotten besorgt. Vorher ist sie herumgelaufen wie ein Schlurf, und dann auf einmal schmucke Designerjeans und aufreizende Blusen. Und abgenommen hat sie auch. Mindestens zehn Kilo, wenn Sie mich fragen.«

»Also aus Ihrer Sicht war das eine klare Liebeshochzeit. Aber wie stand es dabei um ihn, um diesen Vito?«

»Also ich will ja jetzt nicht indiskret werden, aber ich bin mir eigentlich ziemlich sicher, dass die Sonja noch immer Jungfrau war. Zumindest hat sie mir niemals erzählt, dass sie mit jemandem geschlafen hätte, und sie hat mir, wie erwähnt, eigentlich alles erzählt, also wäre dieses Thema sicher sofort zur Sprache gekommen.« Die Thaler dämpfte ihre Zigarette aus und nahm einen Schluck Wasser zu sich.

»Ich kann mich erinnern, dass ich sie einmal gefragt habe, ob sie den Sex nicht vermisse. Wissen Sie, was sie mir geantwortet hat? Wie kann man etwas vermissen, das man nie hatte.«

»Glauben Sie, dass sie mit Vito ... intim war?« Obiltschnig empfand die Frage als unangenehm, stellte sie aber dennoch. Die Thaler legte eine skeptische Miene an den Tag. »Um ehrlich zu sein, ich denke nicht. Zumindest nicht im eigentlichen Sinn des Wortes. Sie werden schon ein bisschen geschmust haben und so, aber wirklicher Sex war da wahrscheinlich nicht im Spiel.«

»Die Hochzeit kam dann wohl eher überraschend, nicht wahr?«

»Das können Sie laut sagen. Niemand, aber wirklich niemand hat damit gerechnet. Und plötzlich kommt sie zu mir, ich weiß es noch genau, es war Mitte Juni, mit Torte und einer Flasche Prosecco, meinte, es gebe etwas zu feiern. Und dabei erzählte sie mir, der Vito habe ihr einen Antrag gemacht, und sie habe ihn angenommen.«

»Hatten Sie persönlich auch Kontakt zu Vito? Wann ist er Ihnen zum ersten Mal begegnet?«, wollte Obiltschnig wissen. Die Thaler dachte nach.

»Ich glaube, das war echt erst bei der Hochzeit.« Sie befragte noch einmal eingehend ihr Gedächtnis. »Ja«, bestätigte sie dann, »sicher, weil er war nicht einmal bei den Vorbereitungen dabei. Das hat alles sie organisiert. Also mit uns gemeinsam natürlich. Aber er glänzte da stets durch Abwesenheit.«

»Sie haben ihn also in der Kirche erstmals zu Gesicht bekommen. Welchen Eindruck hatten Sie da von ihm?«

Die Thaler zögerte. »Also eigentlich kann ich nichts Schlechtes über ihn sagen. Er war jung, sportlich, nicht unattraktiv, ein bisschen still vielleicht, aber das mag den Umständen geschuldet sein.«

»Freute er sich auch so über die Hochzeit wie Sonja?«

Die Thaler machte trudelnde Bewegungen mit ihrer rechten Hand und zog dabei die Mundwinkel nach unten. »Wenn Sie mich fragen, wer er sich nicht sicher, ob seine Entscheidung richtig war.« Sie blickte rasch von einem Polizisten zum anderen. »In dieser Hinsicht war die Feier direkt ein wenig spooky. Die Sonja ist fast durchgedreht vor Glück, und er ist die ganze Zeit über an einem Tisch abseits gesessen und hat an ein und demselben Weinglas genippt.« Sie lächelte nachsichtig.

»Ich hab mich dann zwischendurch sogar einmal zu ihm gesetzt und versucht, ein bisschen mit ihm zu reden. Er war zwar freundlich, aber total unnahbar.« Sie blickte wieder hoch. »Ehrlich, dieser Mann ist mir vollkommen fremd geblieben. Bis zuletzt.«

»Trauen Sie ihm zu, dass er die Sonja vergiftet hat?«

Die Thaler riss entsetzt die Augen auf. »Wer sagt denn so etwas?« Gleich danach klatschte sie sich mit der Innenfläche ihrer Hand auf die Stirn. »Daher weht der Wind! Ich habe anfangs gedacht, Sie gehen dem Verdacht nach, irgendeine Lebensmittelfirma hätte gepfuscht oder so.« Eindringlich studierte sie die Augen der beiden Ermittler. »Sie denken also, der Vito hat das mit Absicht gemacht?«

»Im Augenblick denken wir noch gar nichts. Aber wir haben so einen Hinweis bekommen, dem wir nachgehen.«

»Ich kann mir schon vorstellen, woher der kommt.« Sie schüttelte missbilligend den Kopf. »Der alte Hinterschartner war immer schon ein Arschloch. Entschuldigung schon, aber der ist wirklich ein unguter Patron. Und den hat es natürlich besonders getroffen, dass Vito ein Ausländer ist. Ein Italiener noch dazu.« Sie lachte kurz auf. »Der hat uns schon als Kinder vor Italienern gewarnt, hat gemeint, die würden stehlen wie die Raben und alles vergewaltigen, was irgendwie nach einer Frau aussieht.« Das Kopfschütteln setzte sich fort.

»Sie teilen diesen Verdacht also nicht, Frau Thaler?«

»Aber woher denn! Warum hätte der Vito so etwas machen sollen? Die waren ja gerade einmal vier Wochen verheiratet. Wenn ihm die Ehe mit Sonja so unerträglich gewesen wäre, hätte er sie ja einfach nicht eingehen müssen. Es war ja nicht gerade so, dass sie ihn mit vorgehaltener Waffe dazu gezwungen hätte.«

Thalers Argumentation hatte etwas für sich, dachte Obiltschnig. Trotzdem hakte er noch einmal nach. »Könnte es ein finanzielles Motiv gegeben haben?«

»Die Sonja war arm wie eine Kirchenmaus. Was sie mit ihren Schneiderarbeiten verdient hat, das reichte kaum für die Miete. Ihre Eltern mussten immer wieder etwas zuschießen. Trotzdem haben die Hinterschartners sie an der kurzen Leine gehalten. An der sehr kurzen Leine. Würde mich nicht wundern, wenn der Vito wohlhabender ist, als sie es je war.«

»Bei Sonja war also nichts zu holen?«, vergewisserte sich Obiltschnig. Die Thaler verneinte mit größtmöglicher Bestimmtheit.

Es war schon nach 17.30 Uhr, als sich die beiden wieder auf dem Rückweg befanden. Ob der Uhrzeit beschlossen sie, Klagenfurt gar nicht erst anzusteuern, sondern stattdessen gleich nach Ferlach zu fahren. Aus diesem Grund vermied Popatnig die Autobahn, sondern steuerte Velden an, um von dort via Ludmannsdorf und Feistritz ans Ziel zu gelangen. Eine Fahrt, die vielleicht nicht wirklich kürzer, aber dafür deutlich romantischer war. Kurz überlegten sie, beim *Ogris* in Ludmannsdorf noch einen Zwischenstopp einzulegen, doch Obiltschnig verwarf diesen Gedanken mit dem Argument, man habe zu Mittag ohnehin deutlich zugelangt, und wenn er sich jetzt noch eine weitere Mahlzeit gönne, dann werde Resi nicht zufrieden sein mit ihm, weil er dann ihre Küche verschmähen müsste.

»Ja, du hast es gut. Dir kocht jeden Tag jemand eine gute Mahlzeit«, maulte Popatnig. »Für mich heißt es aber wieder Tiefkühlpizza oder Toast.« Obiltschnig sah ihn von der Seite an. »Ich dachte, du lebst von der Liebe?« Popatnig bog rechts ab, um die Abkürzung durch Moschenitzen zu nehmen. »Haha«, machte er nur gallig. Und das Lachen verging ihm noch mehr, als Obiltschnig darauf hinwies, dass sein Wagen ja jetzt in Klagenfurt geblieben war, weshalb ihn Popatnig am nächsten Morgen in jedem Fall in die Hauptstadt mitnehmen musste.

»Ich soll also selbst auf die Liebe verzichten, weil der saubere Herr Bezirksinspektor kein Auto hat. Dafür könntest mich ruhig noch einmal zum Essen einladen.« Obiltschnig klopfte ihm aufmunternd auf die Schulter. »Hast recht. Ich werde die Resi bitten, uns am Sonntag was Nettes zuzubereiten. Da bist du dann unser Gast.« Popatnig lächelte. »Immerhin eine Perspektive.«

Er hatte den Kollegen zu Hause abgesetzt und überlegte, was er mit dem Rest des Tages anfangen sollte. Die Dämmerung begann sich vorsichtig über das Land zu legen, und Popatnig registrierte mit etwas Wehmut, dass sich Niki den ganzen Tag über nicht bei ihm gemeldet hatte. Nicht einmal mit einer kurzen *WhatsApp*-Nachricht. So gesehen war es vielleicht kein Nachteil, wenn er an diesem Tag nicht bei ihr übernachten konnte. Allerdings ertappte er sich dabei, dass er die hagere Schönheit vermisste. War am Ende sie diejenige, mit der er sich eine echte Zweierbeziehung wünschte? Am Hauptplatz angekommen, sah er, dass der Eissalon noch offen hatte. Er setzte sich auf die weitläufige Terrasse, bestellte einen Cappuccino, rauchte sich eine Zigarette an und beschloss, einfach darauf zu warten, was der Abend noch für ihn bereithalten würde.

Es war nicht so, dass sich gar nichts tat. Immer wieder schlenderten Bekannte an ihm vorbei und grüßten ihn freundlich. Die Greiderer etwa oder die Besitzerin des örtlichen *Copyshops*. Sogar der Bürgermeister selbst war auf einen Sprung vorbeigekommen, um sich mit einer Portion Eis zu versorgen. Aber niemand erschien, mit dem Popatnig die weitere Zeit hätte verbringen können. Ein wenig resigniert übersiedelte er knapp vor 20 Uhr abends in den *Affen*, wo er sich eine Gulaschsuppe einverleibte, ehe er seine kühle Bleibe aufsuchte, die ihm nach den vergangenen Nächten regelrecht trostlos vorkam.

Und tatsächlich schien sich alles gegen ihn verschworen zu haben. Er zappte alle Kanäle durch, doch nirgendwo gab es eine brauchbare Sendung. Er versuchte sich eine Weile in diversen Computerspielen, doch auch das langweilte ihn erschreckend rasch. Schließlich war er derart verdrossen, dass er sich einfach in sein Bett legte, wo er aus purer Verzweiflung zu einer Extremlösung griff. Er nahm den Kriminalroman zur Hand, den ihm der Bürgermeister vor einiger Zeit geschenkt hatte, und begann zu lesen. »Scheiß Kälte«, lauteten die ersten zwei Worte am Beginn des Prologs. Popatnig fand, das war so unrichtig nicht. Zwar war die Zimmertemperatur, der Jahreszeit entsprechend, durchaus noch angenehm, aber in ihm konstatierte er einen rauen Hauch von Sibirien. »Scheiß drauf«, sagte er leise, drehte das Licht ab und rollte sich ein.

IV.
EINEN WEITEREN TAG SPÄTER

Obiltschnig erwachte erfrischt und ausgeruht. Mit einem kleinen Liedchen auf dem Lippen bereitete er Frühstück vor, dann weckte er sanft seine Frau und stellte ihr das Tablett mit den diversen Spezereien auf den Nachttisch. »Ich muss leider los. Mal schauen, wie wir jetzt mit dieser Pedruzzo-Sache weitermachen. Ich liebe dich, mein Schatz.« Er drückte ihr ein Küsschen auf die Stirn, was Resi, verschlafen, wie sie war, dennoch zum Lächeln brachte. Obiltschnig ging zurück in die Küche und wählte Popatnigs Nummer. Der aber hob nicht ab.

»Der wird doch nicht schon wieder in Klagenfurt genächtigt haben, der alte Lump, der«, fauchte Obiltschnig und zog sich fertig an. Er versuchte es ein zweites Mal, abermals ohne Ergebnis. Schließlich wurde es ihm zu bunt, und er verließ zu Fuß sein Grundstück. Etwa zehn Minuten später hatte er die Freibacherstraße erreicht, wo er Popatnigs Adresse ansteuerte. Doch auch auf die Türglocke reagierte sein Kollege nicht. Obiltschnig begann sich ernsthaft Sorgen zu machen, und so wählte er ein drittes Mal Popatnigs Nummer. Endlich kam ein Krächzen aus dem Apparat. »Ja, Ferdi, was ist los mit dir? Wo bist du um Himmels willen?« Popatnigs Antwort fiel eher einsilbig aus. »Eh zu Hause. Aber ich bin ewig lang nicht eingeschlafen.« Obiltschnig kündigte ihm an, er werde in zehn Minuten bei ihm sein.

Dann eilte er flugs zum *Peterlin*, wo er bei Swee Fong zwei Croissants und eine Bärentatze kaufte, ehe er zu Popatnigs Heim zurückkehrte. Nur Augenblicke später stand er seinem Kollegen in dessen Zimmer gegenüber. »Ja, du schaust wirklich nicht gut aus. Ich mache uns erst einmal einen starken Kaffee. Und du solltest vielleicht unter die Dusche. Das weckt die Lebensgeister.«

»Was hat dich denn so aus der Bahn geworfen? So kenne ich dich ja gar nicht«, begann Obiltschnig vorsichtig, während er Popatnig dabei beobachtete, wie der bedächtig an der Bärentatze herumknabberte. Popatnig sah auf. »Jetzt auf einmal interessiert es dich? Du willst ja sonst nie hören, was sich bei mir privat so tut.«

»Ganz einfach. Normalerweise schwebst du auf Wolke sieben. Wie ein Schmetterling tänzelst du von einer Blüte zur nächsten, und nichts scheint dein Gemüt verdunkeln zu können. Und jetzt sitzt du da vor mir wie einer, dem gerade die Frau davongelaufen ist.«

Popatnig fuhr sich durch die Haare und suchte dann nach einer Zigarette. »Vielleicht bin ich ja gerade genau ein solcher«, antwortete er kryptisch. »Sag bloß, dem großen Ferdi Popatnig hat einmal eine Frau die Rote Karte gezeigt«, entfuhr es Obiltschnig. Sein Gegenüber blies gedankenverloren Luft aus. »Versteh einer die Frauen«, meinte er dann nur und zündete die Zigarette an, die er endlich zwischen den einzelnen Seiten einer alten Zeitung hervorgefischt hatte.

»Magst drüber reden?« Obiltschnig war sich im Klaren darüber, in solchen Dingen ganz entschieden die falsche Adresse zu sein, doch wollte er es nicht verantworten, den Kollegen weiter leiden zu sehen. »Später vielleicht. Jetzt schauen wir einmal, dass wir ins Büro kommen«, hielt Popatnig dem entgegen.

Als sie schließlich dort angekommen waren, bilanzierten sie noch einmal die Ergebnisse der vergangenen Tage und kamen dabei zu dem Schluss, dass es eigentlich keinen »Fall Pedruzzo« gab. »Ich fasse also zusammen«, hörte Popatnig seinen Vorgesetzten sagen, »es gibt mangels Obduktion keinen auffälligen Befund, was die Todesursache der Sonja Pedruzzo anbelangt. Es gibt keine Zeugenaussage, die einen begründeten Verdacht belegen würde, die Eheleute hätten sich gestritten. Es gab weder eine erkennbare Affäre der Gattin noch haben wir sonst irgendein Indiz dafür, dass Herr Pedruzzo so etwas wie ein Mordmotiv hätte haben können. Auch ist Herr Pedruzzo nicht, wie ursprünglich angenommen, geflüchtet, er hat sich lediglich zu seinen Eltern begeben, was wohl jeder trauernde Witwer machen würde. Ihre beste Freundin hat ebenso wenig etwas Verdächtiges bemerkt wie der Pfarrer, der sie getraut hat, wie die Gastronomin, die sie bewirtet hat, und zuvor der Standesbeamte, der den formalen Teil der Hochzeit betreute. Der Arzt hat offenbar ohne zu zögern einen entsprechenden Totenschein ausgestellt, und nicht einmal der miesepetrige Vater, der ganz offenkundig kein Fan seines Schwiegersohnes ist, konnte auch nur das winzigste Detail vorlegen, das uns doch noch zweifeln lassen könnte. Im Lichte all dieser Fakten würde ich gerne, dein Einverständnis vorausgesetzt, den Lassnig anrufen und ihm empfehlen, die Ermittlungen einzustellen. Was sagst du?«

Popatnig hustete trocken und nickte nur. Obiltschnig behielt den Kollegen noch für einige Sekunden im Auge, doch da dieser keine weitere Reaktion zeigte, griff er zum Hörer und wählte die Nummer des Villacher Kollegen. Lassnig klang genervt. »Ja?«, belferte er unfreundlich in den Hörer. »Ich bin's, Bezirksinspektor Obiltschnig, ich wollte ein letztes Mal über den Fall Pedruzzo reden. Ein letztes Mal deshalb, weil das nach unseren mühsam gesammelten Erkenntnissen gar kein Fall ist.«

»Mir soll's recht sein«, erklärte Lassnig kurz angebunden, »mir reicht diese gottverdammte Einbruchsserie, wo wir immer noch nicht den allergeringsten Ansatzpunkt haben.«

»Das tut mir leid. Ich würde, wenn es mein Fall wäre – also der Fall Pedruzzo, meine ich – die Ermittlungen einfach einstellen. Es ist ja ganz nett, dass sich die Kurskolleginnen gesorgt haben, aber offenbar hat deren Sorge keine Substanz.«

»Ja, gut, machen Sie das«, kam es von Lassnig, was Obiltschnig lächeln ließ. »Ich kann da gar nichts machen. Es ist Ihr Fall, Kollege Lassnig, falls Sie das vergessen haben sollten.« Der murmelte missmutig etwas in den Hörer, erklärte dann aber, die Kollegen aus Klagenfurt könnten die ganze Sache vergessen, sie habe sich erledigt. Obiltschnig dankte für diese Entscheidung und wünschte noch einen schönen Tag. Er legte auf und rieb sich die Hände. »Na bitte, Fall erledigt. Jetzt müssen wir nur noch hoffen, dass in den nächsten paar Stunden keiner einen Anfall kriegt und irgendwo jemanden um die Ecke bringt, und schon haben wir ein strahlendes Wochenende vor uns. Mit einem von Resis traumhaften Braten.« Er leckte sich genüsslich über die Lippen. »Wirst sehen, du wirst begeistert sein.« Und obwohl

Popatnig nicht in der Stimmung war, Euphorie an den Tag zu legen, bemühte er sich um ein dankbares Lächeln.

Tatsächlich meinte es das Schicksal gut mit ihnen. Kein einziger Bericht von einer Gewalttat drang zu ihnen vor. Alles war ruhig im Kärntnerland. Obiltschnig vertrieb sich die Stunden damit, auf seinem Computer Online-Schach zu spielen, Popatnig zermarterte sich das Hirn mit der Frage, ob er Niki kontaktieren sollte oder nicht. Die meiste Zeit starrte er ungläubig auf das Display seines Handys, ganz so, als könnte er, wenn er nur fest genug daran glaubte, Nikis Reaktion erzwingen. Doch sein Mobiltelefon, es blieb stumm.

»Was würdest du an meiner Stelle machen?«, hörte er sich plötzlich fragen. Obiltschnig sah abgelenkt von seinem Computer auf. »Wie bitte?« Popatnig dachte kurz daran, einfach ein »Nichts« hinüberzuschicken und es dabei bewenden zu lassen, aber Niki ging ihm einfach nicht mehr aus dem Kopf. Zum ersten Mal seit einer gefühlten Ewigkeit war er es, der sich mehr zu einer Frau hingezogen fühlte als umgekehrt, und diese Situation verunsicherte ihn. Obiltschnigs Blick ruhte neugierig auf ihm. Popatnig schluckte. »Es geht um Niki«, sagte er endlich.

»Das ist die Sängerin von voriger Woche, nicht?« Obiltschnig war im Bilde. »Ja. Wir hatten ein paar absolut unbeschreibliche Tage. Alles hat gepasst, aber auch wirklich alles. Gestern in der Früh bin ich noch neben ihr gelegen. Ich musste weg, wie du weißt, und habe ihr wie tags zuvor auch einen Zettel auf den Polster gelegt. Und seitdem Funkstille. Ich warte seit 30 Stunden darauf, dass sie sich meldet. Aber nichts. Schweigen im Walde!«

»Und warum rufst du sie nicht an?« Popatnig schüttelte ganz leicht den Kopf. Das war wieder einmal typisch für jemanden wie Sigi. Der verstand einfach überhaupt nichts von Frauen. Wenn man denen hinterherhechelte, dann hatte man schon verloren. »Ja«, ließ sich Obiltschnig nicht beirren, »ruf sie an und sag ihr, du hast den Fall eben abgeschlossen. Er war anstrengend, hat dich viel Zeit gekostet, aber jetzt bist du wieder ein freier Mann und hast das ganze Wochenende für sie Zeit. Ich bin mir sicher, nichts anderes erwartet sie von dir.«

»Sorry, Sigi, aber so etwas kann aber auch wirklich nur von dir kommen.« Obiltschnig war von Kopf bis Fuß lebendes Fragezeichen. Popatnig erlöste ihn aus seiner Ahnungslosigkeit. »Das ist ein Test. Da geht es bereits darum, wer von uns beiden der Stärkere ist. Wenn ich jetzt anrufe, dann bedeutet das, dass sie mir mehr bedeutet als ich ihr. Und dann wird sie ganz schnell das Interesse an mir verlieren, weil sie weiß, dass sie mich jederzeit haben kann. Und was man ohnehin haben kann, das ist ohne Bedeutung.«

»Junge, Junge, woher hast du denn diese krude Philosophie?« Obiltschnig lachte vergnügt. »Aus amerikanischen Collegekomödien?« Popatnig sandte dem Kollegen eine »wahnsinnig witzig«-Miene und wollte schon fortfahren, als Obiltschnig wieder sachlich wurde. »Offenbar liegt dir etwas an ihr. Da ist es dann doch vollkommen ohne Belang, wer was wie gewinnt. In einer Beziehung gewinnt man immer nur gemeinsam, glaub mir das. Komm schon, ruf sie an. Sag ihr, dass du sie magst und an sie denkst. Und wenn sie nicht genauso verkorkst ist wie du, dann wird sie das freuen und sie wird sich mit dir treffen wollen. Nämlich heute noch.« Der

Bezirksinspektor lehnte sich zurück, verschränkte die Arme vor der Brust und war sichtlich mit sich zufrieden.

»Ich garantiere dir, das klappt nie«, blieb Popatnig bei seiner Meinung. Innerlich aber dankte er dem Kollegen für seine Intervention. Sie bot ihm endlich den ersehnten Vorwand, die Mauer der Stille zwischen Niki und ihm zu durchbrechen. Demonstrativ hob er sein Handy hoch. »Ich rufe sie an. Hier und jetzt. Und du wirst sehen, es wird in einer Katastrophe enden.« Obiltschnig strahlte von Kopf bis Fuß Optimismus aus. »Im Gegenteil! Ganz im Gegenteil«, unterstrich er seine Haltung auch verbal.

Popatnig öffnete die Kontaktseite und drückte auf die erste Zeile, da Niki sein bislang letzter Gesprächspartner gewesen war. Gleichzeitig stellte er auf Lautsprecher, damit Obiltschnig erste Reihe fußfrei mitbekam, wie Niki ihn eiskalt abservierte. Es läutete. Einmal, zweimal, dreimal. Popatnig sah sein Gegenüber durchdringend an. »Hab ich es nicht gesagt«, formulierten seine Lippen tonlos. Er war bereits im Begriff, den Anruf zu beenden, als er Nikis atemlose Stimme hörte. »Ferdi, da bist du ja endlich! Ich hab schon geglaubt, du hast mich eiskalt abserviert. Halb wahnsinnig bin ich geworden, weil du dich nicht und nicht gemeldet hast. Und gefragt hab ich mich, was ich falsch gemacht haben könnte. Bitte sag mir, dass alles in Ordnung ist zwischen uns.« Sie klang beinahe flehentlich. Popatnig aber sah schuldbewusst in Obiltschnigs Richtung und schaltete den Lautsprecher aus. Er erhob sich und entschwand aus dem Amtszimmer. Obiltschnig hörte gerade noch, wie er »Ich habe endlich diesen Fall, von dem ich dir erzählt habe, gelöst. Das war eine echt vertrackte ...« Dann hatte Popatnig die Tür hinter sich geschlossen. Obiltschnig aber war stolz auf sich, pfiff vergnügt vor sich hin und widmete sich wieder seinem Schachspiel. Was? Der blöde Computer gab ihm Schach? Der würde sich noch wundern.

Eine halbe Stunde später betrat ein völlig ausgewechselter Popatnig wieder das Büro. »Ein Glück, dass dein Auto draußen auf dem Parkplatz steht. Das erspart mir eine Hin- und Rückfahrt nach Ferlach. Ich werde nämlich, wie es aussieht, heute in Klagenfurt übernachten.« Dabei strahlte er über das ganze Gesicht. »Ich habe dir ja gesagt, das klappt. Siehst du, manchmal hat das Alter doch auch die entsprechende Erfahrung.« Obiltschnig setzte den Computer mit einer gewagten Kombination aus Turm und Läufer matt, genoss den angezeigten Triumph und fuhr dann seinen Computer herunter. »Dafür, lieber Freund, mach ich jetzt Schluss. Die letzten Minuten wirst du auch ohne mich klarkommen, denke ich. Für mich wird's Zeit fürs Wochenende.« Er war schon beinahe bei der Tür, als er sich abrupt umdrehte. »Apropos Wochenende! Da ist ja das Pohaca-Fest, ist mir eingefallen. Wollen wir in diesem Lichte den Sonntagsbraten nicht auf nächste Woche verschieben? Ich bin mir sicher, beim Fest gibt's jede Menge gutes Futter.«

»Daran zweifle ich nicht. Weitaus eher, dass ich es heuer schaffe, dorthin zu kommen.« Dabei rieb er sich vergnügt die Hände. »Ach, du meinst«, entgegnete Obiltschnig, »deine Niki will sich nicht von Blasmusik bedudeln lassen?«

»Nicht, wenn sie es vermeiden kann, vermute ich.«

»Wer kann's ihr verdenken. Wegen der Musik geh ich bestimmt nicht hin.« Obiltschnig klopfte mit der flachen

Hand auf seinen Bauch. »Na ja, wir werden sehen, ob wir uns sehen. Viel Erfolg jedenfalls.« Und mit einem angedeuteten Winken war Obiltschnig auch schon aus der Tür geschlüpft.

Gute zwei Stunden später saß er mit Resi am Küchentisch und blickte versonnen auf den Scheiterhaufen, der vor ihm stand. »Ich glaube, heute habe ich eine gute Tat begangen«, sagte er dann. Resi merkte auf. »Na ja, der Ferdi«, fuhr er fort, »ich glaube, der alte Hallodri hat sich zur Abwechslung einmal wirklich verliebt. Und weil ihm so etwas, denke ich, neu ist, brauchte er ein wenig Hilfe.« Dabei lächelte er nachsichtig. Resi aber sah ihn verständnislos an: »Wie kann man dabei Hilfe brauchen?« Und Obiltschnig erzählte ihr von Popatnigs Abenteuer mit der Sängerin Niki, das offenbar tiefere Spuren im Seelenleben seines Kollegen hinterlassen hatte. »Du kennst ihn ja. Normal verschwendet der keine Gedanken an irgendeine Zukunft und lebt immer nur für den Tag. Generation Fun und so. Aber diese Niki, die dürfte es ihm echt angetan haben. Du hättest sehen müssen, wie der sich gewunden hat. Und ich hab ihm dann gesagt, dass Stolz und Vorurteil an dieser Stelle völlig unangebracht sind. In einer Beziehung, hab ich gesagt, gewinnt man nur gemeinsam.«

Wie von ihm nicht anders erwartet, reagierte Resi zustimmend. »Das hast du aber schön gesagt.« Doch nach einer kurzen Pause kam eine Relativierung. »Allerdings bezweifle ich, dass der Ferdi deshalb wirklich sesshaft wird.« Obiltschnig zeigte sich überrascht. »Echt? Warum denn nicht? Er ist immerhin auch schon weit über 30. Da kann man schon einmal damit anfangen, solide zu werden. Und außerdem scheint diese Niki nur um wenige Jahre jünger zu sein als er. Es könnte also funktionieren.« Resi aber blieb skeptisch. »Ich täte es ihm ja wünschen. Aber weißt du, der Ferdi, der scheint mir einfach nicht für eine längere Liaison gebaut zu sein.« Sie trank eilig einen Schluck und fuhr dann fort. »Keine Sorge, Sigi, auch er wird einmal die Passende finden und dann mit Mords Trara heiraten. Und das wird dann so eine richtig üppige Kärntner Hochzeit werden. Mit Trachtenjankern, Blasmusik, Kärntner Chören und allen Drum und Dran. Aber das wird noch dauern, glaub mir, und bis dahin wird der gute Ferdi weiterhin von einer Blüte zur nächsten fliegen und stets lustig die ganze Welt bestäuben.«

Obiltschnig war über Resis Bild einigermaßen irritiert, erinnerte sich dann aber daran, dass er kurz zuvor eine ähnliche Metapher gewählt hatte. Vielleicht war Ferdinand Popatnig ja wirklich zum Schwerenöter geboren. Doch das bevorstehende Pohaca-Fest würde der Lackmus-Test dafür werden. Der »alte« Popatnig hätte die Gelegenheit glatt genützt, sich dort auch schon die nächste Schönheit anzulachen, während Niki in Klagenfurt auf ihn wartete. Hätte sich der Kollege jedoch tatsächlich neu erfunden, dann würde er am Sonntag die Finger von all den Ninas, Selinas, Sabrinas lassen und sich wie ein erwachsener Mann verhalten. Und tauchte er gar mit Niki dort auf, dann war es wahrscheinlich endgültig um den Gigolo in Popatnig geschehen. Er wäre dann wahrhaftig zum Manne gereift.

»Wie steht es eigentlich mit eurem Villacher Fall?«, wollte Resi wissen und riss Obiltschnig damit aus seinen

Gedanken. Er stocherte in seinem Essen herum. »Den haben wir heute offiziell eingestellt.« Er richtete sich auf und nahm nun seinerseits einen Schluck. »Die Suppe war einfach zu dünn. Wir haben nichts gefunden, was den Verdacht der Damen erhärtet hätte. Ich meine, um festzustellen, woran die Pedruzzo jetzt wirklich gestorben ist, dafür hätten wir sie exhumieren und anschließend obduzieren lassen müssen. So etwas aber muss von ganz oben genehmigt werden. Und mit unserer Indizienlage hätte uns das kein Richter der Welt genehmigt.«

»Also bleibt es bei der Unfallthese?«, vergewisserte Resi sich.

»So schaut's aus«, gab Obiltschnig leichthin zurück. »Aber für uns hat das auch sein Gutes. Wir müssen nicht mehr täglich nach Villach pendeln.« Er nahm einen weiteren Bissen zu sich. »Und die Chefetage freut sich auch, weil der Fall so nicht in die Statistik eingeht.«

»Na ja, Femizide gibt es immer noch zu viele«, gab Resi zu bedenken. »Da hast du natürlich vollkommen recht. Aber trotz allem glaube ich in diesem einen Fall eben nicht daran. Der Pedruzzo, der hat einfach überhaupt kein Motiv. Nichts Finanzielles, nichts in Sachen Eifersucht, keine Streitereien, nichts von alledem. Außerdem hättest du den sehen müssen. Der ist ein sensibles junges Bürschlein, der kommt nicht auf so perfide Ideen.«

»Sag das nicht. Stille Wasser und so.«

»Ja schon, aber bedenke den Aufwand, den der da betrieben haben muss. Sich diese Pilze besorgen, sie zubereiten und dann seelenruhig warten, bis die arme Gattin ihren Geist aufgibt. So etwas musst du erst einmal stemmen.«

»Aber wenn sich der Doktor die Leiche gar nicht genau angesehen hat, dann könnte sie ja auch an etwas völlig anderem gestorben sein«, gab Resi zu bedenken. »Vielleicht war das mit den Pilzen nur ein gelungenes Ablenkungsmanöver.«

Obiltschnig trank wieder ein wenig und stellte dann das Glas zurück auf den Tisch. »Möglich wäre es. Wir werden es nie erfahren. Jedenfalls ist jetzt der Deckel drauf, und aus die Maus. Der arme Lassnig hat ohnehin genug um die Ohren, da ist er sicher froh, wenn er wenigstens diesen Fall abschließen kann.« Er richtete seinen Blick auf Resi. »Du weißt schon, diese vermaledeite Einbruchsserie in Villach, die liegt ihm naturgemäß schwer im Magen.«

»Ja, ich hab davon gelesen. Da müssen echte Profis am Werk sein.«

»Das denke ich mir auch. Und um ehrlich zu sein, ich bin echt froh, dass mich das nichts angeht. Weil so etwas ist für uns Polizisten ein Albtraum. Du hast nie auch nur die geringste Ahnung, wo die das nächste Mal zuschlagen, und bist daher immer einen Schritt hintennach. Und dann wächst der Druck von oben und von unten gleichermaßen, und als Ermittler wirst du mehr und mehr zum Hamster im Rad.«

»Ja, ich kann mich erinnern. Wir hatten ja vor zwei Jahren in Ferlach auch eine kleine Einbruchsserie. Ich weiß noch, wie der junge Koschat geschwitzt hat deswegen.« Obiltschnig zeigte sich informiert. »Ja, und gefasst haben wir diese Arschlöcher nie. Unser Glück war nur, dass die nach drei, vier Einbrüchen aufgehört haben. Sonst wäre es uns genauso gegangen wie jetzt dem armen Lassnig.«

»Vielleicht haben die gar nicht aufgehört, sondern sind einfach weitergezogen, weil sie gemerkt haben, dass hier eben nicht so viel zu holen ist?«

»Möglich. Aber auch nicht unser Bier. Vor allem, weil es sich sicher nicht um unsere Bande von damals handelt. Die wird nicht zwei Jahre Pause machen und dann auf einmal wieder anfangen.«

»Vielleicht aber haben sie ihre Beute zwischenzeitlich durchgebracht und brauchen jetzt wieder Kohle«, beharrte sie. Er bemühte sich um eine strenge Miene. »Resi, du siehst zu viel fern.«

Eine gute Stunde später, als sie tatsächlich vor dem Fernseher saßen, musste sich Obiltschnig eingestehen, dass ihm Resis These nicht aus dem Kopf ging. Von Kollegen aus Wien und Salzburg wusste er, dass Banden mitunter wirklich nach einem derartigen Schema vorgingen. Wenn sie genug erbeutet hatten, um zumindest eine Zeit lang unbeschwert leben zu können, tauchten sie ab, um Gras über ihre Taten wachsen zu lassen. Es gab Fälle, in denen die Einbrecher aus dem näheren oder sogar ferneren Ausland stammten. Die rafften dann in einem verhältnismäßig kurzen Zeitraum so viel wie möglich zusammen und zogen sich wieder in ihre Heimat zurück, wo der Erlös ihrer Sore weitaus länger vorhielt als hierzulande. Und wenn dann alles aufgebraucht war, zogen sie wieder los. Irgendwie, so dachte er, während er gelangweilt einem deutschen Reihenkrimi folgte, glichen diese Einbrecher den seinerzeitigen Wikingern, die auch stets dann auf Raubzug gegangen waren, wenn zu Hause die Vorräte knapp wurden.

Und wahrscheinlich konnte man es ihnen nicht einmal verdenken. Das gesellschaftliche Gefüge Europas war in den letzten Jahren in eine Besorgnis erregende Schieflage geraten. Während die einen immer reicher wurden – und das nicht gerade auf legale Weise, wie sich oft genug zeigte – verarmten große Teile der Bevölkerung in atemberaubender Geschwindigkeit. Selbst in Österreich waren die goldenen Jahre längst vorbei. Gut konnte sich Obiltschnig daran erinnern, wie man seinen Vater förmlich in die Pension getragen hatte. Nicht nur, dass er bereits mit 57 in Rente gehen durfte, die letzten beiden Arbeitsjahre brauchte er nicht einmal mehr regelmäßig am Arbeitsplatz erscheinen. Man schmiss ihm Kuren und Krankenstände förmlich nach, und wie damals üblich erhielt er zeitgleich mit seinem Abschied aus dem Berufsleben noch eine satte Gehaltserhöhung, weil sich der Ruhestandsbezug aus dem Letztgehalt errechnete. Seit geraumer Zeit aber hatten Rot, Schwarz, Blau und Grün allerorten dafür gesorgt, dass immer mehr Menschen von ihrer Pension nicht mehr leben konnten. Durchrechnungszeiträume, Abschläge und sonstige Schikanen sorgten dafür, dass man mitunter nicht einmal mehr ein Drittel des Aktivbezugs als Rente bekam, womit man dann jeden einzelnen Cent dreimal umdrehen musste, ehe man ihn wirklich ausgeben konnten. Gleichzeitig sorgte eine inferiore Politik seit Jahren dafür, dass alles immer teurer wurde, sodass es ihn keineswegs verwunderte, dass der Ton auch im persönlichen Umgang immer rauer wurde. Und was für Österreich galt, das war für Länder wie Rumänien, Bosnien oder Bulgarien gleich doppelt gültig. Er fragte sich ernsthaft, wie man dort halbwegs menschenwürdig existieren konnte. Kein Wunder also, sagte er zu sich selbst, dass von dort immer wieder Leute aufbrechen, um hier einbrechen zu gehen. Immerhin war es der Goldene Westen, der für ihre prekäre Lage verantwortlich war. Allerdings, und das war die eigentliche Crux, holten sie sich ihr Geld ja nicht von denen zurück, die es ihnen geraubt hatten, sondern von Menschen, die objektiv genauso arm dran waren wie sie. Und solange sich die Politik nicht änderte, würde sich auch diese Form des Verbrechens nicht ändern.

Doch einige Minuten später gab Obiltschnig zweierlei auf. Einerseits den faden Krimi, den er mit Resis Zustimmung einfach abschaltete, und andererseits die Idee, Lassnig mit Resis Hypothese zu konfrontieren. Da draußen waren ganz einfach derart viele Menschen verzweifelt arm, dass die Wahrscheinlichkeit, in Villach könnte es sich um dieselbe Bande handeln, die einst Ferlach heimgesucht hatte, überaus gering war. Und wenn er Lassnig noch einmal kontaktierte, dann konnte es sogar sein, dass der sie für seine Ermittlungen einspannte, und die Vorstellung, sich kühle Septembernächte mit Observierungen um die Ohren zu schlagen, hatte hinsichtlich ihres Reizes beachtlich viel Luft nach oben.

»Weißt was«, sagte er daher zu seiner Resi, »ich geh schlafen.« Überraschend schnell befand er sich in Morpheus' Armen und träumte, er sei Popatnigs Trauzeuge bei dessen Hochzeit. Zur selben Zeit kuschelte sich etwa 20 Kilometer weiter nördlich Niki ganz eng an eben jenen Popatnig, der fürsorglich seinen Arm um sie legte und dabei innerlich strahlte.

V.
WOCHENENDE

Wiewohl Ferlach nicht gerade zu den größten Städten des Landes zu zählen war, verfügte es über einen beeindruckenden Fest-Kalender. Die städtische Verwaltung, angeführt vom schier omnipräsenten Bürgermeister, hatte sich im Laufe der Jahre viele schöne Dinge einfallen lassen, die im Ort für Abwechslung sorgten. Dabei war die Palette so breit gefächert, dass buchstäblich für jeden etwas dabei war. Die Sportlichen unter den Einwohnern kamen bei diversen Läufen, Schwimmbewerben und Alpinwanderungen auf ihre Kosten, die Cineasten freuten sich bereits im Frühjahr auf den alljährlichen Kinosommer, und die lukullisch Veranlagten konnten sich an diversen Festschmäusen laben. Naturgemäß, immerhin befand man sich in Kärnten, kam auch die Musik nicht zu kurz, und so war in Ferlach eigentlich immer was los, was beileibe nicht nur Obiltschnig begeisterte.

Eine dieser Veranstaltungen, das sogenannte Pohaca-Fest, hatte in Ferlach eine lange Tradition. Jahr für Jahr versammelte sich alles, was im Rosental eine Potize oder einen Reindling backen konnte, um sich im freundschaftlichen Wettstreit darin zu messen, wer in jenem Jahr das beste Backwerk zu kredenzen vermochte. Als Besucher konnte man nicht nur an all den vielen Ständen nach Herzenslust probieren, man kam auch in jedweder anderen kulinarischen Hinsicht auf seine Kosten.

Sigi und Resi Obiltschnig machten sich daher, wie unzählige andere auch, gegen 11.30 Uhr auf, um den Gaston Glock-Park anzusteuern. Sie taten dies zu Fuß, da an einem solchen Tag selbst in Ferlach Parkplätze rar waren. Und nicht ohne Grund meinte Resi, so ein Fußmarsch sei die richtige Grundlage, um anschließend an den verschiedenen Buffets ordentlich zuzugreifen. Sie passierten eben den Napotnig-Hügel, als sie aus der Ferne bereits die Koschats ausmachten, die sich das Ereignis ebenso wenig entgehen ließen wie die Volleritschs, die Ciesciuttis, die Eggers, die Tschertous und all die anderen Bewohner der *Rosentaler Perle*.

Sie hatten kaum den Park betreten, als sie auch schon von Dieter Arbeiter fotografiert wurden. Arbeiter versorgte ganz Unterkärnten mit seinen Bildern, die bei den Tageszeitungen ebenso gefragt waren wie bei den Lokalmedien. Obiltschnig fühlte sich geschmeichelt, auch abgelichtet worden zu sein, und bat Arbeiter, ihm das Foto zuzumailen, was dieser auch prompt zusicherte. Formatfüllend erschien gleich darauf Walter Perkounig auf der Bildfläche, dessen *Rosentaler Kurier* das Leitmedium der näheren und ferneren Umgebung war. Er schien ganz ins Gespräch mit dem Bürgermeister vertieft, und Obiltschnig reizte es zu erfahren, worüber die beiden redeten. Da Perkounig nicht nur Journalist, sondern auch führende Kraft beim lokalen Handball-Bundesligisten war, mochte Sportliches ebenso wie Lokalpolitisches debattiert werden. Doch Obiltschnig gelang es nicht, seine Gedanken weiter auf die beiden Männer auszurichten, denn ihm stieg bereits der verführerische Geruch von Brathuhn in die Nase, die wie jedes Jahr vom einzigartigen *Gasthof Plasch* kredenzt wurden.

Auf der Bühne des Festzelts sorgte gerade das *Trio Drava* mit flotten Weisen für Stimmung, und Sigi bedeutete Resi, sie möge sich an einen der Tische setzen, während er das Essen organisierte. Am Weg zu den Hühnern nickte er Marinka Tschertou zu, die wieder einmal in der Jury saß, was bedeutete, dass sie sich durch unzählige Backwerke kosten musste. Eilig trat er auf sie zu und fragte sie, ob man bei so viel Gebackenem nicht einen Zuckerschock bekäme. »Das gleichen wir durch Obstler aus«, replizierte sie augenzwinkernd. Er wünschte ihr viel Kraft und Erfolg und besorgte dann endlich für Resi und sich einen Vogel.

Wie es seine Angewohnheit war, löste Obiltschnig zuerst die knusprige Haut vom Fleisch und labte sich genießerisch daran, ehe er ein wenig Kartoffelsalat nachschob. »Was sagt die Expertin?«, wollte er dann von seiner Gattin wissen, die anerkennend nickte. »Gut wie immer!« Obiltschnig fühlte sich bestätigt. »Gell! Fehlt nur ein bisschen Reis als Ergänzung. Aber sonst perfekt.«

Wie aus dem Nichts war plötzlich der alte Koschat neben ihnen aus dem Boden gewachsen. »Das schaut ja ganz wunderbar aus. Ich glaube, das besorge ich mir auch.« Der ehemalige Postenkommandant hatte den Satz kaum zu Ende gesprochen, als er auch schon wieder entschwunden war, um sein Vorhaben in die Tat umzusetzen. Er balancierte sein Mahl vorsichtig durch die Reihen und fragte höflich, ob es gestattet sei, sich dazuzusetzen. »Meine Gattin«, erklärte er, »will den Hauptgang auslassen. Sie hat vor, sich ausschließlich auf die Pohaca zu konzentrieren.« Dabei lächelte er verschmitzt. Gleich danach verdrehte er vergnügt die Augen, hob die rechte Hand und formte mit Daumen und Zeigefinger einen Kreis. »Formidabel«, lautete sein Urteil.

Auf der Bühne beschloss das Trio seinen Vortrag mit einer Polka, und auch die Portionen der drei am Tisch hatten ihr unausweichliches Ende gefunden. Die Lautstärke im Festzelt war zwar ob der zahlreichen Gespräche immer noch recht hoch, doch konnte man sich nun unterhalten, ohne dass man dabei schreien musste.

»Alles ruhig im Kärntnerland?«, wollte Koschat wissen. Obiltschnig nickte. »In Ferlach, aber das weißt du durch deine besonderen Beziehungen zum Posten ohnehin, ist alles friedlich, und in Klagenfurt haben wir im Augenblick auch eine Atempause.« Obiltschnig wischte sich den Mund mit der Serviette ab. »Stell dir vor, der einzige Fall, den wir diese Woche hatten, der war gar keiner.« Sofort war Koschat höchst aufmerksam, und Obiltschnig schilderte ihm detailliert, womit Popatnig und er die vergangenen Tage zugebracht hatten.

»Wenn mich meine lange Dienstzeit etwas gelehrt hat, dann, dass es ohne Motiv keine Tat gibt«, dozierte Koschat aus seiner Erfahrung. »Ich denke, ich hätte an eurer Stelle nicht anders gehandelt als ihr.« Auf seinem Gesicht zeigte sich wieder sein jugendliches Lächeln. »Nicht alles«, sagte er mit erhobenen Zeigefinger, »was wie ein Mord ausschaut, ist auch einer.«

»Darauf sollten wir eigentlich anstoßen. Aber ich fürchte, es ist noch ein wenig früh für Alkohol«, meinte Obiltschnig, ehe er beinahe zur Salzsäule erstarrte. Er traute seinen Augen nicht. Schloss sie. Öffnete sie wieder. Doch das Bild, das ihn gestreift hatte, war nicht verschwunden. Tatsächlich. Da stand er. Ferdinand Popatnig. Leibhaftig und in voller Lebensgröße. Und in seiner Hand hielt er die Hand einer dünnen, aber überaus aparten Schönheit, deren langes nussbraunes Haar ein ebenmäßiges Gesicht mit neugierigen großen Augen umrahmte. Obiltschnig erhob sich und hielt ihr die eigene Rechte hin. »Niki, wie ich vermute«, sagte er ohne groß nachzudenken, »freut mich. Ich habe schon viel von Ihnen gehört.«

»Dir!« Für einen kurzen Moment war Obiltschnig verwirrt, dann fiel der Groschen. Das Mädchen hatte ihm das Du angeboten. »Von *dir* gehört«, formulierte er seinen Sager daher um. »Das ist die Resi, meine Frau, und das ist der Kollege Koschat, mein Vorgänger als hiesiger Postenkommandant. Und das«, nunmehr deutete er auf die junge Frau, »ist die Niki. Sie ist Sängerin in Klagenfurt.« Niki nahm die Beschreibung ein wenig verlegen zur Kenntnis, setzte sich dann aber nach Popatnigs entsprechender Aufforderung an den Tisch. »Magst auch einen Gummiadler?«, wollte er wissen. Niki verneinte. »Aber ein Wasser wäre schön«, schickte sie hinterher. »Kommt sofort«, versprach er, ehe er sich zur Schank aufmachte. Niki sah derweilen ein wenig unsicher auf die Tischplatte, und Obiltschnig meinte, die Stimmung lockern zu müssen. »Wir haben hier in Ferlach eine tolle Bühne. Beim *Cingelc* unten«, erläuterte er, »dort ist alles noch originalgetreu erhalten. Da musst du unbedingt einmal auftreten.« Niki quittierte die Sätze mit einer leichten Rötung ihrer Wangen. »Sigi, du bist unmöglich«, tadelte ihn seine Frau, »jetzt lass das arme Mädchen doch erst einmal ankommen.«

»Ich mein ja nur«, verteidigte sich dieser lahm, doch Resi ging nicht weiter auf ihn ein. »War die Fahrt angenehm?«, wandte sie sich Niki zu. Die zuckte mit den Achseln. »Na ja, es sind ja keine 20 Kilometer, die legt man mit dem Auto schnell zurück. Vor allem an einem Sonntag, da ist es verkehrstechnisch eher ruhig.«

»Ja«, meldete sich nun auch Koschat zu Wort, »wenigstens das hat sich nicht geändert. Unter der Woche habe ich ja manchmal das Gefühl, wir sind in Wien oder wo, so viele Autos stauen sich da in unserer Stadt. Wenn du von der Werkstraße in den Sparkassenplatz einbiegen willst, dann wartest manchmal minutenlang, bis sich endlich eine Lücke auftut.« Obiltschnig wusste, wovon der Mann sprach. »Recht hast. Vor allem, wenn beim *Glock* Schichtwechsel ist, brauchst wirklich Geduld. Aber immer noch besser als in Klagenfurt. Dort stehst oft genauso lang vor einer roten Ampel, obwohl weit und breit kein anderes Auto zu sehen ist.«

»Stimmt auch wieder«, stimmte ihm der ehemalige Gendarm zu.

»Ich habe gehört, ihr habt euren jüngsten Fall erfolgreich abgeschlossen.« Niki schien bemüht, auch etwas zur Unterhaltung beitragen zu wollen. Obiltschnig nickte. »Im Moment gehört der Ferdi voll und ganz dir.« Während Resi gottergeben die Augen verdrehte, schien Niki die Nachricht mit erkennbarer Freude aufzunehmen.

Auf der Bühne hatte zwischenzeitlich die nächste Band Aufstellung genommen, die mit erschreckend lautem Schmettersound loslegte. Drei Nummern, die in ihren Melodien wohl an Andreas Gabalier erinnern sollten, ertrug Obiltschnig mannhaft, ehe er, kaum dass Popatnig aufgegessen hatte, vorschlug, das Zelt zu verlassen, um sich endlich den diversen Pohaca-Ständen zuzuwenden.

Es überraschte Obiltschnig immer wieder aufs Neue, welche Kreationen man aus den Zutaten für eine Pohaca erschaffen konnte. Seit seiner frühesten Kindheit war eine Pohaca einfach eine Süßgebäck, das man aus Germ, Mehl, Zucker, Milch, Salz, Eier, Butter, Rosinen, Zucker und Zimt herstellte. Je nach Art der Zubereitung war die Leckerei im Geschmack eher neutral oder nachhaltig süß, jedenfalls immer ein Genuss. In früheren Zeiten war die Pohaca, im Norden Kärntens auch Reindling genannt, vor allem zu Ostern eine beliebte Ergänzung zu Schwarzbrot, Schinken und Ei-Kren-Soße gewesen, doch mittlerweile hatte das Backwerk buchstäblich das ganze Jahr Saison. Und die Bäckerinnen und Bäcker bewiesen, dass man Pohaca selbst mit ungewöhnlichsten Ingredienzen aufpeppen konnte. Obiltschnig erwärmte sich für eine safrangelbe Variation, während er andere Kreationen eher mit Skepsis betrachtete. »Ich weiß nicht«, sagte er zu Resi, »aber ich finde nicht, dass Eierschwammerl in eine Pohaca passen, von Fleisch ganz zu schweigen.« Seine ganze Mimik drückte Missfallen aus. »Sigi«, urteilte Resi, »du denkst einfach zu traditionell. Lass dich doch einfach einmal überraschen. Sei aufgeschlossen für Neues.« Der Bezirksinspektor entschloss sich zu einem unbestimmten Nicken. Aber von einer innerlichen Überzeugung war er weit entfernt.

Und so konstatierte er Resis Einkäufe mit einem gewissen mentalen Abstand. Immerhin aber boten sie ihm Gelegenheit, für sich selbst auch etwas zu erwerben, und so blieb er beim Stand des *Slowenischen Kulturvereins* stehen, wo er bei Marinkas Tochter Nina ein besonders prachtvolles und üppiges Exemplar einer echt klassischen Pohaca erstand. An der würde er die ganze kommende Woche seine Freude haben, war es sich gewiss.

»Und was habt ihr zwei Hübschen jetzt noch vor?«, fragte er Popatnig, der Niki dabei zusah, wie sie sich in der Schaubäckerei über die Geheimnisse der Pohaca-Zubereitung aufklären ließ. »Ich denke, das war jetzt von ihr der ultimative Liebesbeweis«, begann er, »ich mein, wer tut sich das da freiwillig an?« Obiltschnig gab sich empört. »Na ich. Zum Beispiel.« Popatnig nickte. »Ja, du. Aber du bist auch keine 26 mehr. Sei ehrlich. Hättest du dir das in dem Alter gegeben?« Obiltschnig musste verneinen. »Damals wäre ich eher nach Wacken gefahren oder wenigstens aufs Wiener Neustädter Flugfeld.« Er klopfte Popatnig aufmunternd auf die Schulter. »Mit der hast du wirklich einen ganz großen Fang gemacht. Die solltest festhalten, die ist Gold wert.« Popatnig blickte ihn versonnen an. »Ich weiß.«

Die Sonne versank allmählich hinter dem Mittagskogel, als Obiltschnig, immer noch völlig satt, seine Couch ansteuerte, um dort den Rest des Samstags mehr oder weniger liegend zu verbringen. Alles in allem hatte es die Woche durchaus gut mit ihm gemeint, und die Frage, ob Vito Pedruzzo seine Frau gekillt hatte oder nicht, war nur mehr eine ferne Erinnerung, die mit jeder Minute mehr verblasste. Ferlach war der Ruhepol des Rosentals, die Perle der Karawanken und nichts, aber auch gar nichts, trübte die Idylle. Obiltschnig war mit sich und seiner Welt zufrieden. Mochte es anderswo auch mächtig krachen, hier herrschte seliger Frieden, und Männer wie Popatnig und er würden dafür sorgen, dass es auch so blieb. Er schenkte sich ein Gläschen italienischen Rotwein ein, prostete sich imaginär selbst zu und griff dann zur Fernbedienung. Mal sehen, womit sie uns heute berieseln, dachte er.

Als Resi gut zwei Stunden später am Weg von der Küche ins Schlafzimmer einen prüfenden Blick ins Wohnzimmer warf, fand sie ihren Mann schlafend am Sofa vor. Sachte stupste sie ihn an. »Na, mein großer Held, Zeit wird's fürs Bett. Da liegt es sich bequemer.« Obiltschnig war eine kleine Weile verdattert, folgte ihr aber dann artig in Richtung Schlafstatt. Wenige Minuten später wurde es endgültig finster im Hause Obiltschnig. So wie überall im Großraum Ferlach. Alles schlief den Schlaf der Gerechten, denn das Böse, das hatte ihn Ferlach dauerhaft Hausverbot.

ZWEITER TEIL

I.
ENDE OKTOBER

Auf leisen Sohlen hatte sich der Herbst angeschlichen. Die Blätter hatten sich erst verfärbt, dann waren sie, eines nach dem anderen, von den Bäumen gefallen. Die rauen Winde peitschten mitunter durch die Botanik, und wer nicht unbedingt im Freien zu tun hatte, der genoss das Heimelige der eigenen vier Wände. Obiltschnig und Popatnig waren in den letzten Sommertagen trotz überaus ansprechender Temperaturen nicht ins Schwitzen gekommen. Während anderswo Verbrechen beinahe am Fließband produziert worden waren, gab es für die Klagenfurter Polizei erfreulicherweise wenig zu tun. Voller Mitgefühl dachte Obiltschnig immer wieder an den Kollegen Lassnig, der weiterhin von der verfluchten Einbruchsserie gepeinigt wurde. Die Kärntner Landespolizeidirektion hatte schließlich sogar eine eigene SOKO eingerichtet, um dem Problem Herr zu werden, doch die Ergebnisse dieser Bemühungen hielten sich in eng gesteckten Grenzen. Als ein Lokalblatt wieder über Lassnig und sein Team herzog, da hielt es der Bezirksinspektor nicht mehr aus. Angesichts der überaus geringen Auslastung im eigenen Bereich schien es ihm einfach nicht fair, Lassnig im Regen stehen zu lassen. Er griff zum Hörer und wählte dessen Nummer.

»Guten Morgen, Kollege Lassnig. Wir haben uns hier in Klagenfurt gefragt, ob wir euch irgendwie behilflich sein können. Wir hätten im Augenblick freie Kapazitäten.« Lassnig wusste die Geste zu schätzen. »Das ist wirklich nett von euch. Allerdings wüsste ich nicht, wie ihr uns konkret unter die Arme greifen könntet.« Er seufzte. »Wir kommen uns da vor wie bei der alten Geschichte mit dem Hasen und dem Igel. Immer, wenn wir glauben, wir haben unser Ziel endlich erreicht, waren die Bösen schon wieder schneller.«

Obiltschnig zeigte Verständnis. »Unser Problem ist«, fuhr Lassnig fort, »es gibt einfach kein erkennbares Schema. Die schlagen zu, wo sie wollen, wann sie wollen und wie sie wollen. Sind sie heute in Sankt Ruprecht aktiv, tauchen sie morgen in Heiligengeist auf. Dann wieder in Perau, und dann in Judendorf. Wir haben sogar schon Fälle in Drobollach und Bogensfeld.« Der Mann war wirklich nicht zu beneiden.

»Der Bürgermeister hat anscheinend schon jedes Vertrauen in uns verloren, und die Presse zerreißt uns täglich in der Luft.« Lassnig stöhnte. »Seit Juli haben wir gezählte 31 Einbrüche gehabt. So etwas war noch nie da. Einige Bürger sind schon so aufgebracht, dass sie uns mit der Aufstellung von Bürgerwehren drohen. Aber was sollen wir machen? Ich kann ja nicht jedes einzelne Haus in Villach bewachen lassen. Noch dazu«, Lassnig schien dankbar, endlich jemanden zum Reden gefunden zu haben, »wo der Modus Operandi andauernd wechselt. Das eine Mal steigen sie mitten in der Nacht in ein leer stehendes Gebäude ein, das andere Mal tarnen sie sich als Handwerker und räumen eine Villa am helllichten Tag aus. Ich sag dir, die spielen Katz und Maus mit uns.« Ein zorniges Fauchen beendete Lassnigs Bericht.

»Spontan fällt mir dazu leider nicht viel ein. Aber vielleicht kann man das Ganze einmal vom Grundsätzlichen her angehen. Indem man die Tatorte miteinander in Beziehung setzt, die Betroffenen analysiert und so weiter.« Obiltschnig fragte sich, ob er nicht Eulen nach Athen trug, aber er wollte den Kollegen nicht ohne Antwort lassen.

»Glaubst du, das hätten die von der SOKO nicht versucht?« Lassnig war endgültig zum »Du« übergegangen. »Einer von diesen Profilern hatte die glorreiche Idee, die müssten ihre Ziele ja zuvor ausbaldowern, weshalb wir ganz speziell Ausschau halten sollten nach atypisch parkenden Wagen.« Er lachte lauthals. »Atypisch parkende Wagen! Was bitte soll das sein? Wahrscheinlich ist der Koffer Radfahrer und hat noch nie selbst ein Auto geparkt.« Lassnig redete sich allmählich in Fahrt: »Ein anderer hat gemeint, wir sollen gezielt nach Autos aus Ungarn, Rumänien und Nicht-EU-Ländern Ausschau halten. Einige Funkstreifen haben das ernst genommen und brav jedes Fahrzeug mit ausländischem Kennzeichen gemeldet. Ein Desaster, sage ich dir. Die eine Hälfte gehörte irgendwelchen Geschäftsleuten, die andere Hälfte Pflegekräften.« Er ließ ein missbilligendes Grunzen vernehmen. »Als ob die wirklich so blöd wären, sich mit auffälligen Automobilen zu zeigen.«

»Habt ihr keine Kontakte in der *Galerie*, die für euch Augen und Ohren offenhalten können?« Lassnig war für einen Moment konsterniert. »*Galerie*? Wo hast du denn den Ausdruck her? Vom alten Koschat? Den hat sicher seit 30 Jahren niemand mehr verwendet. Und nein, haben wir nicht.«

»Wäre es nicht einen Versuch wert?«, blieb Obiltschnig beharrlich. Ihm war eine interne Mitteilung aufgefallen, wonach ein Rumäne in Klagenfurt in Untersuchungshaft genommen worden war, der mit einigen Heiligenfiguren im Kofferraum erwischt worden war, die just aus der Seidolacher Ägidi-Kirche entwendet worden waren.

»Was stellst du dir da konkret vor?«, wollte Lassnig wissen, und Obiltschnig berichtete von besagtem Rumänen. »Reden kann ich ja einmal mit dem. Nützt's nichts, schadet's nichts.« Lassnig machte deutlich, dass er sich davon nichts erwartete, dankte aber immerhin für Obiltschnigs Hilfsangebot. »Du«, sagte er dann, »ich muss jetzt wieder. Angeblich haben die jetzt sogar bei einem Notar eingebrochen. Jetzt wird's echt eng.« Obiltschnig wünschte dem Kollegen viel Erfolg und legte dann auf. Er blickte kurz auf die Uhr, dann begab er sich hinüber zum Zellentrakt. »Habt ihr diesen Rumänen in eurem Gewahrsam? Den mit den Heiligenfiguren?« Seine Frage wurde bejaht. »Mit dem würde ich mich gerne einmal unterhalten.«

Er wartete kurz im Verhörraum, dann wurde ihm ein schlaksiger Jüngling von knapp über 20 vorgeführt, der gehetzt und verschreckt wirkte. Obiltschnig bot ihm Kaffee an, doch der Mann fragte, ob er eine Zigarette haben könne. Seine seien ihm bei der Einlieferung abgenommen worden. Obiltschnig erhob sich, öffnete die Tür und schrie in den Gang hinein: »Hat hier zufällig jemand einen Tschik für mich?« Augenblicke später konnte er dem Rumänen eine *Camel* offerieren. »Du weißt, warum du hier sitzt?«, begann der Bezirksinspektor.

»Ja, man wirft mir Diebstahl vor«, sagte der Mann in erstaunlich gutem Deutsch, »aber ich habe überhaupt gar nichts gemacht.«

»Wie kommen dann diese Figuren in dein Auto?«

Der Junge lächelte gequält. »Das ist ja das Dumme. Ein Landsmann hat die mir gegeben. Er selbst könne nicht mit dem Auto fahren, weil man ihm den Führerschein abgenommen habe, sein Auftraggeber aber warte dringend auf die Lieferung. Der Landsmann hat sich mir gegenüber als Restaurator ausgegeben, und ich Idiot habe ihm geglaubt.«

Die Ausrede war so schwach, dass sie schon wieder stimmen konnte. »Und woher kennst du diesen Landsmann?« Der Junge zuckte mit den Achseln. »Wir sind hier in Klagenfurt nicht allzu viele Rumänen, da kennt man sich automatisch. Wir treffen uns oft in dem kleinen Café beim Bahnhof. Dort tauschen wir uns aus, was allfällige Jobs anbelangt, und erinnern uns gegenseitig an die Heimat.« Der Mann klang beinahe sentimental.

»Hat der Landsmann auch einen Namen?«

»Er nennt sich Apostol«, antwortete der Rumäne.

»Apostol? Soll das Apostel heißen?« Der Junge verneinte. »Das ist bei uns ein Vorname. Etwas altmodisch vielleicht, aber immer noch in Verwendung. So wie hier Adolf oder Sigisbert.« Obiltschnig verspürte das dringende Bedürfnis, dem Rotzlöffel eine zu scheuern, beherrschte sich aber. »Soso. Apostol. Und wie noch?«

»Ich glaube, Dumitrache. Aber ich bin mir nicht sicher.«

»So wie der Fußballspieler?« Das Gesicht des Rumänen hellte sich auf. »Sie kennen Florea Dumitrache?«

Obiltschnig gab sich gönnerhaft. »Wer kennt den nicht? Stoßstürmer bei *Dinamo Bukarest*. Mehrfacher Torschützenkönig. Hat den Brasilianern damals in Mexiko ganz schönes Kopfzerbrechen bereitet. Mein Vater schwärmt heute noch von dem.« Und nach einer kurzen Pause. »Wie ist eigentlich dein Name?«

»Cornel Raducanu.« Obiltschnigs Miene verfinsterte sich. »Dumitrache. Raducanu. Willst du mich verarschen? Raducanu war auch ein rumänischer Fußballer. Du hältst mich hier wohl zum Narren.«

Tatsächlich begann Raducanu deutlich zu transpirieren. »Ich kann nichts dafür«, verteidigte er sich, »das sind bei uns häufige Namen. So wie hier Huber oder Egger. Es stimmt, was ich sage.«

Obiltschnig stand auf und ging nach draußen. Er begab sich ins nächste Dienstzimmer und fragte die dort anwesenden Kollegen, ob sie etwas zu einem Apostol Dumitrache hätten. Außerdem wollte er wissen, ob der Kerl im Verhörraum wirklich Raducanu hieß.

»Den Namen hat er jedenfalls bei der Festnahme angegeben«, kam es zurück.

»Na, und habt ihr das überprüft? Hatte er ein amtliches Dokument dabei? Reisepass, Führerschein und so weiter?« Seine Kollegen sahen sich betroffen an. »Gute Güte! Dann checkt das mal. Ich warte.« Eilig flitzte einer der Polizisten an den Computer und befragte die entsprechenden Dateien. Bei Dumitrache wurde er fündig. Der Mann war vor geraumer Zeit erkennungsdienstlich behandelt worden. Obiltschnig sah ihm über die Schulter. »Das ist dieser Apostol? Druck mir ein Foto von ihm aus. Und dann such den Raducanu.« Wieder betätigte der Beamte eifrig die Tasten. Gleich danach atmete er erleichtert durch. »Unser Gast hat die Wahrheit gesagt. Cornel Raducanu ist aktenkundig. Brieftaschen- und Ladendiebstahl. Vor zwei Jahren. Seitdem unauffällig.« Obiltschnig nahm die Information zur Kenntnis und das ausgedruckte Foto Dumitraches an sich. Dann ging er zurück in den Verhörraum.

»Also gut, Herr Raducanu. Ihre Geschichte scheint so weit zu stimmen. Ist das der Mann?« Raducanu besah sich das Bild und nickte. »Sie wissen, dass sowohl gegen ihn als auch gegen Sie wegen diverser Eigentumsdelikte ermittelt wurde. Und da wollen Sie mich glauben machen, Sie hätten keine Ahnung, dass die Figuren in Ihrem Wagen gestohlen sind?« Der Rumäne bemühte sich um einen unschuldigen Gesichtsausdruck. Obiltschnig lächelte verächtlich. »Ich weiß ja nicht, wie das in Ihrem Land so ist, aber bei uns kennt man bei Kirchendiebstahl eher weniger Pardon. Und wie ich den Herrn Dumitrache so einschätze, wird der rundweg leugnen, irgendetwas mit diesen Figuren zu tun zu haben. Damit bleibt das dann an Ihnen hängen. Je nach Richter zwei bis drei Jahre Haft und danach Abschiebung in die Heimat. Da wird die Familie eher nicht so begeistert reagieren. Vor allem, weil ja die Subventionen ab sofort ausbleiben. Das schaut also nicht gut aus für Sie. Gar nicht gut.«

»Aber ich schwöre, ich …« Obiltschnig machte eine abwehrende Geste. »Schwören Sie besser nicht. Das interessiert hier genau niemanden. Überlegen Sie sich lieber, ob Sie mir irgendetwas anzubieten haben, das für mich interessant sein könnte.«

Raducanu schien ernsthaft nachzudenken. Obiltschnig trachtete danach, die Prozedur abzukürzen. »Ich will Ihnen einmal auf die Sprünge helfen. In Ihrer Community, gibt es da vielleicht Zeitgenossen, die über erfreulich viel Geld verfügen? Geld, das nicht durch harte Arbeit erklärbar ist?«

»Ich weiß nicht, worauf Sie hinauswollen.«

»Jetzt stell dich nicht dumm. Wer von denen käme für diverse Diebstähle oder Einbrüche infrage?«

»Niemand natürlich!« Raducanu tat empört. »Apostol und ich, wir waren ja auch nur ... Opfer ihrer ... Justiz. Apostol konnte einmal nicht erklären, woher das Kunstwerk stammte, das er für einen Kunden restaurierte. Weil er dessen Kontaktdaten leider verloren hatte. Und Ihre Kollegen haben sofort vermutet, er hätte es gestohlen.« Raducanu war die personifizierte Entrüstung. »Und bei mir? Noch schlimmer. Eine alte Frau hat mitten auf der Straße ihre Brieftasche verloren. Ich habe sie aufgehoben und wollte sie ihr gerade geben, als mich zwei Männer im Kärntner Anzug auch schon zu Boden gerissen und mich Dieb genannt haben. Und das alles nur, weil ich Rumäne bin.«

»Und der Ladendiebstahl?«

»Auch so. Ich hatte keinen Einkaufswagen mitgenommen, und darum habe ich die paar Produkte, die ich kaufen wollte, in meine Taschen gesteckt. Ich wollte eben damit zur Kassa gehen, als mich irgend so ein Kaufhausdetektiv auch schon an die Wand drückte.«

»Sie sind ja wirklich ein ganz Armer! Und das soll ich Ihnen glauben?« Raducanu nickte heftig. »Wohnen eigentlich auch in Villach Rumänen?«

Jetzt zuckte der Mann mit den Schultern. »Ich nehme es an. Ja, sicher sogar. Der Dorinel, der arbeitet dort in einem Restaurant.« Obiltschnig zückte Papier und Kugelschreiber. »Und wie heißt der noch, der Dorinel?« Gleich darauf sah er Raducanu scharf an. »Wenn du jetzt Munteanu sagst, reiß ich dir auf der Stelle den Schädel ab.« Der Junge zuckte zusammen. »Popescu«, kam es kleinlaut.

»Und wie ist der so, der Popescu?«

»Ich weiß es nicht. Fragen Sie ihn doch selbst. Er wohnt irgendwo an der Draulände …« Ein Name war besser als gar nichts, sagte sich Obiltschnig und erhob sich. Als er schon beinahe bei der Tür war, hörte er die beinahe flehentlich klingende Stimme Raducanus. »Und was wird jetzt mit mir?« Obiltschnig drehte sich noch einmal um. »Ich werde einmal dem Herrn Popescu einen Besuch abstatten. Dann sehen wir weiter.« Er verließ den Verhörraum und wies die Beamten an, Raducanu wieder in seine Zelle zu bringen.

Zurück in seinem Büro überprüfte er die Meldedaten Popescus. Einen Anruf später wusste er, dass dieser in einer zwielichtigen Spelunke am Drauufer als Barmann angemeldet war. Solche Lokale, wusste er aus Erfahrung, suchte man besser nicht alleine auf. Popatnig aber würde erst am nächsten Morgen wieder ins Büro kommen, denn er befand sich seit ein paar Tagen auf einem Kurzurlaub mit seiner Niki in Portorož. In diesem Lichte verschob er das Interview mit Dorinel Popescu besser auf den folgenden Tag.

Als er am späten Nachmittag sein Haus betrat, hielt Resi lachend ein rechteckiges Stück Karton in die Höhe.

»Schau, was wir bekommen haben«, grinste sie von einem Ohr zum anderen, »eine Ansichtskarte! Ich habe gar nicht gewusst, dass es so etwas überhaupt noch gibt!«

Erstaunt nahm Obiltschnig das Poststück in die Hand. Es zeigte ein berühmtes Motiv aus Piran mit strahlend blauem Himmel und glitzerndem Meer. »Vom Ferdi, stell dir vor«, verriet Resi den Absender, »wer hätte so etwas für möglich gehalten.« Obiltschnig war sprachlos. Das Schreiben von Ansichtskarten aus dem Urlaub war jahrzehntelang quasi ein Nationalsport gewesen. Einerseits zeigte man den Lieben zu Hause, dass man an sie dachte, andererseits konnte man auch ein wenig damit prahlen, wo man sich gerade in der Sonne aalte. Dafür, so erinnerte sich Obiltschnig an die Erzählungen seiner Eltern, hatte es bis in die 80er des vorigen Jahrhunderts sogar noch ein eigenes »Grußporto« gegeben, das fünf Worte nicht überschreiten durfte. Da kritzelte man dann »Schöne Urlaubsgrüße senden A-Hörnchen & B-Hörnchen« hin, darauf vertrauend, dass das Und-Zeichen nicht als Wort gewertet wurde. Ja, er selbst hatte als Jugendlicher immer wieder einmal eine Karte an seine Eltern geschickt, ganz gemäß des Auftrags, den er von ihnen erhalten hatte. Als er einmal auf einer griechischen Insel gelandet war, malte er auf die Rückseite einer Aufnahme von Sisis Villa: »Am Strande von Korfu, trinkst Unmengen Ouzo du, und bist dann meistens zu.« Er lächelte milde bei dem Gedanken.

Doch wie alles, was der Nation einst lieb und teuer gewesen war, ging auch die Kultur der Ansichtskarten im rauen Klima des neoliberalen Heuschreckenkapitalismus zugrunde. Geistlose *WhatsApp*-Nachrichten oder Facebookeinträge hatten den analogen Grüßen den Garaus gemacht, und wenn heute tatsächlich noch von irgendwo eine Ansichtskarte eintrudelte, dann war sie meist von Tante Trude, die sich ob ihrer 75 Lenze beharrlich weigerte, der neuen Zeit Tribut zu zollen. Er besah sich nun endlich die Rückseite der Karte. »Niki hat darauf bestanden«, stand da in Popatnigs krakeliger Schrift, und »alles Liebe aus dem Küstenland« war in eleganten Linien ergänzt, die Obiltschnig automatisch Niki zuordnete. Und er gestand sich ein, dass er sich tatsächlich darüber freute.

Noch mehr erhellte sich sein Gesicht allerdings, als Resi ihm avisierte, es werde am Abend Spaghetti Bolognese geben, sein Leibgericht. Obiltschnig rieb sich vergnügt die Hände und gönnte sich zur Feier des Tages ein Gläschen *Refošk* aus Hrastovlje, den sie bei ihrem jüngsten Besuch des berühmten Wehrkirchleins dort erstanden hatten.

Als er am nächsten Morgen im Büro eintraf, saß Popatnig schon quietschvergnügt an seinem Schreibtisch und ging offenbar die Mails durch, die ihn in seiner Abwesenheit erreicht hatten. »Na, da ist er ja, unser Honeymooner«, begrüßte ihn Obiltschnig jovial. »Danke für die Ansichtskarte. Das war eine gelungene Überraschung!«

Popatnig sah auf. »Ja, das war wirklich nicht meine Idee. Niki meinte, so etwas sei so herrlich retro, das müsse man unbedingt vor dem Aussterben bewahren.« Er lächelte breit. »War übrigens gar nicht so leicht, das Vorhaben in die Tat umzusetzen. Zuerst haben wir ewig lange nach einem Souvenirstand gesucht, der so etwas überhaupt noch führt, und dann mussten wir uns zur Post durchfragen, weil es überhaupt nur dort noch Briefmarken gibt.« Er schüttelte den Kopf. »Wenn ich daran denke, dass sogar mein Vater noch fanatisch Briefmarken gesammelt hat, ist es schon erstaunlich, wie schnell die praktisch verschwunden sind.«

»Wem sagst du das. Ich hab im Keller noch jede Menge Music-Kassetten, die ich nirgendwo mehr abspielen kann. Heute hören wir nicht einmal mehr CDs, weil der Player auch schon längst seinen Geist aufgegeben hat. Das Einzige, was noch funktioniert, ist der Plattenspieler.« Popatnig munterte ihn auf. »Keine Sorge, Vinyl ist eh wieder schwer angesagt.« Und nach einer kurzen Pause. »Das weiß ich von der Niki, die kennt sich auf dem Gebiet ja aus.«

»Apropos. Wie war's?«

Popatnig strahlte über das ganze Gesicht. »So etwas hätte ich mir nicht träumen lassen. Es war tatsächlich so etwas wie ein Honeymoon, sage ich dir. Die ganze Zeit über perfekte Harmonie. Wir haben uns kein einziges Mal über irgendetwas gezankt. Und oft genug haben wir praktisch zeitgleich Dasselbe vorgeschlagen. Es ist unglaublich, wie sehr wir zwei auf einer Wellenlänge sind.«

Etwas schien ihn zu bewegen, doch zögerte er, es auszusprechen. Obiltschnigs erwartungsvoller Blick ließ es ihn dann doch sagen: »Ich glaub fast, sie ist die Richtige.« Der Bezirksinspektor trat an ihn heran und klopfte ihm auf die Schulter. »Gratuliere. Die Niki ist ein Lotto-Sechser, das sag ich dir. Und, nebenbei bemerkt, du bist eh schon im richtigen Alter, um sesshaft zu werden.«

Popatnig quittierte den Satz mit einem schalkhaften Grinsen. »Ich weiß, du siehst dich schon als meinen Trauzeugen bei einer Kärntner Hochzeit mit Trachtenjanker, Chor und Potizen. Aber daraus wird unter Garantie nichts. Wenn wir heiraten – und ich betone: wenn – dann irgendwie auf ganz verrückt.«

»Und was soll ich mir darunter vorstellen?«

»Was weiß ich, vielleicht stehen du und ich im Schottenrock vor dem Altar. Und die Niki trägt einen Anzug, weißt eh, so wie die Dietrich damals in den alten Filmen.« Sein Grinsen wurde eine Spur breiter. »Und ihre lesbische Transgender-Freundin wird deine Partnerin als Trauzeugin.«

»Wenn sie aber Transgender ist, ist die doch als Lesbierin dann wieder hetero, oder?« Popatnig forschte kurz in Obiltschnig Gesicht, ob die Frage ernst oder als Scherz gemeint war, meinte dann aber, das sei ein Minenfeld, auf das er sich aus Prinzip nicht einlasse. »Weißt eh, bei solchen Sachen kannst als alter weißer Mann nur einfahren. Besser, man hält sich da raus.«

»Apropos raushalten!« Obiltschnig hatte sich endlich auch an seinen Schreibtisch gesetzt. »Während du dich von den Wellen und der Niki hast umspielen lassen, habe ich mich gefragt, ob wir die armen Villacher mit ihrer Einbruchsserie wirklich allein lassen dürfen. Ich meine, wir haben im Augenblick praktisch nichts zu tun, und den armen Lassnig, den kreuzigen sie gerade jeden Tag aufs Neue, weil der dort mit dieser Sache so gar nicht weiterkommt.«

»Du weißt, ich hab nichts gegen Amtshilfe. Nur, worin könnte die in diesem Fall bestehen? Ich denke, nach drei Monaten gibt es nichts mehr, was die nicht schon selbst versucht hätten.«

»Na ja, bei uns haben sie vorgestern einen Rumänen mit Diebesgut erwischt, mit dem habe ich mich gestern noch ein wenig unterhalten. Ich kann natürlich nicht sagen, ob das tatsächlich eine Spur ist, aber einen Versuch wäre es immerhin wert.« Und Obiltschnig erzählte Popatnig von Dorinel Popescu und der Verbindung zu Villach. »Und jetzt willst, dass wir dem einmal auf den Zahn fühlen? So auf Eigeninitiative?« Obiltschnig nickte. »Allerdings«, schränkte er umgehend ein, »arbeitet der in einem eher zwielichtigen Lokal. Könnte also nicht ganz ungefährlich sein, dem dort zu nahezutreten.«

Popatnig hob abwehrend die Hände. »Du willst doch die Niki nicht schon zur Witwe machen, bevor sie überhaupt weiß, dass sie sich verheiraten wird.« Sein Schmunzeln hatte eine erleichterte Reaktion Obiltschnigs zur Folge. »Na klar«, bekräftigte Popatnig den Bezirksinspektor in dessen Meinung, »den schauen wir uns einmal an.«

Der Rest des Arbeitstages verlief, wie es Obiltschnig ausdrückte, unauffällig. Ein überflüssiges Briefing da, eine unnötige Sitzung dort, dazwischen ein paar redundante Telefonate und schließlich ein vermeidbares Meeting mit den Leuten von der Pressestelle. Unmittelbar nach Dienstschluss setzten sie sich in Bewegung und hielten nach einer Dreiviertelstunde vor dem Kabuff, in dem Popescu angeblich einer geregelten Arbeit nachging.

Obiltschnig und Popatnig nahmen sich erst zusammen und dann den Pfad zur Eingangstür. Die Ubikation war ob der frühen Stunde nur spärlich besucht, doch ein kurzer Blick durch die anwesende Runde überzeugte die beiden Ermittler davon, dass man derlei Gestalten ungern im Dunklen begegnen wollte. Obiltschnig atmete kurz durch und trat dann entschlossen an den Tresen. Dort wienerte ein mittelalterlicher Glatzkopf mit Dreitagebart gelangweilt an einem Bierglas herum. »Herr Popescu?«, fragte der Bezirksinspektor.

»Wer will das wissen?« Obiltschnig zeigte seinen Ausweis. Statt einer Antwort wandte sich der Glatzkopf an die Gästeschar. »Die Bullen geben sich die Ehre!« Er hatte den Satz überraschend laut ausgesprochen, und Popatnig beobachtete, wie bei einigen der Anwesenden buchstäblich die Springmesser aufgingen. Automatisch ging er ein paar Schritte zurück und stellte sich direkt neben die Tür, um den ganzen Raum im Blick zu haben. Dabei platzierte er seine rechte Hand demonstrativ auf dem Knauf seiner Dienstwaffe.

»Kein Grund zu Animositäten«, wiegelte Obiltschnig derweilen ab, »wenn Sie Herr Popescu sind, dann hätten wir lediglich ein paar Fragen an Sie, einen Herrn Cornel Raducanu betreffend.« Der Barmann entspannte sich sichtlich, und mit ihm auch das übrige Publikum, das stillschweigend den Alarmzustand beendete. »Wer soll das sein? Ich kenne keinen Cornel«, gab sich der Mann an der Theke wortkarg. »Nun, er kennt offenbar Sie«, ging Obiltschnig mittlerweile davon aus, tatsächlich Popescu vor sich zu haben. »Wir haben ihn vorgestern einkassiert, weil er mit Diebesbeute durch Klagenfurt kutschierte. Und als wir ihn diesbezüglich vernommen haben, da hat er uns zwei Namen genannt. Einen Herrn Dumitrache aus Klagenfurt, der wegen diverser Eigentumsdelikte schon mehrfach unser Gast war, und eben den Ihren. Und da dachten wir uns, wir fragen bei Ihnen einmal nach, was Ihnen dazu so einfällt.«

»Ach«, spielte Popescu den Angeödeten, »mir fällt vieles ein. Aber nichts davon werden Sie hören wollen.« Er stellte das Glas ab und stützte seine Hände auf die Arbeitsfläche. »Wollen Sie was trinken, oder wollen Sie das Lokal jetzt wieder verlassen? Hier herrscht Konsumationszwang!«

»Na, wenn das so ist, dann schenken Sie uns doch einmal zwei Stamperl Slibowitz ein, Herr Popescu.« Der Gastronom zögerte kurz, entschloss sich dann aber doch zur Konzilianz. Er schnappte sich zwei Schnapsgläser und hielt eines nach dem anderen unter die Abfüllanlage der an der Wand angebrachten Flasche. Dann drehte er sich wieder um und stellte die so gefüllten Behältnisse auf den Tresen. »War's das?«

»Jetzt seien Sie nicht so einsilbig, Herr Popescu. Wir sind hier in Kärnten. Da hält man gerne einmal ein Schwätzchen. Das sollten Sie ja mittlerweile mitbekommen haben. Also erzählen Sie mir was. Gibt es eigentlich viele Rumänen hier in Villach?«

Popescu schien sich wieder der moralischen Unterstützung der Gäste versichern zu wollen. »Ob es viele Rumänen in Villach gibt, will er wissen!«, belferte er durch den Raum. Augenblicklich standen einige der Männer auf und traten von hinten an Obiltschnig heran, was Popatnig dazu veranlasste, nun endgültig den Griff seiner Waffe zu umklammern. Obiltschnig bemühte sich um demonstrativ zur Schau getragene Gelassenheit. »Sind die Herren«, er drehte sich um die eigene Achse, »auch alles Rumänen? Wenn ich vielleicht um die Namen bitten dürfte?«

Ein besonders wuchtiger Mann trat vor. »Anghel Iordanescu«, sagte er kehlig. Ein zweiter stellte sich als Ilie Barbulescu vor, ein dritter gab Mihail Majeanu an. Obiltschnig lächelte freundlich. »Jetzt fehlen nur noch die Herren Duckadam und Belodedici, und wir haben die ganze *Steaua*-Mannschaft von 86 zusammen.«

Wie schon tags zuvor Raducanu, waren auch diese Männer sichtlich überrascht von Obiltschnigs Kenntnissen, den rumänischen Fußball betreffend. Ein wenig ratlos sahen sie Popescu an, der sich rasch wieder erfing. »Für Sie könnten wir auch Tick, Trick und Track sein, das würde Sie doch ohnehin nicht interessieren. Und wenn Sie keinen Haftbefehl für mich oder einen meiner Gäste haben, dann wäre es klüger, wenn Sie jetzt gehen. Hier wird nämlich nicht nur für die Garderobe, sondern auch für die körperliche Unversehrtheit keine Haftung übernommen.«

»Was bin ich schuldig«, kämpfte Obiltschnig um seine Würde.

»Geht aufs Haus«, antwortete Popescu schneidend. Der Bezirksinspektor zwängte sich durch das Spalier der übrigen Rumänen und bedeutete Popatnig mit einem leichten Wink seines Kopfes, er möge ihm folgen. Als sie wieder auf der Straße standen, atmete Obiltschnig tief durch. »Das war auf Messers Schneide«, sagte er dann.

Sie setzten sich in ihren Wagen, fuhren aber nicht los. »Ich meine, wir haben nicht den geringsten Anhaltspunkt für eine solche These, aber mich würde es wirklich nicht wundern, wenn wir eben tatsächlich unseren Einbrechern begegnet wären.«

»Behalt du die Tür im Auge. Ich mache einmal einen Anruf«, ließ Obiltschnig seinen Kollegen wissen. Ein hörbar genervter Lassnig meldete sich. »Was gibt's denn schon wieder, Sakrafix! Ich sitz endlich einmal bei einem Essen!«

»Tut mir leid, lieber Kollege, dass ich störe. Aber ich habe auch nur eine einzige Frage: Klingelt beim Namen Dorinel Popescu etwas?«

»Popescu«, schnarrte es aus dem Telefon, »wer soll das sein? Ein rumänischer Fußballer?«

»So ähnlich. Der Name sagt Ihne… sagt dir also nichts?«

»Hör einmal, wenn du uns immer noch bei der Einbruchsserie helfen willst, dann finde ich das ja nett. Aber bitte nicht so, dass du da mit irgendwelchen Namen antanzt, und mir werden derweil die Nudeln kalt. Wenn du was zu haben glaubst, dann schick mir ein Mail, und wenn ich Zeit hab', schau ich es mir an, okay? Und jetzt: Mahlzeit!«

Ohne weiteres Wort hatte Lassnig die Verbindung getrennt. Obiltschnig sah verdattert zu seinem Kollegen. »Wenn der immer so ist, dann wundert es mich nicht, dass er keinen Ermittlungserfolg hat.«

»Schau, da kommen zwei raus!« Popatnig deutete auf die Tür gegenüber. Obiltschnig linste durch die Windschutzscheibe. »Ah, die Herren Iordanescu und Majeanu. Wo die wohl hinwollen?«

Die beiden Rumänen blickten kurz nach links und rechts, ehe sie um die Ecke bogen, wo sich, wie die Ermittler sehen konnten, ein Parkplatz befand. Augenblicke später rollte ein älterer Dacia mit einem Kennzeichen des Bezirks Villach-Land durch die Einfahrt und reihte sich in die Fahrspur Richtung Westen ein. Popatnig wartete einen Moment, dann startete er den Wagen und folgte den Rumänen in unauffälligem Abstand. »Bad Bleiberg?«, äußerte Obiltschnig eine Vermutung. Sie landeten auf der Sankt Martiner Straße, der sie eine gute Weile folgten, ehe es auf der Schlossgasse weiterging. Über die Tiroler Straße erreichten sie die B86, die nördlich zur A10, südlich aber zur Südautobahn führte. Zu ihrer Überraschung lenkten die Rumänen ihr Fahrzeug in den Süden. »Italien?«, lautete die neue Mutmaßung Obiltschnigs.

Sie passierten den *Media-Markt* und das *Bauhaus*, dann beschrieb der Dacia eine scharfe Kurve nach rechts. »Wo wollen die hin«, sagte nun auch Popatnig, »die werden doch nicht wellnessen?« Tatsächlich befand sich in der eingeschlagenen Richtung allein der Thermenkomplex von Warmbad-Villach. Doch plötzlich hielt das Gefährt der Rumänen bei der *ASKÖ*-Tennishalle an. Dahinter befanden sich, wie Obiltschnig auf seinem Navi feststellte, nur einige Tennisplätze und das Areal des örtlichen Golf-Klubs. Die beiden Rumänen stiegen aus und hielten auf die kleine Baumgruppe zu, die sich zwischen Halle und Parkplatz in die Höhe reckte.

Von ihrem Auto beobachteten die Ermittler, wie der wuchtige Rumäne in die Knie ging und hinter einem Baum herumzuhantieren begann. »Kannst du sehen, was der da macht?« Obiltschnig suchte Popatnigs Unterstützung. »Also entweder er holt dort etwas aus dem Boden oder er gräbt im Gegenteil etwas ein. Da, siehst du, da hat etwas aufgeblitzt.« Tatsächlich glitzerte ein Gegenstand ganz kurz im Licht der nahen Straßenlaterne, der jedoch von Iordanescu so verdeckt wurde, dass die Ermittler nicht erkennen konnten, worum es sich dabei handelte. Jedenfalls schien es ihnen, als habe der Rumäne etwas aus dem Gegenstand entnommen, das er scheinbar achtlos in seine Hosentasche stopfte. Dann stellte er das Ding zurück auf den Boden, wischte ein wenig Erde darüber und stand auf. Der andere hatte dieweilen die ganze Zeit über die Umgebung beobachtet. Nun folgte er seinem Komplizen zurück zum Fahrzeug, und die beiden machten sich offenbar auf den Rückweg.

Als sie die Rumänen außer Sicht wussten, stiegen Obiltschnig und Popatnig nun ihrerseits aus und gingen schnurstracks zu der Stelle hin, an der Iordanescu eben noch zugange gewesen war. Es brauchte nicht viel Mühe, um eine schäbige Geldkassette freizulegen, die nur sehr nachlässig dort vergraben war. Zu ihrer Überraschung war sie unverschlossen. Popatnig sah Obiltschnig kurz an, dann öffnete er den Deckel. Sie war bis auf einen einsamen Zettel vollkommen leer. Popatnig nahm das Papier an sich und hielt es ins Licht der Laterne, wobei ihm Obiltschnig neugierig über die Schulter blickte. Mühsam entzifferte der Jüngere: »Toti Politistii sunt Nemernici«. Er drehte den Kopf zu Obiltschnig. »Was das wohl heißt?«

»Nichts Gutes, fürchte ich.« Obiltschnig holte sein Handy hervor und bemühte den *Google*-Translater. »Alle Polizisten sind Bastarde«, sagte er dann resigniert.

»*Steaua* eins, Klagenfurt null«, kommentierte Popatnig gallebitter.

»Dem Lassnig sagen wir besser nichts davon«, meinte Obiltschnig, als sie schon wieder im Wagen saßen. Popatnig stimmte zu, wenngleich ihm eine gewisse Skepsis deutlich anzusehen war. »Wenn die uns auch verarscht haben, das bedeutet noch nicht, dass wir nicht tatsächlich auf der richtigen Spur sind.«

»So gerne ich das glauben würde, lieber Ferdi, aber ich fürchte, der Lassnig hatte mit seiner Suada nicht so unrecht. Die suchen seit drei Monaten nach den Tätern und haben dabei sicher jeden Stein einzeln umgedreht. Wieso sollen wir da aus purem Zufall gleich bei unserem ersten Versuch erfolgreich sein?«

»Was weiß ich? Zufall? Glück?« Popatnig startete endlich das Automobil, »immerhin hat er mit dem Namen Popescu nichts angefangen, was ich, gelinde gesagt, seltsam finde, weil der saubere Herr Popescu auch eine ganz schöne Speisekarte aufzuweisen hat.« Obiltschnig merkte auf. »Hast du den leicht durchleuchtet?«

»Na sicher. Glaubst du, ich wäre mit dir zu diesem Lokal gefahren, wenn ich nicht gewusst hätte, dass der Typ einiges auf dem Kerbholz hat?« Obiltschnig wiegte bedächtig den Kopf hin und her. Auf diese Idee war er nicht gekommen, der Punkt ging also an den Kollegen. »Und was steht so alles auf der Speisekarte?«, wollte er schließlich wissen.

»Zugegebenermaßen nichts allzu Spektakuläres. Gefährliche Drohung, Körperverletzung, Widerstand gegen die Staatsgewalt, Beamtenbeleidigung«, und nach einer kleinen Pause, »aber eben auch Diebstahl und Nötigung.« Obiltschnig pfiff durch die Zähne. »Da ist ja einiges zusammengekommen. Hat es für Verurteilungen gereicht?« Popatnig nickte. »Für die Körperverletzung bekam er eine Bedingte, für die Ausfälle gegen unsere Kollegen musste er eine Diversion machen. Allerdings, und das ist der Haken an der Sache, in der Causa mit den Diebstählen wurde er freigesprochen. Allerdings«, sandte Popatnig gleich hinterher, »lediglich ›im Zweifel‹. Also wäre es immerhin möglich, dass er doch an solchen Vergehen beteiligt war.«

»Na gut, vielleicht sollten wir ihn noch ein wenig im Auge behalten, den Herrn Popescu.«

»Ja, aber vielleicht nicht mehr heute. Für diesen Tag ist er gewarnt und wird sicher auch hinten Augen haben. Vielleicht sollten wir uns übermorgen noch einmal auf die Lauer legen, dann wird seine Aufmerksamkeit vielleicht schon ein wenig nachgelassen haben.«

Obiltschnigs quittierte Popatnigs Vorschlag mit einer zustimmenden Bewegung seines Kopfes. »Hast recht, heute wird das nichts mehr. Verschieben wir es.« Popatnig sah ihn erwartungsvoll an. »Das heißt, wir fahren nach Hause?«

»Ja sicher, ist ohnehin schon spät genug.« Popatnig strahlte. »Super, dann muss ich der Niki nicht sagen, dass ich sie heute alleine lasse.«

Und während Popatnig, kaum dass sie Klagenfurt erreicht hatten, zu seiner Flamme enteilte, setzte sich Obiltschnig ungeachtet der späten Stunde noch einmal in sein Büro und sah sich die Akten zur Villacher Einbruchsserie durch.

Die hatte im Juli ähnlich wie seinerzeit jene in Ferlach begonnen. Leer stehende Gebäude, deren Besitzer im Urlaub weilten oder Zweitwohnsitze besaßen, wurden gründlich ausgeräumt. Später, Anfang bis Mitte August, erwischte es ein Fitness-Studio mit angeschlossenem

Geschäft und eine Arzt-Praxis, bei der vor allem wertvolle Medikamente geraubt worden waren. Obiltschnig erinnerte sich daran, dass die Einbrecher in Ferlach in einen Kindergarten und in den Friseurladen *Trixi* in der 12.-November-Straße eingebrochen waren. Letztlich hatten auch sie bei der Bekämpfung ihrer Bande keinen Erfolg gehabt, doch wenigstens war die Serie damals recht rasch zu einem Ende gekommen, dies wahrscheinlich deshalb, weil es in Ferlach insgesamt recht wenig zu holen gab. Er ertappte sich bei dem Gedanken, ob vielleicht doch ein Zusammenhang zwischen den beiden Serien bestand. Vielleicht waren es in Ferlach dieselben Ganoven gewesen, die später nach Villach ausgewichen waren.

Er rief in seinem Computer das Melderegister auf und gab den Namen Dorinel Popescu ein. Der Mann war, wie sich zeigte, 45 Jahre alt und im Jahr 2000 erstmals nach Österreich gekommen. Damals hatte er in Wien gelebt und war offiziell als Hilfskraft bei einer Leiharbeitsfirma beschäftigt gewesen. Zwei Jahre später schien er in seine Heimat zurückgekehrt zu sein, war aber ab 2005 wieder in Österreich behördlich gemeldet. Zuerst in der Nähe von Eisenstadt, dann im steirischen Bad Radkersburg. 2008 tauchte er dann erstmals in Kärnten auf, und zwar bis 2010 in Wolfsberg, danach in Bleiburg. Obiltschnig stellte sich die Frage, wer dort auf jemanden wie Popescu gewartet haben konnte, denn in diesen Regionen herrschte weitaus mehr ein Mangel an Arbeit denn an Arbeitskräften. Obiltschnig rief eine weitere Datei auf und fand heraus, dass Popescu in beiden Fällen als Mitarbeiter im Gastgewerbe engagiert worden war. Die Liste seiner diversen Beschäftigungen war ermüdend lange, und Obiltschnig wollte die Datei schon wieder schließen, da der Mann offenbar seine Jobs öfter wechselte als seine Kleidung, doch gerade im letzten Augenblick fiel ihm etwas auf. Popescu war seit zwei Jahren in besagtem Lokal angemeldet, davor aber hatte er – Bingo – in Ferlach bei *Glock* gearbeitet und war an der Adresse des *Gasthofs Plasch* behördlich gemeldet gewesen. Umgehend griff er zum Telefon und rief bei der Gaststätte an. Es war die Chefin selbst, die abhob. »Grüß' Sie, Sigi hier, Sigi Obiltschnig, ich bin da gerade über eine alte Meldung gestolpert, wonach vor zwei Jahren ein Rumäne bei Ihnen gemeldet war. Kann das stimmen?«

»Puh, da bin ich im Augenblick überfragt, aber es kann schon möglich sein. Die Firma *Glock* mietet immer wieder einzelne Mitarbeiter bei uns im Hotel ein, die noch keine fixe Bleibe haben. In der Regel, bis sie etwas Eigenes gefunden haben. Oder bis die Probezeit vorbei ist. Schon vorstellbar, dass da auch schon einmal ein Rumäne darunter war. Aber dazu müsste ich in meinen Unterlagen nachschauen.« Obiltschnig wiegelte ab. »Nicht nötig, war nur so eine Frage. Obwohl«, sagte er dann, »vielleicht können Sie mir doch was nachschauen. Nämlich, ob damals vielleicht mehrere Rumänen bei Ihnen gewohnt haben. So im Sommer 23, Juni bis August. Der Zeitraum täte mich interessieren.« Die Chefin sicherte zu, Obiltschnigs Anliegen zeitnah zu erledigen.

Doch nur einige Minuten später befand er, er benötigte diese Information gar nicht mehr. Apostol Dumitrache war zur selben Zeit am selben Ort gemeldet gewesen wie Popescu. Und, abermals Bingo, auch Herr Raducanu hatte im Sommer 23 beim *Plasch* zu residieren geruht.

Obiltschnig lehnte sich zurück. »Warum sind uns diese Figuren damals nicht aufgefallen?«, fragte er in die Leere der Amtsstube. Und gab sich gleich selbst die Antwort. »Weil natürlich niemand auf die Idee kommen würde, dass Männer, die bei *Glock* beschäftigt waren, abends auf Diebestour gingen. Die perfekte Tarnung eigentlich.« Kurz war er versucht, Popatnig anzurufen, um dem von seinen Erkenntnissen zu berichten, doch am Ende spielte der gerade mit Niki »Backe, backe Kuchen«, und da wollte er dann doch nicht stören.

Er hatte schon seinen PC abgeschaltet und war eben im Begriff, das Büro zu verlassen, als ihn ein Anruf erreichte. Er erkannte die Nummer des *Gasthofs Plasch* am Display. Eine junge Mitarbeiterin mit slawischem Akzent richtete ihm aus, dass zur fraglichen Zeit fünf Rumänen bei ihnen gemeldet gewesen waren. Die ersten drei kannte er schon. Dazu kam ein Bogdan Tartarescu und ein Anghel Iordanescu. Anscheinend hatte ihm der Bullige tatsächlich einen richtigen Namen genannt. Nur Tartarescu war ihm neu.

Seufzend fuhr er den PC wieder hoch und dankte derweilen der Frau am Telefon für ihre schnelle Antwort. Dann befragte er die polizeilichen Datensammlungen nach Tartarescu und Iordanescu. Und beide passten perfekt ins Bild. Iordanescu war mehrmals wegen Gewalttätigkeit in Gewahrsam genommen worden, hatte eine zur Bewährung ausgesetzte Haftstrafe wegen Körperverletzung und eine ganze Latte an Anzeigen wegen

Verstößen gegen das Betäubungsmittelgesetz. Tartarescu wiederum war wegen Diebstahl und Trickbetrügerei mehrfach vorbestraft. Und während Dumitrache offiziell in Klagenfurt gemeldet war, galten die anderen inklusive Raducanu als in Villach wohnhaft. Wenn das kein Zeichen war!

II.
ZWEI TAGE SPÄTER

Erst am folgenden Tag fand Obiltschnig die Zeit, sich eingehender mit den Berichten Lassnigs zu befassen. Abgesehen davon, dass sie wahrscheinlich durchaus eines Lektorats bedurft hätten, war es erstaunlich, wie wenig Lassnig in zwölf Wochen an Verdachtsmomenten gesammelt hatte. Bis Ende August war er von einer Bande italienischer Einbruchstouristen ausgegangen, die nächtens über die Grenze schlüpfte, schnell einmal wo ein Haus ausräumte und sich dann wieder in die Heimat flüchtete. Aus diesem Grund hatte er verstärkte Kontrollen an den Grenzübergängen bei Thörl-Maglern und Kötschach-Mauthen verfügt, die aber samt und sonders ergebnislos geblieben waren.

Seine nächste Hypothese zielte auf eine ungarische Diebesbande ab, die als Handwerker verkleidet durch die Lande ziehe. Tatsächlich gelang es seinem Team, die Ungarn Anfang September zu stellen und festzunehmen. Dummerweise für Lassnig hatte sich allerdings herausgestellt, dass diese Ungarn wirklich Handwerker waren. Mit EU-weiter Konzession und einwandfreien Referenzen. Kein Wunder also, dass Lassnig danach eine Woche im Krankenstand war.

Zu dieser Zeit war Lassnig von einem Gruppeninspektor Ambros vertreten worden, der offenbar alle, die früher wegen diverser Einbruchsdelikte vor dem Kadi gestanden waren, genauer unter die Lupe nahm. Doch auch hier schien es keinerlei Anhaltspunkte gegeben zu haben. Für die eine oder für die andere Tat hatte immer jemand ein Alibi, und da die Villacher Kollegen wohl zu Recht davon ausgingen, dass alle Verbrechen von derselben Bande begangen worden waren, entschlüpften auch diese Verdächtigen der Exekutive.

Erstaunlich war lediglich, dass Ambros, der anscheinend recht gründlich gearbeitet hatte, auch auf den Namen Popescu gestoßen war. Tatsächlich war dieser Mitte September einvernommen worden, und auch Iordanescu und Tartarescu waren gezwungen gewesen, Ambros Rede und Antwort zu stehen. Als Lassnig wieder das Kommando übernommen hatte, wurde diese Fährte allerdings von ihm sofort aufgegeben. In einer beigefügten Aktennotiz stand in seiner krakeligen Schrift zu lesen: »Haben Alibi«.

Obiltschnig blätterte das ganze Konvolut noch einmal durch, doch nirgendwo fand er auch nur den geringsten Hinweis auf ein Alibi der Rumänen. Wenn dieses von ihnen oder ihrem Rechtsbeistand mündlich vorgebracht worden war, dann hatte es Lassnig jedenfalls nicht zum Akt genommen. Und das machte Obiltschnig stutzig.

Er klappte die Kladde zusammen und schob sie Popatnig hinüber. »Kannst du dir das einmal anschauen? Ich finde da nirgends ein Alibi der Rumänen, aber vielleicht habe ich es einfach übersehen.« Doch eine Viertelstunde später war er sicher. Auch Popatnig hatte diesbezüglich keine Wahrnehmung gemacht. »Vielleicht sollten wir den Lassnig anrufen und ihn einfach fragen?«, schlug Popatnig vor. Obiltschnig aber wehrte ab. »Du, der war vorgestern schon so genervt, dem gehen wir höchstens auf den Wecker. Vor allem, wenn wir ihm tatsächlich einen Fehler nachweisen.«

»Oder wir reden mit diesem Ambros«, hatte Popatnig eine Alternative parat. Eine, die Obiltschnig sympathisch fand. »Ja, den kenn ich eh noch nicht persönlich. Schauen wir einmal, was der so zu sagen hat.« Nur wenig später stand die Verbindung.

»Grüße Sie, Herr Gruppeninspektor, Bezirksinspektor Obiltschnig hier, LPD Klagenfurt. Ich hätte eine kurze Frage zu der Einbruchsserie, die euch derzeit so zu schaffen macht.« Auch Ambros klang genervt, rang sich aber immerhin zu einem »Bitteschön« durch. »Es geht um Folgendes«, umriss Obiltschnig die Sachlage, »wir haben da einen Rumänen zu Gast, einen Herrn Dumitrache, der bei uns anscheinend ein bisschen zu lange Finger hat, wenn Sie verstehen. Durch einen Zufall ist mir nun aufgefallen, dass der bei euch auch aufgetaucht ist.« Ambros erinnerte sich. »Ja, das war vor einem Monat oder so. Ich wollte den sogar zu uns ins Präsidium holen lassen, aber der Gerry, also der Kollege Lassnig, hat gemeint, der braucht mich nicht zu interessieren, der hat ein Alibi.«

»Ja, das habe ich auch gehört. Aber im Akt habe ich nichts gefunden darüber.« Obiltschnig wartete auf die Reaktion von Ambros. »Ja mei, dann wird der Gerry vergessen haben, den entsprechenden Bericht zu den Akten zu nehmen. Er hat ja wahnsinnig viel um die Ohren im Moment, der Gerry, gell. Vor allem seit dem Doppelmord da im Sommer. Der ist ja immer noch nicht aufgeklärt. Den werden wir auf Frist legen müssen, wenn uns nicht bald ein Durchbruch gelingt.«

»Also Sie meinen, der Dumitrache ist allein unsere Sache«, vergewisserte sich Obiltschnig. »Wenn der Gerry das sagt, dann wird's auch so sein«, gab sich Ambros überzeugt.

Obiltschnig hatte kaum aufgelegt, als er Popatnig ansah. »Also ich glaub das nicht. Die hingen da alle irgendwie mit drinnen, das sag ich dir.« Und nach einer kurzen Pause des Nachdenkens: »Weißt was, besorg uns einmal einen Einzelverbindungsnachweis vom Dumitrache und vom Popescu. Mal sehen, ob die öfter miteinander kommunizieren.«

Sie kamen eben vom Mittagessen zurück, als sie die erwünschte Information erhielten. Popescu und Dumitrache hatten tatsächlich mehrmals miteinander telefoniert, aber nie länger als etwa eine Minute. »Klar, die machen sich einfach nur einen Treffpunkt aus und besprechen alles Heikle unter vier Augen«, schloss Obiltschnig. »Glaubst du, wir kriegen eine Bewilligung für eine Telefonüberwachung von Dumitrache?«, fragte Popatnig. »Das sollten wir unbedingt versuchen.« Obiltschnig blickte auf die Uhr. »Es ist noch nicht 14 Uhr, ich probiere es sofort.« Eine halbe Stunde später kehrte er triumphierend zurück. »Überwachung genehmigt und läuft auch schon.«

Den Rest des Nachmittags gingen beide entspannt an, da sie ja wussten, dass die Nacht wohl lang werden würde. Nach Einbruch der Dunkelheit machten sie sich auf, um sich in Villach vor Popescus Lokal zu positionieren. Obiltschnig behielt die Eingangstür im Auge, Popatnig konzentrierte sich auf Dumitraches Telefon. Vorerst aber herrschte in beiden Fällen Funkstille.

Die ergebnislose Warterei zerrte bald an den Nerven der Ermittler, die sich mit sinnlosen Quizfragen wachzuhalten suchten. Zwischendurch beklagte Obiltschnig die Tatsache, dass es gerade einmal 22 Uhr war. Ihm fielen die zahlreichen Kriminalfilme ein, in denen es auch immer wieder Szenen gab, in denen die Helden die Bösewichte beschatteten. Doch dort wurde dann in der Regel überblendet, Stunden des Wartens wurden in wenige Sekunden komprimiert. Hier aber, in der Wirklichkeit, verging jeder Augenblick so quälend langsam, dass man die Situation nur unter Aufbietung aller verfügbaren Kräfte ertrug. Immerhin erklärte sich Popatnig bereit, sich auf die Suche nach einem Kaffee und ein paar Snacks zu machen. Obiltschnig trommelte mit den Fingerspitzen auf das Lenkrad und summte beinahe schon verzweifelt vor sich hin. »Varlosn, wia a Staan auf da Stroßn«. Immerhin rollte der zweite Stein eine Viertelstunde später wieder auf den Wagen zu und balancierte dabei zwei Pappbecher mit Kaffee, während er eine Packung Paprikachips mit den Zähnen festhielt. »Hat sich was getan?«, fragte er überflüssigerweise, nachdem Obiltschnig ihn eingelassen hatte.

»Bei der Telefonüberwachung werden wir auch nicht viel Glück haben. Ich habe mir die Anruflisten noch einmal genauer angesehen. Der Dumitrache benützt sein Handy kaum. Drei, vier Anrufe am Tag, und die dauern keine Minute.« Er ging die Papiere noch einmal durch. »Da sind sogar Bestellungen dabei. Er lässt sich Essen liefern, aber auch Taxis kommen. Eigentlich gibt es da kaum private Gespräche.«

»Na ja, der ist Profi. Der weiß, dass zu viel an

Geschwätzigkeit in seiner Branche rasch zum Problem werden kann.«

»Oder er hat einfach keine Freunde«, entgegnete Popatnig.

»Ma, kalt ist's. Stört's dich, wenn ich die Heizung aufdrehe?« Popatnig dachte kurz nach. »Ist das dann nicht auffällig?« Obiltschnig zuckte mit den Achseln. »Auch nicht auffälliger als zwei Typen, die seit Stunden in ihrem Auto sitzen.« Popatnig verzichtete auf weiteren Widerspruch. »Ist ja nicht meine Batterie«, ergänzte er.

Plötzlich hörten sie ein Knacken am Funk. Die Kollegen von der Zentrale meldeten sich. »Das Telefon von eurem Rumänen, das hat sich gerade eingewählt.« Obiltschnig registrierte rasch steigende Aufregung in sich. »Die Nummer, die er gewählt hat, ist die von dem anderen Rumänen.« Sofort waren beide in höchster Alarmbereitschaft.

Wie erwartet hatte das Gespräch keine Minute gedauert. Doch die hatte ausgereicht, um sich am Klagenfurter Bahnhof zu verabreden. Tatsächlich ging, es war mittlerweile beinahe Mitternacht, gegenüber die Tür auf, und Popescu stapfte erkennbar missmutig zu einem dunklen SUV, dessen Marke die Ermittler auf die Entfernung nicht ausmachen konnten. Popescu stieg in den Wagen, legte einen lupenreinen U-Turn hin und brauste mit stark überhöhter Geschwindigkeit davon. Obiltschnig startete den Motor und versuchte, dem Rumänen zu folgen, wobei er Mühe hatte, bei dessen Tempo mitzuhalten. »Was glaubt der, wer er ist?«, schimpfte der Bezirksinspektor, »der Max Verstappen?«

»Na ja, diesmal ist es nicht so tragisch, wenn wir ihn

kurz verlieren. Immerhin wissen wir ja, wo er hinwill«, tröstete ihn Popatnig.

Auf der Autobahn war angesichts der Uhrzeit so gut wie überhaupt kein Verkehr, und so trat Obiltschnig das Gaspedal kräftig durch. Und obwohl der Tachometer Zahlen jenseits der 150 anzeigte, schien Popescu immer mehr zu entschwinden. Die beiden mussten sich darauf verlassen, dass die roten Lichter in weiter Ferne wirklich zu seinem SUV gehörten.

Als sie sich wieder der Landeshauptstadt näherten, wurden sie durch eine Nachtbaustelle merkbar eingebremst, sodass Obiltschnig endlich halbwegs zu dem Rumänen aufschließen konnte. Über die Feldkirchner Straße erreichten sie das Stadtzentrum, wo sie ihr Tempo abermals verlangsamten. Doch ihre Vorsicht schien unbegründet, Popescu fühlte sich sichtlich nicht verfolgt. Er parkte seinen Wagen vor einer kleinen Bar, die sich in Sichtweite des Bahnhofs befand. Er ging in das Lokal und kam gleich wieder mit Dumitrache im Schlepptau heraus. Die beiden rauchten vor der Tür Zigaretten, und die Ermittler konnten sehen, wie Dumitrache hektisch auf Popescu einredete, dessen Gesten darauf hindeuteten, dass er seinen Landsmann zu beruhigen versuchte.

Doch Dumitrache ließ sich sichtlich nicht so leicht kalmieren. Wütend warf er die aufgerauchte Zigarette auf den Gehsteig und trat sie mit übertriebener Wucht aus. Offenbar lenkte Popescu nun ein, denn er deutete auf seinen Wagen. Dumitrache zögerte kurz, stieg dann aber auf der Beifahrerseite ein, während sich Popescu hinter das Lenkrad klemmte. Gleich danach schoss das Gefährt aus der Parklücke und hielt auf den Südbahngürtel zu. Obiltschnig folgte in einigem Abstand. Beide Fahrzeuge verließen Klagenfurt in östlicher Richtung und hielten auf Ebenthal zu, wo sie alsbald die einzigen Automobile waren, die sich auf der Straße bewegten. Obiltschnig vergrößerte den Abstand, um die Rumänen nicht vorzeitig nervös zu machen.

Kurz vor Ebenthal bogen diese in einen Feldweg ein. Obiltschnig schaltete seine Lichter aus und glitt beinahe gespenstisch über den Schotter. In der stockfinsteren Nacht waren Popescus Rücklichter auch aus großer Entfernung wahrnehmbar, und so folgten die Ermittler weiter dem rumänischen Duo. »Wo wollen die hin?«, fragte Popatnig in die Stille. »Das würde ich auch gerne wissen. Da geht's, wenn ich mich richtig erinnere, zum Wasserfall, und geradeaus kommst irgendwann auf den Zwanzgerberg.«

Der Feldweg mündete in eine gewundene Bergstraße, die durch dichte Wälder führte. Auch auf die Gefahr hin, von den Rumänen entdeckt zu werden, musste Obiltschnig sein Licht wieder anstellen, weil man buchstäblich nicht mehr die Hand vor den Augen sah. Auch durfte sich Obiltschnig nicht mehr allzu weit zurückfallen lassen, da er durch die vielen Kurven auch die Rücklichter nicht mehr ausnehmen konnte. Er öffnete das Fenster, um wenigstens durch reines Hören mit dem Vordermann in Verbindung zu bleiben. Die kalte Nachtluft verbreitete sich sofort im ganzen Innenraum und machte den Bezirksinspektor frösteln. Neben ihm fluchte Popatnig leise, und Obiltschnig meinte, das könne er laut sagen.

Immerhin aber merkte Obiltschnig, dass Popescu kein geübter Bergfahrer war. Auch auf die beträchtliche Distanz vernahm er immer wieder das Aufjaulen des Motors und sogar das krachende Knirschen, wenn Popescu viel zu spät und zu abrupt herunterschaltete. In manchen Kurven beschwerten sich sogar die Reifen des SUV über Popescus Fahrkünste. Die beiden Ermittler sahen sich kurz an und grinsten wissend. »Der da oben flucht jetzt sicher auch«, vermutete Popatnig, und Obiltschnig ergänzte, der Rumäne gäbe jetzt sicher einiges für eine Automatik.

Obiltschnig hingegen war ein geübter Fahrer, und so konnte er den Wagen so behandeln, dass der eigene Motor nicht die Geräusche des anderen übertönte. »Ich bin ja schon oft auf Sicht gefahren«, griente er, »aber auf Gehör fahren, das ist einmal etwas Neues.«

Wieder kam eine Kurve, in welcher er die Rücklichter des Vordermanns aus den Augen verlor. An ihrem Ausgang waren sie allerdings immer noch nicht auszumachen. »Die sind da wo abgebogen«, schaltete Popatnigs Kopf schneller als Obiltschnigs Hand. Instinktiv verlangsamte der Bezirksinspektor noch mehr sein Tempo und starrte dabei angestrengt links in das dunkle Geäst, während Popatnig dasselbe Vorgehen für die rechte Seite übernahm. »Da ist ein Forstweg«, deutete er seinem Kollegen, und wirklich waren sie in weiter Ferne wieder erkennbar, die beiden roten Lichter des SUV.

»Also wenn wir ihnen da nachfahren, dann bemerken sie uns auf jeden Fall. Die Frage ist also: warten oder zu Fuß weiter?« Popatnig sah den Vorgesetzten entsetzt an: »Zu Fuß? In der Finsternis? Meinst du das ernst?« Obiltschnig zog die Mundwinkel nach unten. »Leider ja. Aber fällt dir etwas Besseres ein?«

Naturgemäß war die Perspektive, mitten in der Nacht durch einen dunklen Wald zu stolpern, nicht gerade prickelnd, aber Obiltschnig sah auch bei längerem Nachdenken keine Alternative. Vor allem aber konnten sie, wenn sie sich quasi an die Rumänen anschlichen, im Bedarfsfall rasch hinter einem Baum in Deckung gehen. Außerdem schien der Forstweg breit genug, um halbwegs sicher vorwärtszukommen. Er drängte also Popatnig dazu, das Auto mit ihm zu verlassen, und gemeinsam hielten sie, den Blick angestrengt in die rabenschwarze Nacht gerichtet, auf die fernen Lichter zu, die endlich zum Stillstand gekommen zu sein schienen. Einerseits nahm Obiltschnig dies erleichtert zur Kenntnis, andererseits gingen sie gleich darauf endgültig aus, sodass sie nicht einmal mehr einen Orientierungspunkt hatten. Dass Popatnig neben ihm »So ein Scheiß« zwischen den Zähnen hervorquetschte, konnte er ihm daher nicht verdenken.

Mit jedem Schritt, den sie sich von der Straße entfernten, wurde dem Bezirksinspektor mulmiger. Vor seinem geistigen Auge erstanden Bilder aus unzähligen Horrorfilmen, und ängstlich linste er hinter jeden einzelnen Baum am Wegesrand, stets damit rechnend, dass dahinter plötzlich Popescu mit einer Hacke in der Hand hervorsprang und ihm selbige mit tödlicher Wucht in die Brust rammte. »Ich fürchte, das war wirklich eine Schnapsidee«, flüsterte er in die Richtung, in der er Popatnig vermutete. »Berühmte letzte Worte«, ergänzte dieser lakonisch.

War der Forstweg die ersten 100 Meter ziemlich steil abgefallen, so gelangten sie nun an ein etwas flacheres

Stück, und dementsprechend schneller kamen sie voran. Ihnen war, als nähmen sie in etwa 20, 30 Meter einen schwachen Lichtschein wahr, und wurden gleich noch vorsichtiger. Obwohl es dafür objektiv keine Veranlassung gab, duckten sie sich und schlichen in solcherart gebückter Haltung weiter vorwärts. Schemenhaft begannen sich in der Dunkelheit die Umrisse einer Hütte abzuzeichnen, und die Ermittler schlossen daraus, dass eben diese das Ziel der Rumänen gewesen sein müsste. »Sag jetzt aber nicht, die sind diese ganze elendslange Strecke gefahren, um hier in Ruhe zu plauschen, wo sich selbst Fuchs und Hase weigern würden, einander Gute Nacht zu sagen.«

»Erinnere dich an die Geldkassette«, bemühte sich Obiltschnig um Optimismus. »Diesmal ist es sicher keine Verarsche. Vielleicht haben uns die zwei eben in ihr Depot geführt.«

Die Konturen der Hütte nahmen mehr und mehr Gestalt an. Diese wies offenbar mindestens ein Fenster auf, das mit Läden verschlossen war, durch deren Ritzen ein Lichtschein nach draußen drang, der es den Ermittlern erleichterte, sich dem Gebäude geräuschlos zu nähern. Sie hielten an den letzten beiden Bäumen inne und überblickten die zwei, drei Meter, die sie nun noch vom Fenster trennte. Beide lauschten angestrengt in die Nacht. Dumpfes Rumoren drang aus der Hütte, das Obiltschnigs Vermutung zu bestätigen schien. Er registrierte, wie Popatnig zwei Bäume weiter in die Knie ging und dabei Haus und Umgebung nicht aus den Augen ließ.

Wieder dehnte sich die Zeit in unerträglicher Langsamkeit aus, und Obiltschnig fragte sich, was die beiden da drinnen treiben mochten. Am liebsten wäre er mit vorgehaltener Pistole in die Hütte gestürmt und hätte die beiden festgenommen. Doch eine solche Aktion hätte ihm kein Staatsanwalt der Welt genehmigt. Also hieß es, die Zähne zusammenzubeißen, der Kälte zu trotzen und die Geduld nicht zu verlieren.

Der Bezirksinspektor hatte sich gegen den Stamm gelehnt, und ohne es zu wollen, fielen ihm die Augen zu. Kurz streifte ihn der Gedanke, ob man nicht, wenn man bei tiefen Temperaturen einschlief, erfror, und sofort riss er seine Augen wieder weit auf und atmete dabei tief ein und aus. Sekunden später war der halbe Platz zwischen ihnen und der Hütte beleuchtet, sodass sich Popatnig instinktiv auf den Boden warf, um nicht gesehen zu werden. Obiltschnig machte sich do dünn wie möglich und schielte vorsichtig hinter seinem Baum hervor. Die beiden Rumänen waren wieder ins Freie getreten, und Popescu verschloss die Tür mit einem nachgerade mittelalterlich wirkenden großen Schlüssel. Dumitrache hatte eine große Tasche aus dem Innenraum getragen, die er nun achtlos auf die Rückbank warf, ehe er selbst ins Auto kletterte. Popescu stieg auf den Fahrersitz, setzte zurück und fuhr dann in umgekehrter Richtung wieder auf die Straße zurück. Für einen Augenblick streiften die Lichter der Scheinwerfer just Obiltschnigs Baum, doch der hatte es rechtzeitig seinem Kollegen gleichgemacht und sich zu Boden geworfen. Arglos entschwanden die beiden Rumänen in der Dunkelheit. Obiltschnig und Popatnig warteten noch eine kleine Weile, dann gingen sie auf die Hütte zu.

Popatnig bemühte seinen Dietrich, und es dauerte nicht lang, das Schloss zu knacken. Er aktivierte die Taschenlampe seines Handys und scannte den Raum. »So geht es einfacher«, meinte Obiltschnig nur und betätigte den Lichtschalter.

Auf den ersten Blick war nichts zu erkennen, das diese Kate von all den anderen auf dieser Welt unterschied. Eine Eckbank, ein wackeliger Holztisch mit zwei Sesseln, ein kleiner Ofen, eine Kredenz. Kein Kasten oder Regal, in dem man etwas hätte verstauen können. Und nichts, was einem Polizisten verdächtig vorkommen konnte. Popatnig leuchtete mit seinem Handy den Boden ab und klopfte dabei alle paar Zentimeter mit der Fußspitze auf die klobigen Bohlen. Zwischen Tisch und Kredenz wurde das von ihm produzierte Geräusch plötzlich dumpfer. Er ging in die Knie, leuchtete gezielt auf den dortigen Boden und wurde fündig. »Eine Falltür«, sagte er über die Schulter.

Sie fanden, achtlos auf der Anrichte abgelegt, das erforderliche Werkzeug, mit dem sich die Tür öffnen ließ. Popatnig leuchtete hinein. »Da ist eine Leiter und so eine Art Keller.« Obiltschnig forderte ihn auf, sich das näher anzusehen. Gleich danach war Popatnig in der Öffnung verschwunden. Obiltschnig hörte erst Knirschen, dann Rascheln und schließlich Rumoren. Mit einem Mal tauchte Popatnigs Hand wieder im Raum auf. Sie hielt eine Madonnen-Statue. »Da steht noch mehr von dem Zeug. Und eine Kiste. Soll ich die einmal holen?« Der Bezirksinspektor bejahte.

»Scheiße, ist die schwer.« Popatnig mühte sich hörbar ab, und Obiltschnig ging vor der Klappe in die Knie, bereit, seinem Kollegen die schwere Last abzunehmen. Tatsächlich hievte der, so gut er es vermochte, die Truhe nach oben, und es kostete Obiltschnig einige Anstrengung, sie wirklich sicher auf den Zimmerboden zu bekommen. »Was ist da drinnen um Himmels willen? Alle Steine der Drau?«

»Das werden wir wissen, wenn wir sie öffnen.« Obiltschnig sah Popatnig kurz an. »Dir ist schon klar, dass wir in Teufels Küche kommen, wenn rauskommt, dass wir da illegal eingedrungen sind, vor allem, wenn wir nichts Belastendes finden.« Popatnig nickte nur. »Ja, aber in der Küche sind wir jetzt ohnehin schon. Also kommt es darauf auch nicht mehr an.« Und mit der nötigen Gewalt erbrach er das Schloss.

Auf den ersten Blick zählten sie etwa 40 bis 50.000 Euro in Geldscheinen, dazu etwas Schmuck und, was sie erstaunlich fanden, einige Reisepässe und E-Cards. Anscheinend hatten die Rumänen einen ertragreichen Nebenverdienst zu ihren Gastro-Jobs gefunden. Obiltschnig setzte sich auf einen der beiden Sessel und besah sich den Fund genauer. Dann seufzte er. »Ich fürchte, das hier gefundene Geld stammt nicht aus den Einbrüchen, es stammt aus einem Schleichhandel mit gefälschten Dokumenten.« Popatnig hatte die Scheine in der Zwischenzeit gezählt. »Ich glaube, du hast recht. Wenn die pro Pass 2.000 Euro nehmen, dann haben sie 80 Pässe verhökert. Das kann man schaffen über einen Zeitraum von drei, vier Jahren.«

Nun setzte sich auch Popatnig, und eine gewisse Enttäuschung war ihm deutlich anzusehen. »Alles umsonst«, maulte er.

»Nicht unbedingt«, bemühte sich Obiltschnig um Zuversicht. »Wir haben diese Marienstatue. Und du hast sicher auch gesehen, dass der Dumitrache mit einer Tasche aus der Hütte gekommen ist. Für ein paar Geldbündel braucht man keine Tasche. Vielleicht war da doch Diebesgut drinnen.« Er sah dem Kollegen jetzt direkt in die Augen. »Außerdem hast du doch selbst gesagt, da unten wäre noch mehr.«

Popatnig schöpfte wieder Hoffnung. Doch nur Sekundenbruchteile später erlahmte sein Optimismus wieder. »Selbst wenn wir da unten Diebesgut finden, nämlich sogar solches, welches eindeutig diversen Einbrüchen zugeordnet werden könnte, wie wollen wir das erklären?«

In Obiltschnigs Augen blitzte Triumph auf. »Ein anonymer Hinweis, dem wir nachgegangen sind. Und weil die Tür unversperrt war, sind wir reingegangen. Und weil die Klappe da offen war, haben wir da auch Nachschau gehalten, weil ja immerhin die Gefahr bestand, dass der Eigentümer dieser Hütte beim Weg in den Keller gestürzt ist und sich verletzt hat.«

Popatnig grinste schief. »Das glaubt uns niemand!«

»Das Gegenteil beweisen kann uns allerdings auch keiner.«

»Und was willst du jetzt machen?«

»Zuerst einmal wirklich unten nachschauen, was wir da noch so alles finden. Allerdings sollte einer von uns hier oben bleiben. Wir wollen ja keine unangenehme Überraschung erleben, falls die Rumänen aus irgendeinem Grund zurückkehren.«

Keine Minute später bereute Obiltschnig seinen Entschluss, diesmal selbst unter die Erde zu klettern. Nicht nur, dass es, gelinde gesagt, überaus streng roch, war der

Raum, in die modrige und schimmelige Erde gehauen, kaum 175 Zentimeter hoch, sodass er die ganze Zeit über gebückt sein musste. Mit der Taschenlampe nahm er nun genauer die einzelnen Stellagen in Augenschein. Dort befanden sich zum größten Teil Nippes, denen er kaum sonderlichen Wert zubilligte. Immerhin entdeckte er ein paar Schmuckstücke, Uhren, Ohrringe und Halsketten, die durchaus, so schloss er, von diversen Einbrüchen stammen könnten. Schließlich lagen da auch noch ein paar Schriftstücke, denen er vorerst allerdings keine Beachtung schenkte. Er hatte genug gesehen, um eine genauere Durchsuchung durch die KTU als gerechtfertigt anzusehen. Eilig strebte er wieder der Leiter zu, an deren Ende Popatnig schon auf ihn wartete.

»Was machen wir jetzt?«, wollte dieser wissen. Obiltschnig sah auf die Uhr. Mittlerweile war es 2 Uhr nachts. Der Bezirksinspektor kletterte in die Stube zurück und setzte sich auf die Eckbank. »Also in einem Punkt hast du recht: Kein Mensch glaubt uns, dass wir einem anonymen Hinweis mitten in der Nacht nachgehen. Die Kollegen von der KTU können wir also erst frühestens in sechs Stunden kontaktieren. Von daher stellen sich uns zwei Möglichkeiten. Die riskantere ist, wir fahren nach Hause, schlafen uns aus und hoffen dabei, dass die Rumänen in der Zwischenzeit nicht alles wegschaffen, was irgendwie verdächtig sein könnte. Die zweite, sicherere Variante: Wir bleiben bis 8 Uhr morgens hier und tun dann so, als wären wir eben erst eingetroffen.«

»Wie weit, schätzt du, ist es bis zum Auto?«

Obiltschnig war überfragt. »Ein paar 100 Meter, vielleicht ein Kilometer. Aber was hat das jetzt damit zu tun?« Popatnig seufzte. »Weil dort die Chips drinnen sind. Und zwei Dosen Bier müssten auch noch im Kofferraum sein.« Obiltschnig hatte seine Antwort. »Ganz so schlimm wird es nicht werden«, bemühte er sich um einen Silberstreif am Horizont. »Wir teilen uns das einfach auf. Zuerst schläft der eine ein wenig auf der Bank da, dann der andere.« Popatnig nickte. »Okay. Hau dich hin. Ich stolpere durch den scheiß Wald und hol Bier und Chips.« Ehe sein Vorgesetzter etwas erwidern konnte, war der Kollege bereits aus der Tür.

Von Schlaf konnte natürlich keine Rede sein. Dafür war die hölzerne Sitzgelegenheit viel zu unbequem. Nur manchmal döste Obiltschnig kurz weg, war aber sofort wieder hellwach. Ständig sah er auf die Uhr, um festzustellen, dass seit seinem letzten Kontrollblick keine zehn Minuten vergangen waren. Popatnig saß, den Kopf in die rechte Handfläche gestützt, beim Tisch und stierte offenkundig ins Nirgendwo. Zwischendurch stand er auf, um vor der Tür eine zu rauchen. Doch auch für ihn verging die Zeit viel zu langsam. »Sigi, ich sag dir, von allen Schnapsideen dieser Welt war das die größte! Die Königin unter den Schnapsideen. Die *Miss Schnapsidee of the Universe.*« Obiltschnig winkte mühsam ab. »Ich hab's verstanden. Aber willst jetzt wirklich noch abbrechen? Es ist beinahe 4 Uhr.«

»Genau. 4 Uhr! Noch vier Stunden in dieser Scheißkälte. Die Chips sind aus, die Dosen sind leer, und Zigaretten hab ich auch nur mehr zwei. Alles in mir schreit nach Matratze und warmer Decke, und stattdessen sitz ich da wie ein Waldkauz und frier mir den Arsch ab. So viel verdien ich auch wieder nicht, dass ich mir das antun muss!«

»Hast ja recht, Ferdi. Wenn das da alles ausgestanden ist, dann werde ich nach einem Weg suchen, wie du zu einer Belohnung kommst.« Popatnig beruhigte diese Ankündigung nicht. »Ich will kein Geld, ich will in mein Bett.«

Obiltschnig rappelte sich auf. »Ist eh Zeit für den Wechsel. Leg du dich einmal ein Weilchen hin. Wer weiß, vielleicht schläfst sogar ein. Ich vertrete mir einmal draußen ein wenig die Beine.«

Als der Bezirksinspektor nach einer Viertelstunde in die Hütte zurückkehrte, sagte ihm Popatnigs tiefer, ruhiger Atem, dass Gott Hypnos dem Kollegen mehr gewogen gewesen war.

Es war schon interessant, dachte er sich. Gerade, wenn etwas so überhaupt nicht verfügbar war, wurde es mit einem Mal maßlos wichtig. Es war 4.30 Uhr, er verspürte einen Mordshunger, hatte quälenden Durst, und um ein Haar hätte er seinem Kollegen die vorletzte Zigarette entwendet, obwohl er noch nie geraucht hatte. Diese Nacht, so war ihm endgültig klar, würde er so schnell nicht vergessen. Und daran, dass sie all diese Opfer vollkommen umsonst gebracht haben könnten, wollte er gar nicht erst denken.

Er musste tatsächlich kurz eingenickt sein, denn als er die Augen öffnete, schien es ihm, als kündigte sich draußen vorsichtig der neue Tag an. Ein weiteres Mal konsultierte er seine Armbanduhr. 5.45 Uhr. Wenigstens würde es bald hell werden. Popatnig schlief immer noch, und ihm selbst war eiskalt. Schwerfällig erhob er sich und ging nach draußen, wo er mit einigen Übungen seinen Kreislauf in Schwung zu bringen trachtete. Er schwang die Arme mehrmals um den Oberkörper und rieb sich dann ganz schnell die Hände. Nachdem er die Beine ausgeschüttelt hatte, machte er ein paar Kniebeugen und hüpfte dann von einem Bein aufs andere. Dann hielt er plötzlich inne, weil er sich beobachtet fühlte. Er blickte erst nach links, dann nach rechts, doch vermochte er in dem Dämmerlicht nichts auszumachen. Umso mehr erschrak er, als plötzlich ein peitschenartiger Laut zu vernehmen war. Instinktiv griff er zu seiner Dienstwaffe, während die Luft neben ihm zu vibrieren schien. Gleich danach huschte etwas an ihm vorüber, sodass er reflexartig Deckung suchte. Das Geräusch verebbte, und ein kurzes Knacken war zu vernehmen. Einige Meter weiter leuchtete etwas auf. In etwa so groß wie die Glut einer Zigarette. Doch wer immer hier rauchte, er musste ein Riese sein, denn das Licht hatte weit oberhalb einer normalen Kopfhöhe aufgeleuchtet. Doch eine Zigarette konnte es nicht sein, es sei denn, er sah mit einem Mal doppelt. Außerdem stimmte die Farbe nicht. Die Glut war hellgelb und nicht orangerot. Obiltschnig stierte krampfhaft in die Dunkelheit und machte ein paar Schritte auf die Lichtquelle zu. Den gurrenden Protest nahm er erleichtert zur Kenntnis. Zeuge seiner Leibesübungen war ein Waldkauz gewesen. Obiltschnig atmete tief durch und sah zu, dass er wieder in die Hütte kam.

»Wie spät haben wir's?« Popatnig war aufgewacht und saß reichlich ramponiert am Tisch. »Kurz nach 6 Uhr«, antwortete der Bezirksinspektor, »in einer halben Stunde wird es endlich hell.«

Popatnig hatte seine letzte Zigarette geraucht, ehe er einen fragenden Blick auf seinen Chef richtete. Der musste ihn enttäuschen. »Ein wenig müssen wir schon noch warten. Aber jetzt haben wir so lange durchgehalten, da schaffen wir das letzte Stündchen auch noch.«

Sie vertrieben sich die Zeit, so gut es ging, doch bot sich ihnen mehrmals der Eindruck, ihnen würde just auf der Zielgeraden die Luft ausgehen. Sie sahen nicht mehr alle zehn, sondern buchstäblich jede Minute auf die Uhr und gestanden sich ein, sie fühlten sich wie vor einer Wurzelbehandlung beim Zahnarzt. »Wir brauchen eine plausible Geschichte. Sonst tauchen Fragen auf, die wir nicht beantworten können, und dann sind auf einmal wir die Bösen«, erinnerte Popatnig noch einmal. Obiltschnig dachte nach. »Ein Wanderer kam hier vorbei, meinte, verdächtige Geräusche zu hören, trat näher, erkannte, dass die Tür offenstand und rief uns an, weil er die Vermutung hegte, hier gehe etwas nicht mit rechten Dingen zu«, schlug er vor.

»Und wieso landete der Anruf dann bei uns? Und wieso ist er in der Zentrale nicht registriert?« Der Bezirksinspektor musste sein Gehirn erneut bemühen. Dann blickte er auf die Uhr. Es war kurz nach 7.30 Uhr. Kurz entschlossen zückte er sein Handy und wählte eine Nummer. Es läutete, dann hob auch schon jemand ab. »Servus, Franzi, alte Hütte! Sigi da. Machst du eigentlich immer noch die ganze Gegend von Radsberg bis Tutzach unsicher?« Der andere lachte hörbar und entgegnete dann etwas, das Popatnig nicht verstehen konnte. Obiltschnig wartete geduldig, bis Franzi zu einem Ende gekommen war, dann begann er wieder zu sprechen. »Du, ich hätte da ein riesiges Anliegen an dich.« Und er erklärte dem Bauern aus Radsberg haargenau, worum es ihm ging. Der dachte nicht lange nach und stimmte zu, den Wanderer zu geben. »Wenn ich euch helfen kann, klar, kein Problem.« Und er wiederholte zur Sicherheit die Geschichte, auf die er sich mit dem Bezirksinspektor verständigt hatte. Dieser bedankte sich wortreich und legte dann mit der Ankündigung auf, er werde sich bei Gelegenheit revanchieren.« Hernach sah er Popatnig an. »Der Franzi übernimmt den Part des Wanderers. Und weil wir alte Freunde sind, hat er einfach mich direkt angerufen, um das hier zu melden.« Obiltschnig zeigte sich entschlossen. »Diese Geschichte klingt plausibel und wird halten. Der Franzi, der weiß, was er zu tun hat.« Popatnig gab sich damit zufrieden.

»Na gut, dann haben wir jetzt den entsprechenden Anruf, der uns zu unserem Ausflug hierher veranlasst hat. Nehmen wir an, wir waren trotz der frühen Stunde bereits am Weg nach Klagenfurt, als uns der Anruf erreichte. Am besten kurz vor Maria Rain, weil dadurch konnten wir dort gleich abbiegen und über Haimach und Strantschitschach daher fahren. Das sind dann ungefähr 20 Kilometer, für die wir, sagen wir, 20 Minuten brauchen. Das heißt«, er stand auf und streckte sich, »in einer halben Stunde können wir endlich die Kavallerie rufen.«

25 Minuten später hielt es Obiltschnig einfach nicht mehr aus. Er rief beim dicken Wagner, dem Chef der KTU, an und erzählte ihm das zuvor ausbaldowerte Märchen. Der fluchte undeutlich, erklärte sich dann aber bereit, um 9 Uhr vor Ort zu sein. Die beiden traten noch einmal vor die Hütte und versuchten, so gut es unter diesen Umständen möglich war, die Müdigkeit

abzuschütteln. »Was meinst du«, fragte Popatnig, »sollen wir den Lassnig auch kontaktieren? Vielleicht kann der ja gleich einiges von dem Diebesgut identifizieren. Das wäre dann der ultimative Beweis für die Richtigkeit unserer Vermutung.«

Obiltschnig war von der Idee wenig angetan. »Der hängt mir dann am Ende wieder eine Goschen an, das muss ich nicht haben.«

»Dann vielleicht den Ambros? Der wirkte ja ganz nett.« Nach einigem Zögern stimmte Obiltschnig zu. »Ja, hast recht. Das könnte die Dinge beschleunigen.«

Nach einer weiteren Viertelstunde, in der Popatnig abwechselnd das Fehlen von Kaffee und von Zigaretten beklagte, hörten sie schließlich Motorengeräusche in einiger Entfernung. Sie wurden lauter, dann allerdings wieder leiser. Auf den Gesichtern der Ermittler zeigten sich Fragezeichen. Gleich danach läutete Obiltschnigs Handy. »Wo seid ihr zwei Christkindl?«, fauchte Wagner aus der Leitung. Obiltschnig beschrieb ihm, so gut es ging, den Weg und verwies besonders auf den Forstweg, wobei er ergänzte, dort müsste er eigentlich ihr Fahrzeug ausmachen. »Von dort sind es dann vielleicht noch 200, 300 Meter bis zu dieser Hütte.« Der Mann von der KTU schickte noch eine kleine Kaskade altgallischer Schimpfwörter, die bekanntlich nicht übersetzt werden, hinterher und legte dann auf. Obiltschnig bemühte sich um ein Lächeln. »Jetzt dauert es aber wirklich nicht mehr lange«, klopfte er seinem Kollegen aufmunternd auf die Schulter.

Schon von Weitem konnte man Wagner schimpfen hören. »Ich bin ja kein Reh, dass ich da durch das

Gehölz hüpfe!«, hörten sie, und: »Geh bitte, da werden ja die Schuhe ganz schmutzig!« Aber wann war Wagner schon einmal guter Laune gewesen? Allmählich kam der Trupp in Sicht, vorneweg der Dicke, dahinter zwei blasse Gestalten, in denen Obiltschnig jene Jünglinge erkannte, die vor etlichen Monaten die Leiche des Finanzstadtrats geborgen hatten. Auch im Wald, übrigens.

»Grüß euch«, rief Obiltschnig schon von Weitem. »Ja, du mich auch«, bellte Wagner zur Antwort. Er deutete auf die Hütte. »Wenn da jetzt nicht mindestens Rembrandts *Christus im Sturm* drinnen ist, dann gnade euch Gott. Mich da in die Wildnis schicken in aller Früh! Das ist ja …« Abrupt schwieg er und sah die beiden Polizisten verdutzt an. »Na servus! Ihr schaut ja aus, als hättet ihr euch die ganze Nacht um die Ohren geschlagen. Bei dem da«, er zeigte auf Popatnig, »könnte ich das ja noch verstehen. Aber du, in deinem Alter? Willst die Pension nicht mehr erleben oder was?«

»Pension gibt's für uns eh keine mehr«, wiegelte Obiltschnig ab. »Jedenfalls schaut's da drinnen aus wie in einem Lager für Diebesgut. Das sollten wir sichern, denken wir.«

»Liegt Denken nicht oberhalb eurer Gehaltsstufe?« Wagner lächelte maliziös. »Umgekehrt wird ein Schuh daraus, lieber Freund. Denken gibt es nur bis zu unserer Gehaltsstufe. Bei Führungskräften wäre das ein Anstellungshindernis«, kam die nicht minder böse Replik.

Wagner beachtete die beiden nicht weiter und trat ins Innere des Gebäudes. »Und wo sind jetzt König Salomons Diamanten?« Obiltschnig und Popatnig deuteten auf die offene Luke. »Dort unten? Ja seid ihr zwei jetzt vollkommen narrisch worden? Da pass ich ja nicht einmal durch die Öffnung, ihr Christkindl!«

»Christkindl hatten wir schon«, erinnerte ihn Obiltschnig. Wagners Zähne mahlten einige Sekundenbruchteile. »Vollpfosten?«, schlug er dann vor. Obiltschnig nickte. »Ja, das hatten wir noch nicht.«

»In Ordnung! Vollpfosten also.« Er wandte sich zu seinen Helfern um. »Ihr wisst, was ihr zu tun habt.« Sein Tonfall ließ keine Widerrede zu. Und gerade, als der jüngere der beiden ein »Ich glaub, das war jetzt alles« aus den Tiefen der Erde hinaufschickte, knirschte es vor der Tür. Obiltschnig hielt Nachschau und konnte den Kollegen Ambros begrüßen. Er setzte ihn noch einmal ins Bild. Der Raum war mittlerweile vollkommen vollgeräumt mit diversen Gegenständen, mit Schachteln und größeren sowie kleineren Truhen. In der Mitte thronte jene Kiste, die Obiltschnig und Popatnig schon in der Nacht sichergestellt hatten. Ambros pfiff durch die Zähne. »Also wenn es nicht einen Haufen Einbrüche in der Gegend hier gab, die niemand gemeldet hat, dann dürfte es sich wohl wirklich um unsere Serie handeln«, schloss er dann.

Ambros eilte zurück zu seinem Wagen und kam mit einem dicken Aktenordner wieder in die Hütte. »Wir können ja schauen, ob wir irgendetwas von dem da anhand der Zeugenaussagen identifizieren können.« Tatsächlich ließen sich einiger Schmuck, ein paar Uhren und vor allem die Madonnenstatue eindeutig zuordnen. Ambros strahlte. »Das ist ein echter Durchbruch. Der Gerry wird sich freuen. Endlich haben wir etwas, das wir vorweisen können.«

Popatnig wollte schon ergänzen, man wisse auch, wer dafür verantwortlich zeichnete, doch Obiltschnig trat ihm blitzschnell von hinten ins Knie, was ihn abrupt verstummen ließ. Im passenden Moment schickte er Obiltschnig einen fragenden Blick zu, der verdrehte nur die Augen. »Hat jemand für den Kollegen Popatnig eine Zigarette«, fragte er dann laut, »er ist heute ja noch nicht dazugekommen, sich welche zu kaufen.« Ambros griff in seine Hemdtasche und holte eine Packung blaue *Gauloises* hervor. Dankbar fingerte Popatnig einen Glimmstängel heraus und zündete sich selbigen gierig an. »Wollen wir draußen rauchen, während die Herren hier alles katalogisieren?«, schlug Obiltschnig vor. Popatnig zuckte mit dem Achseln und folgte seinem Chef ins Freie.

»Erinnere dich an unsere Story«, zischte der, als er sich außer Hörweite der anderen wähnte, »wenn uns der Franzi da hergelotst hat, dann können wir von Popescu und Co. ja nichts wissen!« Popatnig machte große Augen und war von Kopf bis Fuß reine Verlegenheit. »Kein Problem«, wiegelte Obiltschnig ab, »ist ja nichts passiert. Aber wir müssen uns schon überlegen, wie wir diese Verbindung aufdecken können, ohne dass wir am Ende als Lügner dastehen.«

Beinahe unbemerkt war Ambros an sie herangetreten. Auch er rauchte sich eine *Gauloise* an. »Ein Wanderer also. Ganz früh am Morgen. Soso!«, begann er kryptisch. Die beiden nickten lahm. »Ein Zufall, ein richtig großer sogar, was?« Seine Augen verrieten, dass er ihnen kein Wort glaubte. Obiltschnig wog innerlich seine Optionen ab. Wagner trat ins Freie. »Wir haben einen Wagen angefordert, der das ganze Zeug da in die Asservatenkammer chauffiert. Uns braucht ihr ja jetzt nicht mehr, oder?« Das »oder« war laut genug ausgesprochen, um jede andere Antwort als ein simples »Nein« auszuschließen. Zwei Minuten später waren die beiden Ermittler mit Ambros allein im Wald.

»Erinnerst du dich an unser Gespräch, die Rumänen betreffend?«, griff Obiltschnig den Gesprächsfaden wieder auf. »Der Popescu und der andere Fußballer, ja«, erwiderte Ambros, um sofort fortzufahren, »die habt ihr beschattet, oder? Es war kein Wanderer, der euch hierher geführt hat, es waren die Rumänen selbst, habe ich recht?« Ambros lächelte selbstsicher.

»Was ...«

»... euch verraten hat? Komm schon, ich bin nicht blöd. Ihr habt Telefonüberwachung beantragt. Das spricht sich rum. Also habt ihr den Dumidingsda abgehört. Und euch auf seine Spur geheftet. So wie ihr ausseht, die ganze Nacht. Und irgendwann ist der tatsächlich in seinen Wagen gestiegen und hat euch just hierher geführt. Wahrscheinlich hat er etwas von seiner Sore abgeholt, weil er die irgendwo versilbern kann. Ihr seid ihm gefolgt, habt das Lager da entdeckt und euch seitdem eine halbwegs plausible Geschichte ausgedacht, mit der ihr rechtfertigen könnt, dass ihr ohne Durchsuchungsbeschluss und ohne Gefahr in Verzug in eine Waldhütte einbrecht.« Das Gesicht von Ambros widerspiegelte unerbittliche Strenge. »Wenn das ruchbar wird, dann können wir das da alles vergessen. Illegal beschaffte Beweise, sage ich nur.«

Die beiden sahen schuldbewusst und betreten zu Boden. Ambros hielt den Moment der Spannung noch einen Moment aufrecht, dann klopfte er Obiltschnig auf den Oberarm. »Ich nehm euch ja nur auf den Arm. Aber wir müssen uns schon überlegen, wie wir die Geschichte hinbiegen.« Dabei lächelte er breit.

Er bot Popatnig eine weitere Zigarette an, die dieser zögernd akzeptierte. Ambros schlug vor, sich an den Tisch zu setzen. »Wir brauchen also eine Variante, in der euer Erfolg gerichtsverwertbar ist.« Obiltschnig und Popatnig suchten erleichtert Blickkontakt. Augenscheinlich war Ambros auf ihrer Seite. »Ich sehe da zunächst einmal die Möglichkeit, Nachschau zu halten, ob ein Eigentümer für dieses Gebäude da eingetragen ist.« Obiltschnig hob bremsend die Hand. »Das wird uns nicht viel nützen. Einerseits glaube ich, dass die nicht so blöd sein werden, so eine Hütte behördlich zu melden, andererseits würde uns selbst dieser Umstand nicht die Berechtigung geben, hier ohne richterlichen Beschluss alles auf den Kopf zu stellen.«

Ambros kaute nachdenklich auf seinem Glimmstängel herum. »Stimmt«, sagte er dann leise. Er blickte von Obiltschnig zu Popatnig und wieder zurück. »Alternativen?«

»Was, wenn wir den Dumitrache anhalten und filzen? Mit etwas Glück finden wir ein paar Sachen von denen, die er heute Nacht hier abgeholt hat?«

»Riskant, könnte aber funktionieren.«

»Und wenn wir einfach bei der Wahrheit bleiben?« Obiltschnig mischte sich in das Zwiegespräch seiner Kollegen ein. »Wir hatten aufgrund der Aktenlage und der Vorgeschichte der Rumänen begründeten Verdacht, haben die überwacht, sind ihnen nachgefahren und haben die Hütte entdeckt. Nur der Schluss bleibt gleich: Die Tür war offen, die Luke auch, Gefahr in Verzug, immerhin könnte wer verletzt sein et cetera, bla bla.«

»Damit uns das die Staatsanwaltschaft abkauft, müssen wir wohl noch ein bisschen daran feilen. Aber ich denke, es geht in die richtige Richtung«, resümierte Ambros. »Wir sind uns jedenfalls darüber einig, dass jeder eurer Schritte mit mir abgesprochen war. Ihr habt den Dumi…, wie auch immer der heißt, überwacht, weil der ja in Klagenfurt war. Dann passt es auch mit der Zuständigkeit.«

»Vielleicht haben wir auch mit Fingerabdrücken Glück«, ergänzte Popatnig und deutete auf die Kiste. »Da sind übrigens auch Pässe drinnen«, erinnerte er. »Wir haben ja sogar ursprünglich befürchtet, wir haben gar nicht eure Einbrecher erwischt, sondern einfach Leute, die ein lukratives Geschäft mit österreichischen Pässen betreiben. Aber dann dachten wir, wer braucht heute in Zeiten der EU noch Reisepässe für Österreich? Höchstens irgendwelche Afrikaner oder Syrer, und diese Connection trauten wir unseren Rumänen dann doch nicht zu. Was allerdings die Frage aufwirft, weshalb die überhaupt im Besitz solcher Dokumente sind.«

Ambros machte auf schuldbewusst. »Das war der 32. Einbruch. Den haben wir nicht zu den Akten genommen, weil er gar zu peinlich gewesen wäre. Die sind in Villach wirklich in eine Dienststelle eingestiegen. Dort haben sie ein paar 100 Euro aus der Handkassa mitgehen lassen und zusätzlich einige Personaldokumente.« Er seufzte. »Rein finanziell hat sich das natürlich nicht gelohnt für sie. Aber ich denke, das war eine Machtdemonstration. Damit wollten sie uns zeigen, sie sind uns überlegen, und wir können denen gar nichts.«

»Na, da haben sie sich aber offensichtlich geirrt, und zwar gründlich«, ließ Obiltschnig seine Zähne sehen. Ambros schlug sich mit den Händen auf die Oberschenkel. »Wisst ihr was, jetzt schnappen wir uns einfach einmal diese Schlawiner, und alles Weitere wird sich dann schon irgendwie ergeben.« Sein Gesicht war dabei forschend auf die beiden Ferlacher gerichtet. »Wobei es vielleicht vernünftiger wäre, wenn ihr beide gar nicht dabei wärt. Ihr solltet einmal beide ein wenig Schlaf nachholen. Wir kassieren den Popescu und den anderen ein, lassen die beiden einmal ein wenig dunsten, und wenn ihr etwas ausgeruht seid, dann verhören wir die beiden zu dritt. Was sagt ihr?« Sie brauchten nicht lange für eine entsprechende Entscheidung.

Es war kurz nach 15 Uhr nachmittags, als sich ein sichtlich verunsicherter Apostol Dumitrache drei Kärntner Polizisten gegenüber sah. Er beharrte darauf, sein Geld als Restaurator zu verdienen. Die diversen Kunstwerke seien ihm lediglich zu Reparaturzwecken überlassen worden, mehr habe er dazu nicht zu sagen. Mit der Hütte und dem darin befindlichen Diebesgut konfrontiert, verwies er darauf, all das gehöre einem Bekannten, der ihm seine privaten Schätze gezeigt und ihm dabei ein paar Kleinigkeiten geschenkt habe. Dumitrache bemühte sich um eine Unschuldsmiene. »Ich weiß«, sagte er, »ich hatte ... wilde Tage. Aber die sind ... lange vorbei. Ich bin ... gesetzestreu.« Irgendwann wurde es dem Trio zu bunt und es ließ den Mann in seine Zelle zurückführen. Stattdessen holte es sich Popescu, von dem es vermutete, er sei der eigentliche Kopf der Bande. Der Glatzkopf hatte kaum das Verhörzimmer betreten, als er Obiltschnig und Popatnig schon böse anfunkelte. »Eure Leichen hätte ich schon vor ein paar Tagen entsorgen sollen«, fluchte er, umgehend von Ambros zur Mäßigung ermahnt. »Sie sind nicht in der Position, hier den starken Mann zu markieren, Herr Popescu. Denken Sie lieber daran, dass mehrere Jahre Haft auf Sie warten.«

»Ihr könnt mir gar nichts, ihr Clowns«, spuckte der.

»Im Moment bist wohl eher du der Clown. Und zwar ein ziemlich trauriger!«, hielt Popatnig dem entgegen. Obiltschnig ließ Popescu weiter keine Zeit zum Nachdenken und sprach ihn umgehend auf die Hütte im Wald an.

»Die gehört einem Villacher. Der ist Jäger«, behauptete Popescu. »Er ist gerade auf Urlaub und bat mich, gelegentlich nach dem Rechten zu sehen.«

»Um Mitternacht?«, meldete Ambros Zweifel an.

»Da schließt mein Lokal. Ich habe nichts gestohlen. Schon gar nicht meine Zeit.« Deutlich war ihm die Zufriedenheit über seinen gedrechselten Satz anzusehen.

»Aha, und weil Sie sich allein im Dunkeln fürchten, haben Sie den Herrn Dumitrache mitgenommen. Und zum Dank für seinen Schutz haben Sie ihm dann auch gleich ein paar Kunstwerke geschenkt. Wie man das halt so macht. Vor allem, wenn diese Gegenstände ja gar nicht einem selbst, sondern einem Jäger aus Villach gehören.« Die Zufriedenheit war in Popatnigs Miene gewechselt.

Doch Popescu war um keine Antwort verlegen. »Der Herr Dumitrache kennt den Jäger auch. Er hat mir glaubwürdig versichert, die Tasche gehöre ihm, er habe sie dem Österreicher nur geliehen und nehme sie jetzt wieder an sich.«

Die Ermittler lachten, als hätte der Rumäne einen Witz erzählt. »Das kannst du deiner eigenen Oma erzählen. Aber ich habe etwas viel Besseres für dich. Der Einbruch damals am Rasenweg, der ist ja ordentlich schiefgegangen. Zwei Tote! Doppelmord also. Du wirst deine Heimat nie mehr wiedersehen. Das reicht locker für lebenslänglich.« Nun waren es Obiltschnigs Augen, die böse funkelten.

»Du-te la rahat«, zischte Popescu und spuckte demonstrativ auf den Fußboden.

»Das war jetzt aber gar nicht nett, Herr Popescu. Aber Sie haben natürlich recht. In Ihrer Lage ist das auch schon egal. Sie werden in der Karlau verrotten. So oder so.« Ambros legte eine Portion Leichtigkeit in seine Stimme, fast so, als habe seine Prognose etwas Vergnügliches.

»Ihr wisst einen Scheißdreck, ihr Bullen. Ihr werdet euch noch wundern!«

»Wundern tu ich mich höchstens, wenn *ATUS* einmal ein Ligaspiel gewinnt«, gab Obiltschnig beiläufig zurück. »Die Indizien sind erdrückend, und wenn dir niemand einfällt, der für all das an deiner statt verantwortlich ist, dann bleibt es eben an dir hängen. Und dem Gericht ist das einerlei. Dem Dumitrache und dem Raducanu, denen klopfen wir ein wenig auf die Finger, und du fasst den Frack aus. So schaut's aus.«

»Amen«, steuerte Popatnig bei.

»Einen Scheiß werde ich ...« Popescu verstummte, da die Tür zum Verhörraum aufgestoßen wurde. Formatfüllend erschien Gruppeninspektor Lassnig in der Öffnung. »Was geht hier vor?«, grunzte er grollend.

»Ah, Gerry«, zeigte sich Ambros erfreut. Er sprang auf und eilte auf Lassnig zu. »Wie es aussieht, haben wir die Einbruchsserie endlich aufgeklärt. Wir ...« Lassnig starrte mit eisiger Miene auf Popescu. »Wer von euch ist dafür verantwortlich?«, knurrte er. »Ich habe doch gesagt, der Mann hat ein Alibi. Ein hieb- und stichfestes noch dazu.«

»Anscheinend nicht!« Obiltschnig fasste emotionslos zusammen, was sie bislang ermittelt hatten. »Das muss natürlich nicht bedeuten, dass Herr Popescu jede einzelne Tat selbst begangen hat. Sicher hatte er etliche Komplizen. So gesehen kann das mit dem Alibi sogar stimmen. Aber er ist ohne Frage der Kopf der Bande«, schloss Obiltschnig sein Plädoyer ab.

Nun war es an Lassnig, böse mit den Augen zu funkeln. Ihm lag erkennbar etwas auf der Seele. Etwas, von dem offenbar auch Popescu wusste, denn der hatte sich seit Lassnigs Eintreffen merklich entspannt. »Ich sag euch«, quetschte der Gruppeninspektor schließlich zwischen seinen Zähnen hervor, »der war's nicht. Also lasst ihn gehen!«

»Mit Verlaub, Herr Kollege. So einfach ist das aber nicht«, hielt Obiltschnig dagegen. »Die Beweislast ist erdrückend. Selbst, wenn Popescu nicht für die beiden Morde verantwortlich sein sollte, es ist ohne Frage Beitragstäter bei einer ganzen Serie von Einbrüchen. Der geht hier nicht raus, vielmehr geht er in den Knast rein. Und zwar für länger.«

Lassnig rang mit sich. Nervös flackerte sein Blick durch den Raum. Dann konzentrierte er sich auf Obiltschnig. »Wenn ich Sie kurz unter vier Augen sprechen dürfte, Herr Kollege.« Sein Ton klang beinahe konziliant. Neugierig geworden, folgte ihm der Bezirksinspektor auf den Gang. Lassnig manövrierte ihn in eine stille Ecke. Dennoch sah er sich nervös um, ehe er Obiltschnig direkt ansprach. »Die Sache ist ein wenig heikel. Popescu ist eine Art V-Mann«, platzte es aus ihm heraus.

»Eine *Art*? Was soll das heißen?« Auf Obiltschnigs Frage druckste der Gruppeninspektor ein wenig herum. »Er gibt mir regelmäßig Zund. Hört sich für mich um und so weiter. Darum drücke ich bei seinen eigenen Vergehen ein Auge zu.« Lassnig straffte sich. »Auf diese Weise haben wir schon so manchen wichtigen Fall gelöst.«

»Aber die 32 Einbrüche offenbar nicht. Und zwar, weil der saubere Herr Popescu da mit drinhängt.« Auch Obiltschnig richtete sich gerade auf. »Allfällige Verdienste werden sich sicher strafmildernd auswirken. Aber hier geht es um zweifachen Mord. Wir können keinen Doppelmörder laufen lassen, nur weil er einmal ein Singvogerl für uns war.«

Lassnig war der innere Zwiespalt deutlich ins Gesicht geschrieben. »Bei einigen Fällen ist es vielleicht nicht so ganz mit rechten Dingen zugegangen«, gab er nun zu, »er war vielleicht weniger V-Mann als eher mehr so ... Agent provocateur.«

»Ich glaube, ich habe mich gerade verhört.«

»Jetzt tu nicht so scheinheilig. Wir sind als Polizisten immer einen entscheidenden Schritt hintennach. Dauernd sind wir es, die im Regen stehen, und die Presse macht uns dafür dann noch extra zur Sau. Da muss man halt mitunter ... unorthodox vorgehen.«

Obiltschnig fühlte sich an sein eigenes Tun in der vergangenen Nacht erinnert. »Das verstehe ich schon. Aber bei Gewaltverbrechen muss jede Toleranz aufhören. Das musst du doch selbst auch einsehen.«

»Tu ich ja auch«, zeigte sich Lassnig einsichtig, »aber wenn der dann vor Gericht auspackt, dann habe ich ein Disziplinarverfahren am Hals und bin meinen Job endgültig los.« Er blickte wieder forsch nach oben. »Und das, obwohl ich ganz objektiv nichts Falsches gemacht habe. Die Typen, die wir hingehängt haben, die waren allesamt der ultimative Abschaum. Drogendealer, Kinderschänder, Menschenhändler. Da hat es keine Falschen erwischt. Und wenn jetzt wegen der Geschichte da ruchbar wird, dass diese Verhaftungen nicht ganz astrein waren, dann kommen diese Schweine samt und sonders wieder frei. Willst du das?«

»Natürlich nicht. Aber deswegen können wir trotzdem keinen Mörder davonkommen lassen!«

»Wissen wir überhaupt, ob er das war?«, versuchte Lassnig, neue Zweifel zu säen. »Er ist jedenfalls dafür mitverantwortlich, das steht für mich außer Zweifel. Und solange er keinen anderen als Täter benennt, ist für mich er der Mörder.«

»Das ist ja auch nachvollziehbar«, gab Lassnig zu, »aber es wäre besser, du lässt mich das regeln. Mir wird er vertrauen, schon wegen der langen Zusammenarbeit. Und daher wird er mir Sachen sagen, die er euch sicher nicht sagen wird.«

Der Villacher hatte so abrupt eine neue Linie eingeschlagen, dass es Obiltschnig verdächtig vorkam. Hatte Lassnig eben noch dafür votiert, den Rumänen überhaupt laufen zu lassen, schien es nun, als wollte er ihn zu einer Art Kronzeugen umfunktionieren.

»Wir könnten«, schlug der Bezirksinspektor schließlich vor, »ihn für eine Weile in eine Zelle verfrachten. Dann lässt du ihn holen, verhörst ihn im Verhörraum, aber wir stehen hinter dem Spiegel und hören zu.« Dass Lassnig auf diese Vorgangsweise nicht sofort einging, machte Obiltschnig erst recht stutzig. Irgendetwas, so sagte er sich, war da im Busch. »Na ja«, gab er sich vordergründig nachgiebig, »machen wir einmal eine Pause. Die können wir alle brauchen. Und um 17 Uhr treffen wir uns wieder, und dann entscheiden wir gemeinsam, wie wir weiter vorgehen.« Lassnig blieb weiter nichts übrig, als dem zuzustimmen.

Während die Justizwache den Rumänen in den Zellentrakt verfrachtete, schnappte sich Obiltschnig Ambros und Popatnig und schleifte sie ins nächste Café, wo er ihnen von Lassnigs sonderbarem Verhalten berichtete. »Ich kann mir nicht helfen«, endete er, »aber irgendetwas ist da nicht ganz koscher, wenn ihr mich fragt.«

»Was meinst du?«, entgegnete Ambros überrascht, »du glaubst doch nicht, dass der Gerry ... also der Lassnig, dass der ...?« Obiltschnig zuckte wieder einmal mit den Achseln: »Weiß man's?«

Ambros schüttelte ungläubig den Kopf. »Also das kann ich mir beim besten Willen nicht vorstellen. Der Gerry, der ist ... die Integrität in Person!«

»Das lässt sich ja ganz leicht überprüfen«, blieb Obiltschnig hartnäckig. »Wenn er sich auch um 17 Uhr noch weigert, uns beim Verhör zuhören zu lassen, dann hat er ganz offensichtlich etwas zu verbergen.«

Es war Ambros deutlich anzumerken, dass er nach weiteren Gründen suchte, seinen Kollegen zu verteidigen, doch Obiltschnigs Argument war nicht so einfach zu widerlegen. Allmählich wurde Ambros blass, ganz so, als sickerte die volle Tragweite dessen, was Obiltschnig angedeutet hatte, erst nach und nach in sein Gehirn ein.

»Ihr meint doch nicht ernsthaft«, flüsterte er dann, »dass wir die Einbrecher deswegen so lange nicht gefasst haben, weil der Gerry da irgendwie in diese Sache verwickelt ist?« Allein der bloße Gedanke schien ihm abwegig. »Spätestens nach der Geschichte am Rasenweg hätte der doch ...« Ambros verstummte und blickte fassungslos von einem zum anderen. »Also wenn er sich irgendwie hat korrumpieren lassen, dann konnte er nach der Geschichte am Rasenweg auf gar keinen Fall mehr aus der Nummer raus«, hielt Obiltschnig fest. »Aber noch«, er legte seine Hand brüderlich auf die Schulter von Ambros, »ist ja noch gar nichts erwiesen. Vielleicht ist das alles bloß eine dumme Spintisiererei von mir, und der Kollege Lassnig war nur eingeschnappt, weil nicht ihm dieser Fahndungserfolg gelungen ist.« Das freilich glaubte an dem Tisch niemand mehr.

Zur festgesetzten Zeit trafen die drei wieder im Gebäude ein. Man teilte ihnen mit, der Rumäne sitze schon unter Bewachung im Verhörraum. Allein von Lassnig war weit und breit keine Spur. Nachdem sie eine halbe Stunde gewartet hatten, wurde Ambros endgültig nervös. Er wählte Lassnigs Nummer. »Mailbox«, sagte er dann. Er betätigte neuerlich ein paar Tasten und wartete. Diesmal wurde das Gespräch angenommen. Eine besorgt klingende Frauenstimme war am anderen Ende der Leitung zu hören. »Ja, grüß' dich, Susi, wir suchen den Gerry. Der sollte schon seit einer halben Stunde ...«

Da Ambros auf Lautsprecher geschaltet hatte, hörten sie die beinahe hysterische Stimme von Lassnigs Ehefrau. »Joe, was ist da los? Vor einer Stunde schneit der Gerry bei uns ins Haus rein, stopft einen Koffer voll mit Gewand, schnappt seinen Reisepass und ist ohne weiteres Wort wieder bei der Tür draußen. Ich hab ja gehofft, es geht um einen Einsatz, aber jetzt rufst du an ...«

Ambros schluckte. Susanne Lassnig sprach inzwischen weiter. »Joe, sag mir bitte, sag mir bitte die Wahrheit: Steckt eine andere Frau dahinter?« Ihre Stimme zitterte vor Angst. Obiltschnig verdrehte die Augen. Das wären im Ernstfall ihre geringsten Sorgen, dachte er sich, behielt aber weiter Ambros im Blick. »Du, ich glaub, da kommt wer, ich halte dich auf dem Laufenden, Susi, ja? Ich melde mich gleich wieder!« Ambros sah die beiden Ferlacher an. »Ortung«, sagte er dann, »Handy und Auto!«

Ein Handy war relativ leicht zu orten, solange es nicht abgeschaltet war, ein Polizeiwagen wiederum war automatisch mit GPS ausgestattet. Wenn also Lassnig seine Flucht – und mittlerweile gingen stillschweigend alle drei davon aus, dass es sich um eine solche handelte – nicht mit einem fremden Auto fortgesetzt hatte, dann war recht rasch festzustellen, wo und vor allem wohin er unterwegs war.

»Das heißt«, hielt Popatnig derweilen fest, »er hat eine Stunde Vorsprung. Wo wohnt er genau?« Ambros war, da seinen Gedanken nachhängend, kurz verwirrt. »In Treffen oben«, sagte er endlich.

»Das heißt, er kann von dort auf die A10 Richtung Salzburg und weiter nach Deutschland, oder er fährt auf die A2 und setzt sich nach Italien ab. Irgendwie halte ich Letzteres für wahrscheinlicher.« Ambros traf eine Entscheidung. »Macht ihr euch an die Verfolgung. Ich veranlasse die Ortung und knöpfe mir den Popescu noch einmal vor. Vielleicht sagt der ja im Lichte der jüngsten Entwicklungen doch etwas.«

Von der Innenstadt zum Grenzübergang Thörl-Maglern waren es keine 20 Minuten, und so hatten die beiden schon fast Italien erreicht, als sie der erste Anruf von Ambros erreichte. »Ihr hattet den richtigen Riecher. Er ist schon irgendwo hinter Tarvis, sagt die Ortung. Bleibt einfach auf der Autobahn, bis ich euch was anderes sage.«

»Hat Popescu etwas verlauten lassen?«, wollte Obiltschnig wissen und hörte Ambros auflachen. »Der hat schnell geschaltet. Er schiebt alles auf Lassnig. Sogar die Pässe soll der Gerry mitgehen haben lassen, weil er damit ein kleines Extra-Geschäft machen wollte.«

»Und die beiden Toten?«

»Davon will der Popescu nichts wissen. Vorerst noch nicht.« Popatnig ging aufs Ganze. Er warf, wiewohl längst außerhalb seines Zuständigkeitsbereichs, das Folgetonhorn an und brauste mit mehr als 150 Sachen durch das Kanaltal. Obiltschnig registrierte dies mit einem gerüttelt Maß an Skepsis. »Kennst du wen bei den Carabinieri?«, fragte er Ambros. »Kontaktiere die Dienststellen in Pontebba und Venzone. Gib ihnen die Daten von Lassnigs Wagen durch. Vielleicht helfen die uns ja.«

»An Pontebba ist er wahrscheinlich schon vorbei. Ich versuche es in Udine. Da kenne ich einen Kollegen.« Zu ihrem Glück wirkte sich die Rushhour in ihrer Richtung weniger aus. Diejenigen, die im Norden wohnten, arbeiteten in der Regel im Süden und waren daher auf der Gegenfahrbahn unterwegs. Popatnig kam schnell vorwärts, während Obiltschnig weiter mit Ambros Kontakt hielt.

Sie passierten bald danach Pontebba und hielten weiter auf Udine zu, während die Sonne endgültig westlich von ihnen hinter den Bergen versank. Das Kanaltal wurde in ein gespenstisches Mitternachtsblau getaucht, aus dem vereinzelt Lichter herausstachen, die davon kündeten, dass sich hie und da eine Siedlung befand.

»Woher wusstest du es?«, fragte Popatnig plötzlich.

»Woher wusste ich was?«

»Dass Lassnig korrupt ist?«

Obiltschnig dachte kurz über die Frage nach. »Erst war es nur so ein Gefühl. Ich meine, uns hat es ja auch nur ein paar Minuten Recherche gekostet, um auf die Spur der Rumänen zu kommen. Und das soll ihm ernsthaft entgangen sein? Das konnte ich nicht glauben. Und so verdächtig, wie er sich dann heute verhalten hat, das ließ eigentlich keinen anderen Schluss mehr zu.«

Ambros meldete sich wieder: »Die Kollegen aus Udine helfen uns. Sie errichten auf der Autobahn einen Kontrollpunkt. Wenn er nicht fliegt, dann erwischen sie ihn dort.« Und als ob er Popatnigs Raserei erahnt hätte: »Ihr könnt einen Gang runterschalten.« Obiltschnig registrierte es mit innerer Dankbarkeit. Tatsächlich ließ es Popatnig nun etwas langsamer angehen, und der Tachometer pendelte sich bei knapp über 120 Stundenkilometern ein.

Sie passierten die Autobahnabfahrt Gemona und waren noch knapp 30 Kilometer von Udine entfernt. »Also entweder, sie haben ihn jetzt schon, oder wir können mit leeren Händen wieder umkehren. Denn gleich hinter Udine kommt Palmanova, und von dort kann er überall hin. Nach Triest, nach Venedig, nach Genua, da finden wir ihn nie mehr.«

»Dann lass uns hoffen, dass die ihre Sperre rechtzeitig errichtet haben.«

Sie legten schweigend einige Kilometer zurück, jeder seinen eigenen Gedanken nachhängend. Zwischenzeitlich war es vollkommen dunkel geworden, und Popatnig kniff die Augen zusammen, um nicht unerwartet von dem Stau überrascht zu werden, den eine Straßensperre zwangsläufig verursachen würde. Neben ihm döste Obiltschnig schweigend vor sich hin, ganz darauf konzentriert, ob sich Ambros noch einmal melden würde. Umso mehr schreckte er auf, als plötzlich mit mörderischem Karacho ein Rettungswagen an ihnen vorbeibrauste. »Nein, nicht sag jetzt, da gibt es auch noch einen Unfall.«

Die blauen Lichter des Einsatzfahrzeugs entfernten sich rasch, blieben aber irgendwo in weiter Ferne doch erkennbar. Tatsächlich wurden die Autos vor ihnen langsamer, und nach zwei, drei Kilometern kamen sie gänzlich zum Stillstand. Popatnig und Obiltschnig waren in einem Stau gelandet. »Wie weit, glaubst, ist es noch bis Udine?« Popatnig konnte nur eine Schätzung abgeben. »Eigentlich müssten wir beinahe da sein.«

»Wir haben jetzt keine Zeit für so einen Blödsinn«, statuierte Obiltschnig, »auf meine Verantwortung!« Er wies Popatnig an, einfach die Rettungsgasse zu benützen und so den Stau zu passieren. Einige Fahrer hupten verärgert, was die beiden Ermittler schlicht ignorierten. Die blauen Lichter kamen näher und näher und wurden mehr. Im Licht der Scheinwerfer machten sie neben dem Rettungswagen einige Funkstreifen aus. »Vielleicht ist das schon die Sperre?«, wagte Obiltschnig eine Prognose.

Popatnig rollte weiter und sah ein österreichisches Polizeiauto, das sich um die Leitschiene gewickelt hatte. Die Rettungsmänner hievten eben eine Gestalt auf eine Trage und transportieren sie zu ihrem Wagen. Zwei Carabinieri kamen wild gestikulierend auf sie zu, beruhigten sich aber, als sie die charakteristischen Farben der österreichischen Exekutive erkannten. Popatnig blieb neben ihnen stehen und ließ das Fenster hinuntergleiten.

»Siete i colleghi austriaci?« Popatnig bestätigte mit einem knappen »Sì«. Um gleich danach zu fragen: »Era quello il nostro uomo?« Dies wiederum bejahten die Italiener. Er habe versucht, sich mit hoher Geschwindigkeit seitlich an der Sperre vorbeizuschmuggeln, sei dabei aber an die Leitschiene geraten, der Wagen habe sich mehrmals gedreht und sei dann in die andere Leitschiene eingeschlagen.«

»E lui come sta?« Den Umständen entsprechend, erklärten die Italiener. Der Arzt habe einige Prellungen diagnostiziert, möglicherweise auch Brüche, aber Lassnig habe enormes Glück gehabt. Er sei bei Bewusstsein und werde nach Udine ins Spital gebracht, wo man ihn genauer untersuchen und wohl über Nacht zur Beobachtung behalten wolle.

Popatnig schwor die Kollegen darauf ein, Lassnig nicht aus den Augen zu lassen. Sie sicherten ihm zu, der

Mann werde rund um die Uhr unter Bewachung stehen und, sobald er transportfähig sei, an die Grenze überstellt, wo man ihn den österreichischen Behörden übergeben werde. Obiltschnig zeigte sich ob dieser Ankündigung zufrieden und wies Popatnig an, den Heimweg anzutreten.

Ohne Hast gondelten sie durch das tiefschwarze Kanaltal zurück, und beide gestanden sich ein, dass die vergangenen 24 Stunden Spuren an ihnen hinterlassen hatten. »Wennst mich fragst, machen wir morgen bestenfalls Dienst nach Vorschrift. Nach den Aktionen dürfen wir uns ruhig ein wenig ausruhen«, verkündete Obiltschnig. »Wenn du das sagst«, erwiderte Popatnig erfreut. Sie näherten sich allmählich wieder Tarvis und entspannten sich abermals. Beide waren froh, die Autobahn verlassen zu können, als sie bei Sankt Jakob auf die Landstraße einbogen. Sie durchquerten Feistritz, Sankt Johann und Weitzelsdorf, die aufgrund der Uhrzeit bereits alle im Tiefschlaf waren, und erreichten endlich das Ferlacher Gemeindegebiet. Popatnig setzte Obiltschnig zu Hause ab und nahm dann die letzten 15 Kilometer nach Klagenfurt in Angriff, um Niki nicht noch eine Nacht alleine zu lassen.

Als Obiltschnig sein Haus betrat, lag Resi schon im Bett und las. Sie blickte von ihrem Buch auf und erkundigte sich sofort, wie sein Tag verlaufen war. Er berichtete ihr in kurzen Worten, dass die Villacher Einbruchsserie wohl aufgeklärt sei, dass allerdings ausgerechnet ein Kollege in diese Verbrechen verwickelt sein dürfte. »Der hat wirklich versucht, ins Ausland zu flüchten. Ist ihm aber nicht gut bekommen. Bei Udine hat er sich in die Leitplanke gebohrt. Der hat jetzt einige Tage Zeit, sich im Spital zu überlegen, wie er sich uns gegenüber rechtfertigt.«

Er hatte sich auf seine Seite des Bettes gesetzt und sich dabei langsam seiner Kleidung entledigt. Resi war ganz mitfühlende Hilfsbereitschaft. »Soll ich dir noch was bringen? Einen Tee vielleicht?« Obiltschnig ließ sich, nur noch mit Unterhemd und Slip bekleidet, auf den Polster fallen. »Ja«, murmelte er, »Tee wäre nett.« Als Resi mit der Tasse Tee ins Schlafzimmer zurückkehrte, war er bereits eingeschlafen.

III.
EINIGE TAGE SPÄTER

Am übernächsten Tag trafen die beiden Ferlacher ein weiteres Mal mit Ambros zusammen, der immer noch über Lassnigs Verhalten entsetzt war. Bereits in der Nacht von dessen versuchter Flucht hatte Ambros mehrere Teams zusammengestellt, die in einer konzertierten Aktion die übrigen Mitglieder der Bande ausgehoben hatten. Obiltschnig kannte sie mehr oder weniger alle vom Sehen, die sogenannten Iordanescus, Barbulescus und Majeanus. Fast vier Monate hatten sie die österreichische Exekutive an der Nase herumgeführt, nun aber atmeten sie samt und sonders gesiebte Luft. Und nicht alle erwiesen sich als Steher wie Popescu und Iordanescu. Einige sangen bereitwillig und legten umfassende Geständnisse ab. Schließlich erkannte auch Popescu, dass es um Kopf und Kragen ging, und so ließ er Ambros wissen, er wolle aussagen. Der wiederum hatte seine Kollegen nicht vergessen, und so kam es zu einer Wiederholung der Verhörszene von ehedem. Popescu saß drei Ermittlern gegenüber.

»Eigentlich ist ja euer Kollege an allem schuld«, begann Popescu, »Apostol und ich, wir haben uns nur hie und da einen kleinen Nebenverdienst besorgt. Ein Opferstock hier, eine Heiligenfigur dort, nichts, was irgendjemanden geschmerzt hätte. Dummerweise hat uns irgendwann Anfang Juli der Lassnig dabei erwischt, wie wir in einem Café in der Innenstadt unsere Beute losschlagen wollten. Erst drohte er uns mit hohen Haftstrafen, dann bot er auf einmal einen Deal an.«

»Der wie aussehen sollte?«

»Er meinte, wir sollten gefälligst ordentlich Kohle ranschaffen. Es gäbe so viele Häuser in Villach, in denen Zigtausende gebunkert seien, dort sollten wir einsteigen. Und dafür, dass er uns Flankenschutz gab, wollte er jeweils ein Drittel der Beute.« Er betrachtete scheinbar gelangweilt seine Fingernägel. »Und dieses Drittel hat er auch bekommen. Im Gegenzug bekamen wir dann ab und zu einen Tipp, wo gerade wer auf Urlaub war oder wo es einen leeren Zweitwohnsitz gab.«

»Und wie war das mit dem Rasenweg?« Popatnig war begierig, Nägel mit Köpfen zu machen. Popescu schnaubte. »Das war allein Lassnigs Idee. Er sagte uns, die Alten seien steinreich und zudem auf Urlaub.« Er schnalzte mit der Zunge. »Mir hat das von allem Anfang an nicht gefallen. Die ganze Umgebung. Kein einziger Winkel, der nicht einsehbar ist. Nirgendwo kann man sich verstecken. Um die Gefahr zu minimieren, haben wir den Job zu zweit gemacht.« Popescu atmete tief durch. »Die Gartentür war ein Scherz. Die hätte man mit dem großen Zeh aufdrücken können. Wir also rein ins Wohnzimmer, dort ist das Zeug einfach in den Laden des Wohnzimmerverbaus gelegen. Broschen, Halsketten, Ringe, dazwischen immer wieder Euro-Scheine, und zwar gleich die ganz großen. Zweihunderter, ja sogar Fünfhunderter. Wir freuen uns natürlich. Raffen schnell alles in die Taschen, und ab die Post. Auf einmal steht der Alte zwischen uns und der Tür. Mit einer Flinte in der Hand. Entsichert sie. Ruft seine Frau. Sagt ihr, sie soll die Polizei holen. Die Alte geht zum Telefon. Wir müssen eine Entscheidung treffen. Einer von uns«, er sah von einem Ermittler zum anderen, »und ich werde ihnen jetzt sicher nicht sagen, wer«, wobei ihm so etwas wie ein Grinser entkam, »wirft die Tasche auf den Mann, um ihn so zu entwaffnen. Klappt nicht. Zumindest nicht so, wie geplant. Der Alte kippt nach hinten, ein Schuss löst sich und trifft die Alte. Er selbst knallt voll auf die Türkante und rührt sich nicht mehr. Wir zwei sehen uns an, ergreifen erst die Tasche, dann die Flucht. Ende der Geschichte.«

Obiltschnig schlug schnell den Akt auf und suchte den Tatort-Bericht. Tatsächlich stand dort geschrieben, dass die Frau mit einem Gewehrschuss getötet wurde, der Mann starb an einem Genickbruch. Popescus Version konnte also sogar stimmen. Vor allem aber würde man ihm schwerlich das Gegenteil beweisen können.

»Der Lassnig war auf 180, wie man bei euch sagt. Der meinte, wir hätten es versaut, und er müsste es jetzt ausbügeln. Darum hat er uns für diesen Einbruch die ganze Beute abgenommen.« Wieder schnalzte er mit der Zunge. »Eigentlich wollten wir danach nicht mehr weitermachen. Aber der saubere Herr Gruppeninspektor, der konnte ja nicht genug bekommen!«

Eigentlich war der Fall damit geklärt, zumindest für die Polizei. Wer konkret welchen Anteil an den einzelnen Verbrechen hatte, das mussten die Gerichte klären. Die hohen Tiere der Kärntner Exekutive setzten eine eigene Pressekonferenz an und verkündeten dort mit Pauken und Trompeten, die Villacher könnten endlich wieder ruhig schlafen, die bösen Einbrecher seien gefasst worden. Obiltschnig und Popatnig erhielten sogar eine E-Mail von ganz oben, in der ihnen für ihr Mitwirken an der Aufklärung der Sache gedankt wurde. Eine finanzielle Belohnung, so formulierte es Popatnig, wäre ihm lieber gewesen. Ambros machte sich dieweilen an die Aufarbeitung der einzelnen Beweisstücke und bemühte sich bereits um eine grobe Zuordnung des Diebesguts. Zwar schienen einige besonders wertvolle Stücke für immer verloren, aber nicht wenige Betroffene würden einen guten Teil ihrer Wertgegenstände zurückbekommen, was nicht nur in Ambros Zufriedenheit auslöste.

Drei weitere Tage später wurde Lassnig unter polizeilicher Bedeckung an die Grenze überstellt. Ambros fragte in Ferlach an, ob Obiltschnig und Popatnig dabei sein wollten, wenn er sich den Verräter vorknöpfte, und angesichts ihrer Beteiligung an der Causa sagten beide zu. Und so kam es, dass sie wieder zu dritt im Verhörraum Platz nahmen, mit dem Unterschied freilich, dass ihnen diesmal ein Kollege gegenübersaß.

Der wirkte reichlich ramponiert. Bei dem Unfall hatte er sich das Bein gebrochen, außerdem musste er eine Halskrause tragen, und beide Handgelenke steckten in Manschetten, da er nicht rechtzeitig die Hände vom Lenkrad genommen hatte. In diesem Licht wies der Polizeiarzt darauf hin, dass der Mann nur bedingt vernehmungsfähig war, gestattete dann aber doch eine Befragung von einer Stunde.

Und so saß Lassnig nun auf der anderen Seite des Tisches und stierte mit leerem Blick auf den Boden. »Gerry«, fing Ambros an, »was ist da passiert? Du warst ein erstklassiger Polizist! Wieso hast du dich zu so etwas hinreißen lassen?« Der versuchte zuerst mit den Achseln zu zucken, doch fuhr ihm sofort der Schmerz in die Glieder, sodass er mitten in der Bewegung innehielt. »Die Politik ist schuld«, sagte er dann matt.

»Aha! Hat dich der Kaiser zu deinen Verbrechen angestiftet, oder wie?«, replizierte Obiltschnig ironisch und kassierte dafür einen wütenden Blick Lassnigs. »Ihr wisst genauso gut wie ich, wie wenig wir verdienen. Alles wird immer teurer, nur unser Gehalt bleibt praktisch ewig gleich. Jetzt haben sie uns auch noch die Pensionen auf ein absolutes Minimum zusammengestrichen, wie soll man da je auf einen grünen Zweig kommen.«

Lassnig hatte mit dieser Einschätzung zwar nicht ganz unrecht, doch ließ sich daraus noch kein Zusammenhang mit einer umfangreichen Einbruchsserie herstellen. »Ja, eh. Und?«, fasste Popatnig daher die kollektive Skepsis der drei zusammen.

»Die Susi und ich, wir gehören nicht zu denen, deren Eltern reich sind. Die haben uns nicht unterstützen können, selbst, wenn sie es 100-mal gewollt hätten. Die Grundstückspreise werden immer höher, Baumaterialien sind, wenn man sie überhaupt noch bekommt, seit Corona beinahe unerschwinglich, und in welch astronomische Höhen die Preise für Lebensmittel, für die Gastronomie und für das Reisen geklettert sind, das brauch ich euch auch nicht in Erinnerung zu rufen. Ich hab gearbeitet wie ein Tier, und ich habe mir unser Leben trotzdem nicht leisten können.« Beinahe mitleidheischend suchte er den Blickkontakt zu Ambros. »Du weißt, dass die Susi und ich bauen, in Treffen oben. Das Projekt ist mir einfach über den Kopf gewachsen. Obwohl wir eh fast alles selbst gemacht haben, die Tausender sind schneller verschwunden als ein Schas im Wind.« Er versuchte, sich mit dem Handrücken über die Nase zu fahren, was sich ob der Manschette als schwierig erwies. »Zuerst wartest du ewig und drei Tage auf eine Klomuschel oder auf Bauholz, und wenn das dann endlich kommt, dann trifft dich fast der Schlag, wenn du auf die Rechnung blickst. Gas ist immer teurer geworden, die Heizung konnten wir uns eigentlich überhaupt nicht mehr leisten, und gegessen haben wir das billigste Brot und die billigste Wurst. Und trotzdem sind meine Schulden immer größer geworden.«

Lassnig schien den Tränen nahe. »Und dann kommt auch noch diese scheiß Bank daher. Faselt etwas davon, dass sie dir deinen Kredit fällig stellen muss, weil deine Erwerbslinie keine ausreichende Sicherheit mehr darstellt.« Er blickte zornig auf. »Ich bin Beamter, verdammt. Unkündbar! Und die Arschlöcher sagen, ich bin auf einmal nicht mehr kreditwürdig?« Deutlich war ihm anzusehen, wie die Wut in ihm hochkochte. »Ich habe mich wirklich jahrelang, was heißt, jahrzehntelang bemüht, ein guter Bürger zu sein, und was bleibt über am Ende des Tages? Der Privatkonkurs!«

»So schlimm wird es schon nicht gewesen sein, Gerry«, relativierte Ambros. »Aber 100-mal«, trotzte der. »Kannst du dich an die beschissenen Stürme erinnern, im Herbst vorigen Jahres? Bei mir hat es einen Baum umgelegt. Direkt auf unser Haus. Das halbe Dach war im Arsch. Bis heute streite ich mit der Versicherung, dass die das zahlt. Höhere Gewalt, sagen die! Wozu zahle ich Monat für Monat Prämien, wenn die das dann nicht übernehmen? Der Susi ist es wegen unserer finanziellen Lage immer schlechter gegangen. Sie hat medizinische Behandlungen gebraucht. Glaubst, die Krankenkasse zahlt das?« Sein Gesicht wurde puterrot. »Ich weiß nicht, wie viele Tausende von Euros ich denen all die Jahre in den Rachen geschmissen habe, und wenn du einmal etwas von denen brauchst, dann drehen sie dir einfach die lange Nase.«

»Es hätte bestimmt andere Möglichkeiten gegeben, aus der Misere herauszufinden«, zeigte sich Obiltschnig überzeugt, doch Lassnig war nicht so leicht zu bremsen. »Und dann kommt mir auf einmal dieser Popescu unter. Versucht direkt unter meinen Augen, Diebesgut zu verhökern. Hab ich ihn natürlich sofort arretiert, wie es ja meine Aufgabe ist.« Schuldbewusst sank ihm der Kopf auf die Brust. »Hat mich der in seine Zelle rufen lassen. 10.000 Euro hat er mir angeboten, wenn ich ihn laufenlasse. 10.000!«

Er schniefte und bemühte sich ein weiteres Mal darum, einschlägige Körperflüssigkeiten von seiner Nase zu entfernen. Obiltschnig reichte ihm ein Taschentuch, mit dem sich Lassnig umständlich schnäuzte. »10.000«, wiederholte er dann. »Ich weiß, ich hätte das sofort melden müssen. Aber ich habe mir nur gedacht, damit kann ich den Umstieg auf Fernwärme bezahlen.« Und nach einer kleinen Pause. »Also habe ich ein Memo verfasst, in dem ich Popescu auf unsere Zundliste gesetzt habe, und ließ ihn wirklich laufen. Zwei Tage später hat er mir 12.000 Euro vorbeigebracht.«

Von da an sei alles wie auf einer schiefen Ebene abgelaufen, berichtete Lassnig weiter. Die ersten Einbrüche seien weiter nicht spektakulär gewesen. »Da hat es ein paar Zweitwohnungsbesitzer erwischt, die eh Piefke oder Wiener waren, also weiter nicht tragisch. Ich hab meinen Anteil gekriegt und bin Stück für Stück aus dem Gröbsten rausgekommen. Die Schulden konnte ich zahlen und die Kreditzinsen auch, und sogar die Bank hat mir wieder Hoffnung gemacht. Und dann passiert auf einmal die Scheiße mit dem Rasenweg.«

Lassnig bat um ein weiteres Taschentuch. »Ich weiß, spätestens da hätte ich die Reißleine ziehen müssen. Nächtelang bin ich wach gelegen und habe mir überlegt, wie ich aus der Nummer wieder rauskomme. Wenn ich den Popescu hochgehen hätte lassen, dann hätte der natürlich ausgepackt, und ich wäre geliefert gewesen. Um die Ecke bringen konnte ich ihn aber auch nicht.« Er lachte gekünstelt. »Ich habe mir sogar ausgemalt, dass ich die ganze Truppe irgendwo bei einem Einbruch stelle und alle umniete, sodass niemand mehr gegen mich aussagen kann. Aber das war klarerweise nur ein Hirngespinst. Die Rumänen waren ja nicht blöd. Da sind immer nur zu zweit oder maximal zu dritt irgendwo eingestiegen, und der Rest hat sich publikumswirksam woanders aufgehalten, um so für die anderen ein Alibi vorzutäuschen.« Er hob theatralisch die Hände. »Ich bin aus der Nummer einfach nicht mehr rausgekommen!«

Das Mitleid der anderen drei hielt sich in Grenzen. Lassnig lächelte schief. »Und die Ironie bei der ganzen Sache: Durch die Beute vom Rasenweg war ich endlich hoch weiß. Sogar der Susi ist es endlich besser gegangen. Ich habe Licht am Ende des Tunnels gesehen. Eigentlich hatte ich nur noch die Angst, dass mir die da oben den Fall wegnehmen, weil jeder andere Ermittler sofort auf den Popescu gekommen wäre.« Er sah auf. »Wie sich ja eindrucksvoll gezeigt hat«, sagte er dann mit einem stechenden Blick Richtung Obiltschnig. »Ich hab mich gleich, nachdem du mich angerufen und seinen Namen erwähnt hast, sogar mit ihm getroffen und gesagt, sie sollen sich alle nach Rumänien absetzen, die Sache fliege uns sonst um die Ohren. Aber der hat nur gelacht und gemeint, für die Unsummen, die sie mir abgetreten hätten, wäre es mein Job, genau das zu verhindern.« Und während er noch verzweifelt darüber nachgedacht habe, worin ein eventueller Ausweg bestehen könnte, hätten die Ferlacher Superbullen den Fall schon aufgeklärt. »Und als ich euch da mit dem Popescu habe sitzen sehen, da wusste ich, jetzt ist alles aus.« Richtig große Tränen kullerten über seine Wangen. »Ich hab mir nicht mehr zu helfen gewusst, ich wollte nur noch weg. Also bin ich heim, hab ein paar Sachen zusammengerafft, ein paar Tausender eingesteckt und bin Richtung Italien.« Hörbar zog er Nasenschleim hoch. »Ich hab nicht damit gerechnet, dass ihr so schnell schaltet. Wenn ich es bis Palmanova geschafft hätte, dann wäre ich euch entschlüpft. Aber ihr wart eben schneller.«

Es schien, als sacke sein ganzer Körper zusammen. Lassnig war nur noch ein einziges Häuflein Elend, und das konnte man ihm nicht einmal verdenken. Auf ihn warteten an die zehn Jahre Gefängnis, die für ihn als ehemaliger Polizist alles andere als ein Honiglecken werden würden. Obiltschnig empfand nun doch so etwas wie Mitleid für den gefallenen Kollegen. Abrupt stand er auf und verließ den Raum, als könnte er so auch die ganze Geschichte hinter sich lassen.

Die spektakuläre Wendung im Fall der Einbruchsserie sorgte landesweit für Aufsehen. Keine Zeitung, die nicht ausführlich darüber berichtete. Sogar die Blätter der Bundeshauptstadt sandten Reporter, um mehr oder weniger pittoreske Stories rund um Lassnig und die Rumänen zu zimmern. Obiltschnig versuchte, all das, so gut es ging, auszublenden. Und doch wurde er in Ferlach an jeder Ecke über die Sache ausgefragt. Er konnte keine zehn Deka *Bergsteiger* beim Supermarkt bestellen, ohne dass Leute wissen wollten, wie er den Fall gelöst habe und was dieser Lassnig für ein Ungeheuer sei. Der simple Kauf einer Zeitung in der *Trafik Mikel* dauerte mit einem Mal eine halbe Stunde, weil er regelrecht von den Mitbürgern belagert wurde. Zum Glück war es mittlerweile zu kalt, um noch am Hauptplatz auf der Terrasse einen Kaffee zu trinken, er wäre sonst auch dort sofort von Neugierigen umringt gewesen.

Als aber einige Tage ins Land gegangen waren, ebbte das Interesse rasch ab. Die Welt hatte neue Nachrichten, die besprochen wurden, und Obiltschnig konnte sich wieder unter die Leute wagen, ohne auf Schritt und Tritt angesprochen zu werden. Popatnig hatte den ganzen Zirkus elegant vermieden, indem er mit seiner Niki für eine Woche nach Athen geflogen war, von wo er, wohl auf Nikis Initiative hin, tatsächlich wieder eine Ansichtskarte schickte. Von den Kollegen bei der Staatsanwaltschaft erfuhr Obiltschnig, dass Lassnigs Prozess im Frühjahr über die Bühne gehen sollte, und so konnte er sich endlich wieder auf andere Dinge konzentrieren.

IV.
ANFANG NOVEMBER

Er hatte den Fall schon beinahe vergessen, als ihn ein Anruf von Ambros erreichte. Der berichtete ihm vom Fortgang der Dinge und verwies als kleine Anekdote am Rande darauf, dass die Rumänen sogar bei einem Notar eingebrochen seien. »Stell dir vor, die haben dort kein Geld oder irgendwelche Wertsachen gefunden, also haben sie einfach seine Unterlagen mitgehen lassen. Die Deppen haben anscheinend wirklich geglaubt, sie könnten sogar fremde Testamente versilbern.« Ambros lachte laut.

Obiltschnig aber fühlte sich mit einem Mal seltsam. Irgendetwas irritierte ihn, nur konnte er vorerst nicht sagen, was. Er machte sich einen Kaffee, setzte sich an den Tisch und dachte nach. Endlich fiel der Groschen. Richtig. Testamente. Das war die einzige Richtung gewesen, in die sie im Fall Pedruzzo nicht ermittelt hatten. Sie waren einfach davon ausgegangen, dass die arme Sonja nichts zu vererben hatte. Was aber, wenn es doch ein Testament von Sonja Pedruzzo gab? Eines, in dem sie ihrem Vito irgendwelche Werte vermachte, von denen sie bislang nichts wüssten? Sie konnte ja im Lotto gewonnen haben oder im Casino. Vielleicht besaß sie irgendwelche Aktien oder Kunstwerke, für die es sich lohnte, sie vor der Zeit zu beerben? Er startete seinen Computer und begann zu recherchieren.

In ganz Villach gab es sechs Notare, ermittelte er. Deren Aufgabe war es, wie er nur zu gut wusste, Hinterlassenschaften abzuwickeln, woran sie überaus gut verdienten, da ihnen stets ein beträchtlicher Anteil am Erbe für ihre sogenannten Bemühungen zustand. Diese Bemühungen erschöpften sich in der Regel darin, einfach das offenkundige Eigentum einer verstorbenen Person zusammenzufassen, alibihalber irgendwo nachzufragen, ob es eventuell noch andere Erben als die ohnehin bereits bekannten geben könne, und dann die Übereignung an die neuen Besitzer in die Wege zu leiten. Ein Geschäft, wie es kaum lukrativer sein könnte. Allerdings waren die Praktiken der Notare allgemein bekannt, weshalb viele Familien alternative Szenarien entwickelten, um zu verhindern, dass sich die Notare ganz einfach ihren Zehent abgriffen. Da wurde hier ein Sparbuch unter der Hand weitergegeben, dort eine Immobilie schnell überschrieben, und schon hatte man ein paar 1000 Euro vor dem Zugriff der Notare gerettet. Wie aber mochte das im Fall Pedruzzo gewesen sein?

Da für Notare eine Art Wohnsitzprinzip galt, musste Obiltschnig nicht lange herumtüfteln, um herauszufinden, welches Notariat für die Pedruzzos zuständig war. Er rief dort an, stellte sich vor und trug dann sein Begehr vor. »Pedruzzo, Pedruzzo«, murmelte die Dame am anderen Ende der Leitung, ehe sie nach einer kurzen Pause des Herumtippens auf ihrem PC ergänzte, »nein, tut mir leid. Eine Pedruzzo haben wir hier nicht.« Gleich danach schob sie ein »Moment« hinterher. »Wir haben einen Vito Pedruzzo als Erben einer Sonja Hinterschartner. Nützt Ihnen das etwas?«

»Und ob! Das ist genau, was ich suche.«

Offenbar sah sich die Dame schweigend die Unterlagen an, während Obiltschnig ungeduldig am Telefon wartete. »Nun«, sagte sie dann gedehnt, »Sie wissen sicher, Herr Bezirksinspektor, dass ich Ihnen nichts sagen darf. Anwaltliche Schweigepflicht, Datenschutz und so weiter. Sie müssen sich da schon um einen richterlichen Beschluss bemühen, aber ich denke, so viel kann ich Ihnen verraten. Wenn Sie sich diesen Beschluss besorgen, dann wird es sich für Sie lohnen.«

»Es gab wirklich ein nennenswertes Erbe?«, Obiltschnigs Stimme überschlug sich fast, »eines, das sich lohnte? Nicht ein paar schäbige Euros und ein Porzellansparschwein?«

Die Dame senkte ihre Lautstärke beinahe an die Grenze der Unhörbarkeit. »Was ich Ihnen jetzt sage, das haben Sie gefälligst nicht von mir, verstanden?« Instinktiv nickte Obiltschnig, ehe er hektisch ein »Ja« hinterherschickte, als ihm bewusst wurde, dass sie seine Kopfbewegung ja nicht sehen konnte.

»Hauptsächlich ging es um eine Lebensversicherungspolizze, die Frau Hinterschartner im Juli dieses Jahres abgeschlossen hat. Ich müsste Ihnen das eigentlich verschweigen, aber mir sind eben die Augen übergegangen, darum kann ich es mir nicht verkneifen.«

Obiltschnig hielt den Atem an. »Normalerweise sind Lebensversicherungen in einem eher überschaubaren Rahmen. Eine Auszahlungssumme von 100.000 Euro sind eher schon eine Seltenheit. Aber in dem Fall hier geht es«, sie wurde noch leiser, sodass ihre Worte beinahe schon gezischt waren, »um eine Viertelmillion.«

Obiltschnig schluckte. »Wie bitte?«, krächzte er.

»Ja, damit haben Sie jetzt nicht gerechnet, was? Aber kränken Sie sich nicht. Ich wäre auch nicht auf diese Idee gekommen. So etwas gibt es normal eigentlich nicht in unserer Branche. Höchstens bei irgendwelchen Tycoons.« Obiltschnig war sprachlos. Eine Lebensversicherung über 250.000 Euro. Er hatte sich gar nicht vorstellen können, dass man sich überhaupt für eine derart hohe Summe versichern konnte.

»Und dieses Testament«, fing er sich endlich wieder, »ist schon vollstreckt?« Wieder tippte die Dame an ihrer Tastatur herum. »Ja«, sagte sie dann knapp, »Anfang November an Herrn Vito Pedruzzo übergeben. Alles rechtens.«

»Ich weiß, das ist jetzt viel verlangt, nachdem Sie mir schon so sehr geholfen haben, aber können Sie mir vielleicht auch noch den Namen der Versicherung …«

Ihr Ton wurde abrupt lauter und klang irgendwie schneidend. »Wir haben unsere Standesregeln, Herr Bezirksinspektor. Das sollte Ihnen klar sein. Ich dürfte Ihnen selbst dann keine Auskunft geben, wenn Sie in Graz säßen, verstehen Sie? Sie dürften mir ja auch keine Ermittlungsergebnisse einfach so anvertrauen. Sie verstehen, die Verschwiegenheitspflicht ist eine wechselseitige.«

Einen Moment war Obiltschnig enttäuscht. Da wähnte er sich so knapp am Ziel, und dann stellte die Dame alles wieder auf Start. Nun würde er doch eine richterliche Entscheidung benötigen, müsste unendlich viel erklären und einen Fall wieder aufnehmen, der seit Monaten als abgeschlossen galt. Er fluchte innerlich und wollte eben säuerlich auflegen, als ihm die Eigenartigkeit der notariellen Formulierungen auffiel. Warum hatte sie partout Graz erwähnt? Und warum ausgerechnet das letzte Wort so demonstrativ betont? Der Groschen fiel. Die Kombination der beiden Ausdrücke ergab die von ihm gewünschte Antwort. Er kicherte ins Telefon. »Ja, dafür habe ich natürlich vollstes Verständnis, Gnädigste. Haben Sie trotzdem vielen Dank.«

Er beendete das Gespräch und spürte, wie sein ganzer Körper unter Strom stand. Dieser abgefeimte Lump, der ihnen den trauernden Witwer vorgespielt hatte, er war doch ein Mörder. Eine Viertelmillion! Wenn das kein Motiv war! Obiltschnig musste an sich halten, um nicht sofort zu seinem Wagen zu eilen und nach Venzone zu rasen. Doch er beherrschte sich. Am nächsten Tag würde Popatnig wieder in Amt und Würden sein, dann konnten sie beenden, was sie gemeinsam begonnen hatten.

Immerhin aber mochte es nicht schaden, sich zuvor noch danach zu erkundigen, ob Pedruzzo immer noch in der kleinen Villacher Innenstadtwohnung gemeldet war. Ein paar Anrufe später war der Bezirksinspektor klüger. Pedruzzo hatte sich vor wenigen Tagen abgemeldet, und die Wohnung befand sich auf dem Markt zur neuerlichen Vermietung. Die kurze Zeitspanne, die seitdem vergangen war, ließ aber immerhin die Chance bestehen, er mochte noch im heimatlichen Venzone sein. Obiltschnig hatte definitiv Witterung aufgenommen.

Die neuen Erkenntnisse versetzten ihn in eine derartige Spannung, dass er das unwiderstehliche Bedürfnis verspürte, mit jemandem darüber zu sprechen. Und dafür schien niemand besser geeignet als Resi. Er blickte auf die Uhr und beschloss, einfach früher Dienstschluss zu machen. Er leitete das Amtstelefon auf sein Handy um und begab sich zu seinem Wagen. Eine halbe Stunde später war er zu Hause, wo Resi einigermaßen überrascht über sein Erscheinen war. »Du wirst nie glauben, was ich herausgefunden habe«, eröffnete er ihr, um sodann alles haargenau zu erzählen, was er in Erfahrung gebracht hatte.

»Dann war der junge Italiener also doch ein Mörder?«, fasste Resi zusammen. »Na ja, er hätte jedenfalls mit einem Mal ein sehr starkes Motiv«, hielt Obiltschnig fest.

»Und was wirst du jetzt machen? Den Fall wieder aufnehmen?« Obiltschnig stand am Küchenfenster und schaute in den Garten. »Das macht nur Sinn, wenn wir eine Chance haben, Pedruzzo auch dranzukriegen. Ich dachte mir, ich warte, bis der Ferdi morgen wieder da ist, und dann fahren wir nach Venzone und klopfen dort einmal auf den Busch. Dann sehen wir ohnehin, woran wir sind.«

Resi trat von hinten an ihn heran und legte ihren Arm auf seine Schulter. »Ich denke, das ist eine gute Idee.«

Zur selben Zeit saß Popatnig im Flieger aus Athen. Nikis Kopf lehnte an seiner Schulter, und er sah voller Liebe auf ihr seliges Lächeln, das auch im Schlaf nicht von ihr gewichen war. Sie waren zum zweiten Mal gemeinsam auf Urlaub gewesen, und beide Male hatte nicht einmal der allerkleinste Schatten ihre Harmonie getrübt. In wenigen Wochen würde man Weihnachten feiern, und abseits der üblichen Geschenke gedachte Popatnig noch etwas anderes zu besorgen. Einen Ring nämlich.

Im Licht der flackernden Christbaumkerzen würde er vor ihr auf die Knie gehen, würde die kleine Schachtel hochhalten und sie fragen, ob sie seine Frau werden wolle. Bei dem Gedanken durchströmte ihn eine derart anheimelnde Wärme, dass er sogar die Turbulenzen zu ignorieren vermochte, welche die Maschine irgendwo zwischen Zagreb und Maribor kräftig durchschüttelten. »Ferdi«, flüsterte er, »du wirst endlich erwachsen.«

»Hast du was gesagt«, nuschelte Niki, ohne die Augen zu öffnen. »Nein, mein Herz. Schlaf noch ein bisschen. In einer halben Stunde landen wir.« Das »und zwar im Hafen der Ehe« verkniff er sich. Vorerst.

Am nächsten Morgen war Obiltschnig bereits gegen 7.30 Uhr im Büro und konnte Popatnigs Erscheinen kaum noch erwarten. Als der endlich eintraf, platzte der Bezirksinspektor sofort mit den Neuigkeiten heraus. Popatnig setzte sich langsam auf seinen Stuhl. »Du meinst also, ich fahr gleich wieder ins Ausland?«

»Na ja, willst du nicht wissen, was der Herr Pedruzzo zu all dem zu sagen hat?«

»Irgendwie schon, aber ich glaube, ich wäre zuerst gerne einmal angekommen, bevor ich schon wieder weggehe.« Obiltschnig hob die Hände. »Venzone ist ja quasi ein Katzensprung. In fünf Stunden sind wir wieder zurück. Und dann lass ich dich auch gleich nach Hause gehen, damit du die Akropolis noch ein wenig in dir nachwirken lassen kannst.«

Popatnig seufzte theatralisch, erhob sich dann aber doch wieder und folgte Obiltschnig zum Wagen. Der warf ihm den Startschlüssel zu. »Du fährst«, meinte er leichthin. Die Route war mittlerweile nur allzu bekannt, was Popatnig gallig kommentierte. Noch dazu war es mittlerweile viel zu kalt, um an einem Ort wie Venzone noch irgendwelche Freuden entdecken zu können. »Ich hoffe nur, das zahlt sich aus. Zweimal stundenlang durch die Gegend koffern, und dann ist der vielleicht längst ausgeflogen, das wäre so gar nicht nach meinem Geschmack!«

»Aber seine Eltern werden schon da sein. Und die werden uns verraten, wo der Wonneproppen von einem Sohn abgeblieben ist«, zeigte sich Obiltschnig überzeugt.

Nachdem sie Venzone erreicht hatten, parkten sie bei der Brücke und gingen die wenigen Meter zum Haus der Pedruzzos zu Fuß. Pedruzzos Vater war nicht wenig erstaunt, die österreichischen Ermittler nach so langer Zeit wiederzusehen. Naturgemäß fragte er nach ihrem Begehr.

»Vogliamo parlare con il tuo figlio«, übernahm Popatnig wieder die Rolle des Übersetzers. Der Vater machte ein betrübtes Gesicht. »Non ha superato il suo dolore. Lo abbiamo mandato a sud. Forse un altro posto gli darà altre idee.« Papa Pedruzzo bemühte sich um ein Lächeln, doch es gestaltete sich wenig überzeugend. Popatnig wollte eben die nächste Frage stellen, als er von Obiltschnig unterbrochen wurde, der wissen wollte, was der Alte gesagt hatte. »Dass er irgendwo im Süden ist, um auf andere Gedanken zu kommen, weil er den Schmerz angeblich nicht ausgehalten hat. Ich versuch gerade herauszufinden, wo genau im Süden.« Dann wandte sich Popatnig wieder an den Vater. »Dove esatto?« Der alte Pedruzzo räusperte sich. »Con lo zio Calogero a Trapani.«

»Trapani e in Sicilia?«, vergewisserte sich Popatnig. Der Alte nickte. »E quando è partito?« Pedruzzo Senior antwortete prompt: »L'hanno mancato per poco. Proprio l'altro ieri è volato da Trieste.« Popatnig dankte für die Auskunft und verabschiedete sich. Es war offenkundig, dass Obiltschnig sich nicht so leicht geschlagen geben wollte, doch Popatnig zog ihn einfach mit sich. »Er sagt, der Sohnemann ist vorgestern von Triest aus nach Sizilien geflogen. Palermo wahrscheinlich, denn angeblich ist er bei seinem Onkel Calogero in Trapani.«

»Und was machen wir jetzt?«, wollte Obiltschnig wissen, nachdem sie wieder bei ihrem Wagen angekommen waren. »Ruf den Ambros an.« Obiltschnig lächelte unsicher. »Gerne. Aber warum jetzt genau?«

»Der kennt doch da in Udine irgendwelche Kollegen. Die sollen uns helfen.«

Obiltschnig wiegte skeptisch den Kopf. »Ich weiß nicht, ob das so eine gute Idee ist. Ich meine, beim letzten Mal ging es um einen von uns, da war das für die Carabinieri weiter keine große Sache. Aber diesmal handelt es sich um einen Italiener. Und da werden die uns sofort mit Zuständigkeiten und so weiter kommen. Das wird die Sache nicht erleichtern, es wird sie im Gegenteil verkomplizieren.«

Popatnig signalisierte, dass ihm der Einwand einleuchtete. »Gut, das Einzige, das wir vorderhand machen können, ist, die paar Kilometer zum Flughafen zu fahren und dort auf gut Glück zu fragen, ob Pedruzzo wirklich nach Palermo geflogen ist. Und wenn dem so ist, dann wenden wir uns besser gleich an die sizilianischen Kollegen.«

Obiltschnig blickte auf die Uhr. »In einer Dreiviertelstunde könnten wir dort sein. Und wenn wir dann über Slowenien nach Hause fahren, sind wir immer noch gegen 14 Uhr wieder in Ferlach.« Popatnigs Begeisterung hielt sich in noch engeren Grenzen als zuvor, letztlich stieg er aber in den Wagen und knurrte: »Dann fahren wir.«

Die 75 Kilometer waren erfreulich rasch zurückgelegt, und die beiden Ermittler strebten dem Informationsschalter zu. Dort tischte Popatnig der Blondine eine wahre Räuberpistole auf. Sie seien so in Sorge um ihren Neffen Vito Pedruzzo, der vorgestern von hier nach Palermo hätte fliegen sollen, bei Onkel Calogero allerdings nicht angekommen sei. Nun stelle sich die bange Frage, ob er denn überhaupt abgeflogen sei. Die ganze Familie sei voller Angst. Ob sie nicht wenigstens verraten könne, ob er denn wirklich den Flieger genommen habe, dann könne man die Suche immerhin auf Sizilien beschränken. Das blonde Mädchen linste unsicher von einem zum anderen, gab ihrem Herzen aber dann doch einen Stoß und sah nach. Hier sei alles in Ordnung gewesen, verkündete sie dann. Vito Pedruzzo stünde samt seiner Begleitung auf der Passagierliste.

Begleitung? Popatnig wurde sofort hellhörig. »Di che accompagnamento parlate?« Nun schaltete die Frau jedoch auf stur. Als Familie müssten sie doch am besten wissen, mit wem sich Vito Pedruzzo auf den Weg gemacht habe. Im Übrigen würde sie jetzt gerne Ausweise sehen, immerhin gehe es da um Datenschutz und dergleichen, und das Italienisch, das der werte Herr spreche, klinge weder vertraut noch sizilianisch. Ob sie denn sicher seien, Verwandte des Herrn Pedruzzo zu sein, sprudelte es aus ihr heraus, während sich ihre Augen bereits auf die Suche nach Carabinieri oder sonstigen Sicherheitskräften machten. Popatnig trat den Rückzug an. Schon im Gehen bedankte er sich und schleifte den komplett ahnungslosen Obiltschnig Richtung Ausgang. »Was ist los?«, fragte der verdattert. »Die Luft wird dünn«, knirschte sein Kollege nur, und sie sahen zu, dass sie zu ihrem Wagen kamen, ehe irgendjemand Fragen an sie stellen konnte.

Erst als sie das Flughafengelände wieder verlassen hatten, rückte Popatnig mit der ganzen Wahrheit heraus. »Ich wollte natürlich sofort wissen, in wessen Begleitung Pedruzzo nach Palermo flog, aber diese Frage hat den Bogen anscheinend überspannt. Sie wurde misstrauisch und hätte uns wahrscheinlich umgehend an die italienischen Kollegen weitergereicht, wenn gerade welche in der Nähe gewesen wären. Darum dachte ich mir, es ist besser, wenn wir uns subtrahieren.«

Obiltschnig zählte derweilen eins und eins zusammen. »Also hatte der feine Herr Pedruzzo eine Komplizin.« Er klopfte sich auf den Schenkel. »Na klar, das macht Sinn. Das war von langer Hand geplant.« Er strahlte über das ganze Gesicht. »Ich meine, das war ja von Anfang an dubios. Wieso sollte sich ein schmucker Jüngling in ein ältliches Mauerblümchen verlieben? Nein, nein, der hatte längst seine Gefährtin. Und mit der hat er diese Schurkerei ausgeheckt. Das arme Unschuldslamm zu einer Lebensversicherung überreden, dann schwuppdiwupp ein Pilzgericht zubereiten – und schon sind Pedruzzo und Co. steinreich, während die arme Frau Hinterschartner in einem einsamen Grab dekompostiert.«

Popatnig grinste. »Ich liebe deine Wortschöpfungen, Sigi. Die sind so bildhaft.«

Wieder in Österreich entließ Obiltschnig wie versprochen Popatnig in den Feierabend. Er saß allein im Büro und dachte nach. Schon zu Beginn der Ermittlungen hatte das wesentliche Problem darin bestanden, die Person des Vito Pedruzzo nicht fassen zu können. Er konnte sich auf gut Glück am Villacher Campus umhören, ob es dort jemanden gab, der zu Pedruzzo engeren Kontakt gehabt hatte. Einen Versuch, so sagte er sich, war es immerhin wert. Kurzerhand rief er bei der Fachhochschule an und ließ sich mit dem Rektorat verbinden.

Er stellte sich vor und erklärte dann, es ginge um einen der Studierenden, einen gewissen Vito Pedruzzo, der Wirtschaftspsychologie belegt habe. Er wurde an die zuständige Lehrgangsverantwortliche weitergeleitet, die sich sogar dunkel an Pedruzzo erinnern konnte. »Ja, der hat vor drei, vier Jahren hier ganz eifrig mitgestrebert. Aber er war, soweit ich weiß, immer irgendwie ein Sonderling. Hat sich abseits gehalten, war viel für sich.«

»Das heißt, Ihnen fiele niemand ein, der mir mehr über ihn sagen könnte?« Die Leiterin schien nachzudenken. »Es gab da eine Person aus Slowenien, eine gewisse Ivona, wenn ich mich nicht täusche. Vielleicht versuchen Sie es einmal bei der.« Sie gab ihm deren E-Mail-Adresse, und Obiltschnig blieb nichts anderes übrig, als die Frau buchstäblich anzuschreiben. Wer weiß, ob die das überhaupt mitbekommt, sagte er sich noch, als sein Telefon läutete. »Sie haben mir eben geschrieben«, hörte er eine

Frauenstimme mit stark slawischem Akzent, »ich bin Ivona. Was wollen Sie wissen?« Obiltschnig erzählte seine Geschichte.

»Ja, es stimmt schon. Ich hatte wahrscheinlich mehr Kontakt zu ihm als andere. Vor allem, weil wir beide Ausländer waren, das verbindet irgendwie.«

»Ist Ihnen dabei vielleicht irgendwie aufgefallen, ob Pedruzzo eine Freundin hatte?« Selbst durch das Telefon war zu spüren, dass Ivona diese Frage irritierte. Sie fasste sich aber schnell. »Um ehrlich zu sein, wir glaubten alle lange, er sei schwul, weil er sich so überhaupt nicht für die Mitschülerinnen interessierte. Dann hieß es, dass er eine Freundin in Italien habe, schließlich, dass er mit einer alten Schachtel aus Villach liiert sei. Aber zu diesem Zeitpunkt war er eigentlich schon kein Thema mehr für uns, weil er kaum mehr an den Kursen teilgenommen hat. Irgendwie schaffte er es vor etwa zwei Jahren, seinen Bachelor zu machen, dann hat er das Studium, soviel ich weiß, aufgegeben.«

Mehr, so fand Obiltschnig, war wohl von der Slowenin nicht zu erfahren, und so dankte er ihr, ehe er das Gespräch beendete. Hätte es, so überlegte er, wirklich eine Freundin in Italien gegeben, so wäre sie wohl von den Eltern erwähnt worden. Die hätten zumindest erklärt, Vitos Hochzeit mit Sonja sei unerwartet gekommen, weil da doch Chiara oder Paola oder wer auch immer gewesen sei.

Die Hochschule in Villach war also ein Fehlschlag gewesen. Aber vielleicht wussten die Kursteilnehmerinnen, die die ganze Sache ja erst ins Rollen gebracht hatten, mehr. Er kramte den Akt hervor und suchte nach den

Daten der Damen. Als Erstes fand er die Telefonnummer von Birgit. Die meldete sich auch prompt, war aber nicht wenig erstaunt, dass sie mit Obiltschnig sprach. »Ich dachte, der Fall sei abgeschlossen?« Der Bezirksinspektor bestätigte diese Vermutung und fügte hinzu, es gehe nur noch um ein paar Details des Abschlussberichts. »Und da«, sagte er so beiläufig wie möglich, »tauchte die Behauptung einer Mitschülerin an der Villacher Fachhochschule, wo Vito Pedruzzo Wirtschaftspsychologie studierte, auf, er habe eine gleichaltrige Freundin gehabt. Wissen Sie da zufällig etwas darüber?«

»Also wenn, dann hat er das aber sehr gut geheim gehalten. Und ich denke, der Sonja wäre das auch aufgefallen. Die hätte ihn sicher nicht so schnell geheiratet, wenn es da irgendwelche Zweifel gegeben hätte.«

Obiltschnig beschloss, wenigstens teilweise mit der Wahrheit herauszurücken. »Uns ist nämlich zu Ohren gekommen, der Herr Pedruzzo urlaube in weiblicher Begleitung auf Sizilien. Und jetzt fragen wir uns, woher der Mann so schnell eine neue – nun – Lebensgefährtin herbeigezaubert haben könnte.«

»Da kann ich Ihnen leider auch nicht helfen. Aber was allfällige Nebenbuhlerinnen von Sonja anbelangt, vielleicht fragen Sie ihre beste Freundin. Wenn sie sich jemandem anvertraut hat, dann ihr.«

»Sie meinen die Frau Thaler?«, vermutete er. »Ja«, kam die prompte Antwort. »Die stecken seit der Volksschule zusammen, haben gemeinsam studiert und alles.«

»Studiert? Ich wusste gar nicht, dass Frau Sonja ...«

»Na ja, war ja auch nicht wirklich was. Beide haben Pharmazie begonnen. Aber keine hat das Studium beendet. Die Thaler hat einen Job bei der Bauernkammer übernommen, und was aus Sonja wurde, das wissen Sie ja.«

»Jedenfalls danke für den Tipp. Ich werde mein Glück einmal dort versuchen«, verabschiedete sich der Ermittler.

Er suchte die Nummer der Thaler heraus und wählte. Abermals stellte er die Frage nach einer allfälligen Freundin Pedruzzos, doch auch die Thaler wusste von einer solchen nichts. Allerdings war sie nicht minder verblüfft als zuvor Birgit, dass der Bezirksinspektor anscheinend wieder ermittelte. »Ich dachte, die Sache sei längst erledigt?«

»Nun ja, wahrscheinlich ist sie das auch. Ich sitze gerade bei meinem Abschlussbericht, und da gehen mir halt noch einige Fragen durch den Kopf, auf die ich keine befriedigende Antwort weiß.«

»Also war es nun ein Unfall oder nicht?« Obiltschnig seufzte. »Frau Thaler, wenn ich das wüsste.« Er war schon beinahe dabei, die Unterhaltung zu beenden, als er noch eine letzte Frage stellte: »Das hat jetzt gar nichts mit dem Fall zu tun, nur aus reiner Neugier: Wie kommt man von der Pharmazie zur Bauernkammer?«

Er hörte sie lachen. »Ja, das Leben geht oft seltsame Wege. Ich habe mich lange als Apothekerin gesehen, doch die ganzen Formeln und das viele Büffeln, das war mir irgendwann zu viel. Und als Bauerntochter war es kein weiter Weg zur Kammer.«

»Ja, das kann ich mir denken.«

»Und ich glaube, es war nicht die schlechteste Entscheidung in meinem Leben. Eine Mitstudentin von uns hat wirklich ihren Magister gemacht und arbeitet heute in Villach tatsächlich in einer Apotheke. Ich möchte nicht mit ihr tauschen. Ein wahrhaft freudloser Job.«

Obiltschnig vermochte sich nicht vorzustellen, dass die Arbeit für die bäuerliche Interessensvertretung so viel spannender sein könnte, verkniff sich aber jeden Kommentar. »Aber gut«, sagte sie immer noch lachend, »mit Ihnen würde ich ja auch nicht tauschen wollen. Immer Verbrechern hinterherjagen, das wäre nichts für mich.« Obiltschnig entgegnete, einer müsse es ja machen, und legte schließlich auf. Die Frage, in wessen Begleitung Pedruzzo nach Palermo geflogen war, blieb unbeantwortet.

Am späteren Abend, Resi war über ihrem Buch bereits einschlafen, saß Obiltschnig vor seinem Tablet und las den *Wikipedia*-Eintrag über Trapani. Im Frühling mochte es dort ungemein schön sein. Vielleicht sollte er einmal mit Resi auf Sizilien Urlaub machen, immerhin gab es dort eine Menge von Sehnsuchtsorten, die man ganz einfach gesehen haben musste. Das Tal der Tempel bei Agrigento, das Theater von Syrakus und vor allem jenes von Taormina, dessen Sitzreihen, wie es hieß, einen majestätischen Blick auf den Ätna boten. Pedruzzo hätte sich einen wahrlich schlimmeren Platz für sein Exil aussuchen können. Und wieder quälte Obiltschnig die Frage, wer die Frau an Pedruzzos Seite gewesen war.

Der nächste Morgen zeigte sich von seiner schlechtesten Seite. Dicht hing der Nebel über Ferlach, die Quecksilbersäule kletterte kaum in den Plus-Bereich, und ein unangenehmer Schneeregen sorgte dafür, dass einem die nasse Kälte bis in die Knochen drang. An Pedruzzos Stelle müsste man sein, dachte der Bezirksinspektor, der konnte sich jetzt am Strand die Sonne auf den Bauch scheinen lassen.

»Hast du gewusst«, begrüßte ihn Popatnig, als er im Büro eintraf, »dass man schon um 34 Euro nach Palermo fliegen kann?« Obiltschnig machte große Augen. »Ja«, bestätigte Popatnig, »allerdings von Wien aus. In zwei Stunden bist du dort.« Der Bezirksinspektor grinste schief. »Und was machen wir dann dort? Einen Leihwagen mieten, nach Trapani fahren und dort in jedem Haus fragen, wo Onkel Calogero wohnt?« Und gleich darauf setzte er nach: »Wir wissen ja nicht einmal, ob es diesen Calogero überhaupt gibt. Vielleicht war das nur eine Schutzbehauptung.«

Popatnig senkte den Kopf. »Du hast ja recht. Eine dumme Idee. Aber irgendwie wurmt es mich, dass der Kerl damit durchkommt.« Plötzlich erhellte sich sein Gesicht, und er strahlte von einem Ohr zum anderen. »Aber!« Er hob seinen Zeigefinger und behielt ihn eine gute Weile oben. »Mit den neuen Beweisen sollte es doch immerhin für eine Exhumierung reichen.«

Obiltschnig vermochte Popatnigs Begeisterung nicht zu teilen. »Und was ist damit gewonnen? Ich bin mir mittlerweile sicher, dass Pedruzzo seine Frau vergiftet hat. Wahrscheinlich wirklich mit Pilzen. Und? Das bringt uns auch nicht weiter. Nein, wir müssen herausfinden, mit wem der nach Palermo geflogen ist. Solange wir das nicht wissen, brauchen wir keine weiteren Schritte zu überlegen.«

Popatnig schickte dem Kollegen einen strafenden Blick. »Mit dir hat man es aber echt nicht leicht.« Ehe Obiltschnig reagieren konnte, hatte ihm Popatnig das

Handy entwendet. Er ging auf »Kontakte«, fand, was er suchte, und wählte. »Servus, Joe, Ferdi hier. Sag, du hast doch diese Kontakte zu den Carabinieri in Udine. Glaubst du, du kannst die dazu überreden, uns einen kleinen Gefallen zu tun?«

Er erzählte Ambros von Pedruzzos Flug nach Palermo und davon, dass er in Begleitung einer Frau gereist sei. Nun hätten sie zwar weiterhin keine stichhaltigen Beweise gegen den Mann, aber es sei doch immerhin bemerkenswert, dass der so kurz nach dem Tod seiner Ehefrau schon mit einer anderen in Urlaub fahre. Nun wolle man das noch nicht überbewerten und mit dem ganz großen Besteck auffahren. Amtshilfe, internationaler Haftbefehl et cetera, zumal die Italiener in diesem Fall eher auf stur schalten würden. Vielleicht aber könne man ihnen eine nette kleine Geschichte auftischen, die sie dazu bringe, am Flughafen Triest nachzufragen, wer nun wirklich Pedruzzos Begleitung gewesen war.

»Und wie sollte diese Geschichte aussehen?«, fragte Ambros.

»Ich denke da an Folgendes: Besorgte österreichische Eltern, deren Tochter abgängig ist, machen sich Sorgen, sie könne an der Seite ihres Lehrers nach Sizilien ausgebüxt sein, weil sie eben auch ihren Reisepass mitgenommen habe. Den Eltern sei nicht entgangen, dass das Mädchen für seinen Lehrer geschwärmt habe, und wir wüssten, dass dieser Lehrer vor drei Tagen wirklich in Begleitung nach Palermo geflogen sei. Da allen Beteiligten etwas daran liege, die Sache nicht an die große Glocke zu hängen, wäre es für uns überaus hilfreich, na, und so weiter. Du verstehst schon.«

Ambros schnaubte missmutig. »Also, ich weiß nicht ...«

»Wir könnten ja einflechten, dass Mitschülerinnen des Mädchens eine ganz andere Geschichte erzählt hätten, wonach die Kleine vielmehr nach Wien ausgebüxt sei. Um aber ganz sichergehen zu können ...«

»Weißt du was? Ich will die in Udine nicht noch einmal angehen. Die haben uns ohnehin mit dem Lassnig schon genug geholfen. Aber ich kenne auch jemanden bei der Polizei in Triest, Gaetano. Ein schrulliger Kerl. Sitzt jede freie Minute auf seinem Rad und träumt davon, einmal am Giro d'Italia teilzunehmen. Dem habe ich voriges Jahr bei einer heiklen Mission geholfen, weshalb er mir noch etwas schuldig ist. Ich versuche es bei dem.«

Popatnig dankte Ambros überschwänglich und sah nach dem Telefonat Obiltschnig an. »Wirst sehen, das funktioniert. Wir werden bald wissen, mit wem sich der saubere Herr Pedruzzo am Strand vergnügt.«

Doch die Stunden kamen und gingen wieder, ohne dass sich Ambros meldete. Kurz vor Dienstschluss wurde es Popatnig zu bunt, und er kontaktierte Ambros abermals. Automatisch schaltete er auf Lautsprecher. »Ich hätte mich bei euch gemeldet, wenn es etwas zu sagen gäbe. Aber leider hat sich Gaetano als nicht gerade hilfreich erwiesen.«

»Wieso, wollte er nicht beim Flughafen nachfragen?«

»Doch, doch. Das hat er auch. Aber er hat mir eine derart dumme Antwort gegeben, dass ich es eigentlich dabei bewenden lassen wollte. Ich habe darüber nachgedacht, wie ich sonst an die Information kommen könnte, daher habe ich euch noch nicht angerufen.«

»Eine dumme Antwort? Inwiefern!«

»Vergiss es. Dem hat man einen Bären aufgebunden, oder Pedruzzo hat die Fluggesellschaft genarrt, anders ist das nicht zu erklären.«

»Jetzt mach es nicht so spannend. Mit wem soll er geflogen sein?«

Ambros atmete hörbar durch. »Mit seiner Frau«, sagte er dann.

»Du nimmst uns auf den Arm«, sagte Obiltschnig nach einer Schrecksekunde.

»Nein. So hat er es mir gesagt«, beharrte Ambros. »Entweder, er hat da etwas missverstanden, oder die Begleitung reiste mit falschen Dokumenten, oder aber unser sauberer Herr Pedruzzo hat sich in den letzten zwei Monaten wieder verehelicht. Eine andere Möglichkeit sehe ich nicht.«

Eine zweite Heirat Pedruzzos konnte nach einigen Telefonaten ausgeschlossen werden. Weder in Österreich noch in Italien war eine solche registriert worden. Welchen Grund aber sollte Pedruzzo haben, seine Begleiterin als seine Frau auszugeben? Obiltschnig rief bei der Versicherung an und konnte sich so davon überzeugen, dass Pedruzzo die vollen 250.000 Euro Anfang der Woche erhalten hatte. »Der hat keine Sekunde gezögert«, klärte er Popatnig auf. »Kaum war das Geld auf seinem Konto, hat er schon die Fliege gemacht. Nur mit wem?«

Popatnig schien eine merkwürdige Faszination für Exhumierungen entwickelt zu haben, denn er kam neuerlich mit diesem Vorschlag. »Wer weiß«, erläuterte er, »vielleicht liegt da gar nicht die Sonja in dem Sarg.« Obiltschnig schüttelte resignierend den Kopf, so wie es ein Lehrer bei einem besonders dummen Schüler zu tun pflegt. »Ferdi, was soll denn das schon wieder? Du hast entschieden zu viele schräge Filme gesehen! Glaubst du ernsthaft, die zwei können irgendwo eine Leiche stehlen und sie an Sonjas statt in den Sarg schmuggeln? Das gibt's nur im Film, und auch dort ist es hochgradig unlogisch.«

»Möglich wäre es immerhin«, beharrte Popatnig, »die Pedruzzo hat ihren Tod nur vorgetäuscht, der Arzt hat sich leimen lassen, und schwuppdiwupp haben die beiden genügend Spielgeld, um sich einen duften Lenz zu machen.«

»Geh bitte, Ferdi, wie soll denn das gehen? Selbst wenn der Arzt so nachlässig gewesen wäre, die Vitalfunktionen gar nicht groß zu überprüfen, spätestens den Leuten von der Bestattung wäre es aufgefallen, wenn die keine Leiche zum Abtransport finden.«

Er trat ganz knapp an Popatnig heran und klopfte mit dem Knöchel sanft an dessen Stirn. »Hallo!«, sagte er theatralisch, »jemand zu Hause?«

»Du weißt, dass es Mittel gibt, mit denen du diese sogenannten Vitalfunktionen so stark herunterfahren kannst, dass du wie tot wirkst. Und der Transport im Zinksarg zur Prosektur, der dauert in Villach keine 20 Minuten, in der Zeit erstickst du nicht. Und dir ist auch klar, dass dort sowieso immer Chaos herrscht. Glaubst du, es fällt auf, wenn dort jemand von den Toten aufersteht und einfach weggeht?«

Obiltschnig wurde nun ernsthaft ungehalten. »Das ist Villach. Nicht Klagenfurt und schon gar nicht Ferlach, aber immer noch nicht Obervolta oder Dahomey. Da verschwinden keine Leichen! Und können auch nicht. Der Bestatter muss die Leiche herrichten, dann wird sie in die Friedhofskapelle überführt und dann wird sie beerdigt. An welcher Stelle genau soll sie da die Möglichkeit gehabt haben, dem lebendig Begrabenwerden zu entgehen?«

»Das weiß ich noch nicht«, erwiderte Popatnig trotzig, »aber ich finde es heraus.« Und unter dem mitleidigen Lächeln Obiltschnigs rief Popatnig bei den Villacher Bestattern an. Nachdem er ein paarmal verbunden worden war, kam er endlich an die richtige Adresse. Der dortige Mitarbeiter konsultierte hörbar seine Unterlagen. »Ja, die haben wir abgeholt. Übliche Prozedur«, führte er aus, »rein in unseren Sarg, rüber in die Prosektur. War eine Angelegenheit von ein paar Minuten.«

»Aha, und wie erfahre ich jetzt, welches Bestattungsunternehmen die Leiche zurechtgemacht hat?«

»Ja, normalerweise hätte die Tote auch von einer der beiden anderen Bestatter übernommen werden können, da haben sie recht. Aber in diesem Fall ist sie bei uns geblieben, weil der Witwer sich für eine Feuerbestattung entschieden hat.«

Popatnig war wie elektrisiert. Er starrte Obiltschnig über das Telefon hinweg an. »Die ist gar nicht beerdigt worden«, rief er, »die wurde verbrannt.«

»Sieh's positiv, da ersparen wir uns den Antrag auf Exhumierung.«

»Mag sein, aber gleichzeitig werden wir nun nie wissen, wer eigentlich in dem Sarg gelegen ist.« Obiltschnig sah Popatnig missbilligend an. »Du kraxelst nicht runter von dieser fixen Idee, was?«

»Ich hab das einmal in einem Krimi gesehen, der in Polen gespielt hat. Da hat ein Gangsterboss die Leichen vertauschen lassen, und statt eines armen alten Opas wurde ein rivalisierender Gangster verbrannt.« Popatnig lächelte triumphierend, »aber stell dir vor, die haben die Urne geöffnet und konnten den Typen dennoch identifizieren. Anhand der Patrone, die nicht geschmolzen ist im Feuer.«

Obiltschnig schlug die Hände vor dem Gesicht zusammen. »Und so einen Schmafu glaubst du? Ernsthaft? So was kann sich doch nur ein Krimischreiber ausdenken!«

Popatnig wollte etwas erwidern, doch wurde er von Obiltschnigs erhobener Hand gestoppt. »Du verbeißt dich einfach viel zu sehr in die Idee, es handle sich wirklich um Sonja Pedruzzo. Ich aber sage dir, der kleine Italiener hat seine Frau zuerst dazu angestiftet, diese extrem hohe Lebensversicherung abzuschließen, dann hat er sie umgebracht, und die Viertelmillion verprasst er jetzt mit irgendeiner Geliebten, die er sich zwischenzeitlich geangelt hat. So schaut's nämlich aus.«

»Aber warum hätte er dann eine Verbrennung wünschen können? Doch nur, um eben den Umstand zu verschleiern, dass er und Sonja gemeinsam die Versicherung betrogen haben. Schau«, dozierte er, »die Sonja hat gewusst, sie kriegt ihr Erbe noch sehr lange nicht, weil der alte Hinterschartner ihr nicht zugetraut hat, Bäuerin zu sein. Sie weiß auch, dass sie beide, sie und Vito, mit ihren Jobs niemals auf einen grünen Zweig kommen. Wo also soll das Geld herkommen für einen sorgenfreien Lebensabend? Ergo! Die Versicherung soll blechen!«

Für Obiltschnig war es an der Zeit, wieder einmal

mit dem Kopf zu schütteln. »Das klingt ja in der Theorie ganz nett. Aber in der Praxis ist so etwas undurchführbar. Glaub mir, irgendwem fällt das auf. Denen in der Prosektur oder denen im Krematorium. Und dann? Eben! Keine weiteren Fragen, Euer Ehren.«

»Wo ein Wille, da ein Weg«, beharrte Popatnig. »Du hast doch gesagt, die Sonja hat einmal Pharmazie studiert. Dadurch weiß sie, was sie einnehmen muss – und wie viel –, um einen nachlässigen Arzt zu täuschen. Du weißt doch selbst, wie schleißig diese Pillendreher sind. Der kommt, hört eine Geschichte, die ihm plausibel klingt, haut seinen Stempel drauf, und gut ist's. Dann wird sie in die Prosektur gebracht, gut. Aber die stellen den Sarg dort einfach ab. Und wer weiß, vielleicht kennt die Sonja dort jemanden vom Studium oder von sonst wo. Der deckt sie. Und schon verbrennen die im Krematorium einen leeren Sarg.«

»Das klingt alles so abenteuerlich, damit könntest du einen Literaturpreis gewinnen«, spöttelte Obiltschnig.

»Aber …«

»Nichts aber! Mir reicht's jetzt!« Der Bezirksinspektor rief noch einmal Ambros an und bat diesen, er möge via Gaetano die Telefonnummer der Pedruzzos in Venzone in Erfahrung bringen. »Die sind so alt, die haben sicher noch Festnetz«, vermutete er. Nach einer halben Stunde, in der sich Popatnig und er schweigend angifteten, hatte er, was er wollte. Allerdings um den Preis, dass er mit Popatnig Frieden schließen musste, denn schließlich konnte nur der Italienisch.

»Du rufst jetzt diesen Pedruzzo an und fragst nach der Adresse vom Onkel Calogero. Und dann spendiere ich zwei Flugtickets für uns aus meiner eigenen Tasche, und wir machen auf Sizilien Nägel mit Köpfen.«

»Dir ist schon klar, dass dich das ein Vermögen kosten wird. Die Billigsdorfer-Preise, die gibt's nur in Wien und mit langen Vorlaufzeiten.«

»Das ist mir egal! Ich will die Sache jetzt endlich vom Tisch haben. Sie steht mir bis da!« Er unterstrich seine Worte, indem er mit der flachen Hand eine Linie vor seiner Nasenspitze zog.

Pedruzzo senior leistete hinhaltenden Widerstand, gab aber dann doch an, dass sein Schwager eine Pizzeria an der Adresse Lungomare Dante Alighieri Numero 24 betrieb. Weitere zehn Minuten später hatte Popatnig zwei Flugtickets der italienischen Fluglinie von Triest nach Palermo gebucht. »Wir haben Glück«, erklärte er seinem Kollegen, »für 46 Euro hin und retour mit einem irischen Billigflieger. Einziger Nachteil, er hebt um 19.30 Uhr abends ab und ist kurz nach 21 Uhr in Palermo. Wir werden also dort übernachten müssen. Die gute Nachricht ist allerdings, der Retourflug geht morgen Abend um 20 Uhr und ist kurz vor 22 Uhr in Triest. Wir könnten also morgen noch vor Mitternacht wieder zu Hause sein.«

»Dann lass uns einmal besser unsere Frauen anrufen, damit die wissen, was auf sie zukommt.«

Wenig später bretterte Popatnig über den Loibl, und über Ljubljana und Opicina ging es an Triest vorbei zum Flughafen, wo sie gerade noch rechtzeitig eintrafen, um die Maschine nicht zu verpassen. In Palermo angekommen, erkundigten sie sich nach einer kostengünstigen Übernachtungsmöglichkeit. Man verwies sie an die

Villa Rosa, die 80 Euro für ein Doppelzimmer verlangte und zudem den Vorteil aufwies, in unmittelbarer Nähe zum Flughafen einer- und den diversen Autovermietungen andererseits zu sein. Ob der Jahreszeit konnten sie unter verschiedenen Zimmern auswählen und entschieden sich für eines, in dem die beiden Betten links und rechts an der Wand standen. Und da es für italienische Verhältnisse noch beinahe Abendessenszeit war, erhielten sie sogar noch eine Pizza, die sie sich redlich teilten.

»Eigentlich arg«, meinte Obiltschnig, als sie bereits in ihren Betten lagen. »Da bin ich zum ersten Mal in meinem Leben auf Sizilien, und dann werde ich nichts sehen außer einer staubigen Straße und einer mittelmäßigen Pizzeria, wie wir sie zu Hause im Dutzend haben.«

»Na ja, sieh es als *Fact Finding Mission*. Und nächsten Sommer kommst dann mit der Resi hierher«, munterte ihn Popatnig auf.

»Oder du mit der Niki!«

»Oder wir machen Urlaub zu viert«, lachte der Jüngere.

»Ja, davon träumst!« Wie Jünglinge auf einem Skikurs blödelten sie noch eine ganze Weile herum, ehe sie schließlich doch beide einschliefen.

Am nächsten Morgen organisierten sie sich einen Fiat und machten sich auf die 100 Kilometer lange Fahrt nach Trapani, wo sie knapp vor 11 Uhr vormittags eintrafen. Der Lungomare war weiter nicht schwer zu finden, und das Gesicht von Vito Pedruzzo, der sich eben in der Herbstsonne aalte, sprach Bände, als er die beiden Ermittler erkannte. Für seinen Fluch brauchte Obiltschnig keinen Übersetzer.

Für den nächsten Satz allerdings schon. »Was hat er gesagt?« Popatnig lächelte siegesgewiss. »Er meinte, wir hätten hier keine Vollmachten. Als ob es uns darauf ankäme!« Obiltschnigs Miene passte sich jener des Kollegen an. »Sag ihm, wir sind hier, um ihn wegen des Mordes an seiner Frau zu verhaften. Wir wissen von seinem Motiv, der Versicherungspolizze nämlich.«

Pedruzzo hörte die italienische Version der beiden Sätze und schüttelte heftig den Kopf. »Er hat niemanden umgebracht, sagt er.«

»Aha, und das sollen wir dir glauben?«, brüllte Obiltschnig auf Deutsch. »Ja«, tönte eine leise Frauenstimme von links. Beide wandten sich automatisch in besagte Richtung und sahen eine Frau Mitte 40. Unverkennbar Sonja Pedruzzo.

Popatnig erfing sich als Erster. »Ich hab dir's gesagt«, platzte es aus ihm heraus, und gleich darauf noch einmal, einige Phon lauter: »Ich habe es dir gesagt!«

»Wie zum Teufel haben Sie das gemacht?«, wollte Obiltschnig einfach nur wissen, während er sich langsam auf einem Sessel niederließ.

»Ich ... wir ...«, verlegen stotterte Sonja herum und blickte Hilfe suchend auf Vito. Der stand langsam auf. »Am besten, ich bringe uns allen vieren einen Kaffee. Und einen Grappa. Den können wir jetzt gebrauchen.«

Die beiden Polizisten nippten erwartungsvoll an ihren Schnapsgläsern. Sonja suchte erst Blickkontakt mit Vito und dann den richtigen Ton. »Auch wenn es nicht danach aussieht, aber Vito und ich, wir lieben uns wirklich. Ehrlich! Aber wir wussten beide, dass wir uns ein Leben, so wie wir es uns vorstellen, niemals würden leisten können. Mein Vater wird ewig leben, nur damit er mir mein Erbe nicht vermachen muss, und auf Vito wartet in Venzone nur eine massiv überschuldete Keusche, die ohnehin schon längst der Bank gehört.«

Sie schluckte. »Mit meinen Schneiderarbeiten verdiente ich nicht einmal genug, um die Miete in der Lederergasse zu bezahlen. Und Vito bekommt für seine Italienisch-Kurse auch nichts. Dabei war es einfach so ein wunderbar riesiges Glück, dass wir uns gefunden haben.« Sie errötete wie ein Schulmädchen.

»Ich habe schon nicht mehr an die Liebe geglaubt. War überzeugt davon, als alte Jungfer zu sterben. Und dann trat Vito in mein Leben. Ich wollte ihm die ganze Welt zu Füßen legen, doch ich hatte nicht einmal genügend Geld, um ihn auf einen Kaffee einzuladen.« Popatnig war es, als bahnte sich eine einsame Träne ihren Weg über Sonjas Wange.

»Dabei ist Sonja so eine starke Frau«, meldete sich nun Vito zu Wort, »so klug, so schön, so ... bellissima!« Er räusperte sich. »Als Mann müsste ich sie auf Händen tragen, aber ich werde eines Tages nichts als Schulden erben. Meine Zukunft sah ich hier. Als Kellner von Onkel Calogero. Das ist kein Leben für eine wunderschöne Signora.«

»Und eines Abends liegen wir uns in den Armen«, griff nun Sonja wieder den Faden der Erzählung auf, »und ich sage ihm noch, bevor er in mein Leben getreten ist, dachte ich, ich müsse einsam sterben. Und auf einmal ...«

»... hatte ich die Idee mit der Lebensversicherung.«

»Ja, wir sagten uns, diese Blutsauger, die kassieren Prämien noch und nöcher, hausen in riesigen Glaspalästen und werfen sich Millionen in den eigenen Rachen, während sie ihre Kunden übers Ohr hauen. Warum, so dachten wir, sollen wir da nicht ein kleines Sümmchen abgreifen.«

»Eine Summe, die ausreicht, Onkel Calogero die Pizzeria abzukaufen. Dann wäre ich hier der Patron, und Sonja wäre die Chefin.«

»Hier ist es selbst im Winter warm. Und die Sonne scheint das ganze Jahr über. Das Meer glitzert, die Palmen wiegen sich sanft im milden Wind, die Möwen kreischen. Dolce far niente.«

»Aber wie haben Sie das gemacht?«, wollte Obiltschnig nun endlich wissen.

»Das war überraschend einfach. Von meinem Studium wusste ich, wie viel ich wovon nehmen musste, um in einen Zustand zu verfallen, der einer oberflächlichen Beschau standhalten würde. Dabei spekulierte ich darauf, dass seitens der Behörde der alte Scharinger geschickt wird. Der ist halb blind und nur noch frustriert. Mit dem, so war ich mir sicher, würden wir keine Probleme haben. Und tatsächlich ist der total grantig gekommen, hat sich von Vito die Geschichte mit den Pilzen auftischen lassen und ist wieder gegangen.« Trotz der angespannten Situation lachte sie. »Der hat nicht einmal meinen Puls gefühlt.« Wieder ein Blick zu Vito. »Wir haben danach noch gesagt, es hätte genügt, wenn ich mich einfach so hingelegt hätte, dem wäre das ohnehin nicht aufgefallen.«

Obiltschnig dachte an sein Telefonat mit Scharinger. Ein recht misanthropischer Zeitgenosse, wie er sich erinnerte. »Gut«, sagte er daher, »den Teil der Geschichte kaufe ich ihnen ja noch ab. Aber dann? Wie konnten Sie die Leute von der Bestattung täuschen?«

Wieder lachte sie. »Das war Teil unseres Plans. Vitos Cousin Girolamo – übrigens der Sohn von Calogero hier – arbeitet bei der Villacher Bestattung. Wir haben ihn eingeweiht!«

Obiltschnig biss sich auf die Lippe. Zu keinem Zeitpunkt waren sie auf die Idee gekommen, Vitos Umfeld unter die Lupe zu nehmen. Aber wer hätte sich auch träumen lassen, dass die beiden hier eine solche Show abziehen würden? »Wie heißt der überhaupt, der Wirt?«

»Andolini«, antwortete Vito.

»Das ist jetzt ein Scherz, oder?« Popatnig war fassungslos, was Obiltschnig irritierte. Popatnig wurde der Ahnungslosigkeit seines Kollegen gewahr. »Andolini heißt der Pate mit Nachnamen. Du weißt schon, Marlon Brando in dem Film.«

»Ich dachte, der heißt Corleone?«, gab sich Obiltschnig überrascht. Popatnig verneinte. »Der heißt Vito«, dabei warf er Pedruzzo einen vielsagenden Blick zu, »Andolini. Als er allerdings in Amerika ankommt, verwechseln die dortigen Behörden seinen Herkunftsort Corleone mit seinem Namen, und so wird er zu Vito Corleone.« Er wandte sich wieder Vito zu und starrte ihn durchdringend an.

Der zuckte mit den Achseln. »Ich weiß, das klingt erfunden. Ist aber so. In Trapani gibt es viele Andolinis. Und anderswo auch. Wahrscheinlich hat der Puzo gerade deshalb diesen Namen für seine Figur gewählt.«

Obiltschnig hatte genug von dem Exkurs in die Welt der Mafia. »Gut, Cousin Corleone«, dabei ließ er kurz seine Zähne sehen, »arbeitet also bei der Bestattung. Und weiter?«

»Für 500 Euro hat sich ein Kollege bereit erklärt, mit ihm eine Fahrt zu bestätigen, die nie stattgefunden hat«, erklärte Sonja, »Girolamo hat ins Fahrtenbuch eingetragen, dass sie mich abgeholt und abgeliefert hätten. Und als es dann so weit war, hat Giro mit einem anderen die Schicht getauscht und einen leeren Sarg verbrannt. Die Asche in die Urne, die Urne auf den Friedhof. Leichenschmaus und alles, und ich war ganz offiziell Geschichte.« Deutlich war ihr die Zufriedenheit anzusehen, mit ihrer Scharade durchgekommen zu sein. Fast, jedenfalls.

Popatnig, der Obiltschnig mit einem charakteristischen Blick noch einmal wissen ließ, dass er eben recht behalten hatte, klatschte Applaus in die Richtung der beiden Pedruzzos. »Das muss man euch lassen, ihr habt echt ein starkes Stück geliefert.«

Der Triumph in den Augen der beiden währte nur kurz. Er wurde mehr und mehr durch Angst ersetzt. »Was ... geschieht jetzt mit uns?«, wollte Sonja schließlich wissen. Sie suchte unter dem Tisch Vitos Hand, der sie ergriff. Obiltschnig entging die Geste nicht, und er gestand sich ein, dass sie ihn rührte. »Fassen wir zusammen«, sagte er schließlich, »ihr habt einen alten Quacksalber zum Narren gehalten, eure Freunde und Verwandten glauben lassen, sie sei tot, und so ganz nebenbei eine Versicherung um eine Viertelmillion betrogen. Richtig soweit?«

Sie blickten betreten zu Boden und nickten beinahe unmerklich.

»Ich kann an dieser Stelle nur für mich selbst sprechen. Kollege Popatnig wird sich anschließend sein eigenes Urteil bilden, nehme ich an. Und was mich betrifft«, in demonstrativer Langsamkeit griff er zum Grappa und leerte das Glas ohne die allergeringste Hast. Obiltschnig genoss den Moment der Spannung, in der alle, selbst Popatnig, den Atem anhielten in der nervenzehrenden Erwartung dessen, was er nun gleich verkünden würde. Er ließ sich Zeit, das Glas wieder auf den Tisch zu stellen. Dann fuhr es sich mit dem Handrücken über den Mund, ließ den Geschmack des Tresterbrandes seine volle Wirkung entfalten und lehnte sich schließlich auf seinem Stuhl zurück, wobei er seine Hände über seinem Bauch faltete. »Was also mich betrifft, so ist es letztlich eure Sache, ob und warum ihr Menschen, die euch teuer, lieb und wert sein sollten, so vor den Kopf gestoßen habt. Allerdings habe ich gesehen, dass Ihr Vater nicht wirklich um Sie getrauert hat. Und Ihre Freundinnen vom Kurs, ja selbst die Frau Thaler, die waren jetzt allesamt auch nicht in einem Zustand, in der sie psychologische Hilfe gebraucht hätten. Diesen Teil der Geschichte müsst ihr also mit euch selbst ausmachen.« Er blickte kurz auf und deutete auf das leere Glas, das vor ihm stand. »Hätten S' noch einen für mich?«

Vito sprang auf, eilte zurück ins Haus und kam gleich darauf mit der Flasche wieder an den Tisch. Obiltschnig schenkte sich ein. »Den Kurpfuscher schenk' ich euch. Ich habe mit dem telefoniert, und der ist in der Tat ein unguter Patron. Bleibt euer Verbrechen nach Paragraf 147 Strafgesetzbuch. Da steht klar und deutlich geschrieben, wenn die Schadenssumme 5.000 Euro übersteigt, der Strafrahmen bis zu fünf Jahren Freiheitsstrafe vorsieht.« Er sah die beiden streng an. »Und dabei habt ihr noch Glück. Ab 300.000 sind es nämlich bis zu zehn Jahren.«

Der Schrecken stand den beiden deutlich ins Gesicht geschrieben. »Einmal ganz abgesehen davon, dass ihr die Versicherungssumme natürlich zurückgeben müsst«, setzte er nach. Gleich darauf beugte er sich vor: »Wie habt ihr euch das eigentlich vorgestellt? Die Sonja ist ja offiziell tot. Welche Identität soll die denn haben in der Zukunft?«

Vito brauchte eine Weile, bis er die Frage inhaltlich erfasste. »Das wäre das geringste Problem«, murmelte er gedankenversonnen, »mein Cousin Ciccio, Girolamos Bruder, ist Katasterbeamter hier in Trapani. Der stellt uns ohne Probleme einen Pass für Sonja Pedruzzo aus.« Obiltschnig nickte anerkennend. »Aber wie gesagt«, erklärte er dann aufgeräumt, »der Betrug bleibt.«

Die Finger der beiden krampften sich aneinander.

»An einer Versicherung ...«, wiederholte Obiltschnig gedehnt, ehe er den Blickkontakt zu Popatnig suchte. »Wie geht der Spruch vom Dorfer über die Versicherungen? Wenn die wirklich für die Menschen da wären, dann würden die in Zwei-Mann-Zelten hausen und nicht in Glaspalästen.« Erstmals entkam ihm ein Lächeln. Sonja und Vito sahen sich unsicher an.

Obiltschnig nahm das Grappaglas und hielt es gegen die Sonne. Betont interessiert betrachtete er die Spiegelungen, die sich daraus ergaben. »Hab ich euch eigentlich erzählt, dass ich mit meiner Frau nächstes Jahr Urlaub auf Sizilien machen möchte?«

Die beiden schienen die Anspannung kaum mehr zu ertragen, und auch Popatnig befand, Obiltschnig habe sich lange genug einen Spaß mit den Italienern gemacht. »Komm zum Punkt, Sigi. Um unser aller willen.«

Beinahe ein wenig enttäuscht stellte er das Glas wieder ab. »Man wird doch noch ein bisschen träumen dürfen«, sagte er trotzig. Um dann abrupt fortzufahren: »Wann geht unser Flieger?«

»Um 20 Uhr.«

Der Bezirksinspektor wandte sich wieder an Vito. »Wann sperrt der Laden hier auf?« Der konsultierte seine Uhr. »Eigentlich jetzt«, entgegnete er matt.

»Fein. Dann bringen Sie mir eine *Calzone*.« Er drehte sich zu Popatnig. »Was willst du?«

»Eine *Diavolo*. Die scheint mir angesichts der Situation passend.«

»Sie haben es gehört. Mir ein Viertel Chianti, für den Buben einen Softdrink. Immerhin muss der noch fahren.«

Vito ließ seine Augen fassungslos von einem Ermittler zum anderen wandern. »Sie meinen das ... ernst?«

»Na aber sicher! Wenn ich schon einmal auf Sizilien bin, dann will ich etwas Ordentliches essen, ein gutes Tröpfchen trinken und anschließend noch ein bisschen die Sonne genießen, ehe ich wieder zum Flughafen fahre. Mit dem Ferdi.«

Popatnig hatte es schon seit dem Hinweis auf sein eigenes Urteil geahnt. Nun war es de facto ausgesprochen. Und er wusste nicht, was gegen Obiltschnigs Entscheidung sprechen konnte. Letztlich war niemand zu Schaden gekommen außer einer geldgierigen Versicherung, die sicher weitaus mehr Menschen ins Elend gestürzt hatte, als Vito und Sonja es je vermögen würden. Welchen Grund sollte er da haben, sich zum Richter aufzuspielen. Vor allem, weil der Fall ja seit Wochen gar keiner mehr war. Ambros würde stillhalten, und der Rest der Truppe interessierte sich ohnehin nicht dafür. Also sollte es an ihm auch nicht scheitern. »Bringen Sie mir eine Schale mit Wasser, ich muss dringend Pontius Pilatus spielen«, gluckste er, sich darüber amüsierend, dass niemand am Tisch seine Anspielung verstand.

Es war kurz nach 14 Uhr, als sich Obiltschnig und Popatnig zum Aufbruch rüsteten. Die Pedruzzos trauten dem Frieden immer noch nicht. Obiltschnig trat an die beiden heran. »Ihr Vater ist ein wirklich schauderhafter Mensch. Aber Ihre Mutter grämt sich ehrlich und aufrichtig Ihretwegen. Beizeiten sollten Sie sie vielleicht verklausuliert wissen lassen ... aber das müssen Sie selbst wissen, denn je mehr Personen mitbekommen, dass Sie eigentlich noch leben, desto größer ist die Gefahr, dass Ihr kleines Geheimnis doch noch gelüftet wird. Ich kann Ihnen nur sagen: Von uns erfährt es keiner.«

Wahrscheinlich konnte man den Stein, der ihr vom Herzen fiel, noch in Syrakus hören. Umständlich setzte sie zu Dankesworten an, doch Obiltschnig winkte einfach ab. »Belassen wir es dabei«, meinte er nur, um dann Vito zu fragen: »Wie viel bin ich schuldig?« Der stammelte etwas von es ginge aufs Haus. Obiltschnig zwinkerte Popatnig zu. »Der ist echt nett, der Onkel Calogero. Lädt uns da ein, obwohl er uns gar nicht kennt.« Er richtete sein Jackett und dann zum letzten Mal ein Wort an Vito Pedruzzo: »Ich würde Ihnen normalerweise jetzt die Hand geben, aber irgendwo hat die Scheinheiligkeit auch ihre Grenzen. Daher Gott befohlen.« Er legte den Zeigefinger an die Stirn und ging ohne weitere Regung zum Wagen. Popatnig sah die beiden noch kurz an, nickte sodann und schloss zu seinem Kollegen auf. Kurz wirbelte Straßenstaub auf, als Popatnig das Gaspedal durchtrat, und wenige Augenblicke später war das Auto hinter einer Hügelkuppe verschwunden.

V.
WEIHNACHTEN

Erwartungsgemäß hatte sich kein Mensch um ihre temporäre Abwesenheit gekümmert. Auch fragte sie niemand nach einer allfälligen Causa Pedruzzo. Alles ging seinen gewohnten Gang, zumal alle Welt damit beschäftigt war, alles Mögliche für das Weihnachtsfest zu organisieren.

Obiltschnig war mit seinen Geschenken, die er für Resi besorgt hatte, ganz zufrieden. Das Parfum, so hatte ihm die Verkäuferin versichert, sei der absolute Favorit bei den Frauen, das Abendkleid, sündteuer zwar, aber dennoch elegant, schien wie gemacht für besondere Anlässe, und zusätzlich hatte er noch einen Liebesroman erworben, der in Triest spielte, sowie einen Erzählband von Leonardo Sciascia, der Resi gleichsam auf den gemeinsamen Urlaub auf Sizilien einstimmen sollte.

Gleich nach dem Frühstück hatte er damit begonnen, den Baum zu schmücken, mit dem er sich, wie Resi anerkennend bemerkte, selbst übertroffen hatte. Sie tranken Kaffee, aßen ein paar Weihnachtskekse und warteten darauf, dass es Zeit für die Bescherung wurde. Obiltschnig verkürzte sich diese, indem er Popatnig anrief, um diesem ein frohes Fest zu wünschen. Ganz gegen seine Art wirkte der etwas nervös.

»Was hast denn?«, fragte der Bezirksinspektor mitfühlend.

»Ach, es ist unser erstes gemeinsames Weihnachtsfest, und ich hab ein bisschen Angst, dass ich es versemmle. Ich meine, wir sind jetzt schon über drei Monaten ein Paar, solange war ich mit niemandem mehr zusammen seit der Gretl damals in der vierten.«

»Na ja, das ist doch ein gutes Zeichen. Wirst sehen, am Ende werden wir doch eine Kärntner Hochzeit haben, und danach Herrn Ferdinand und Frau Niki Popatnig.«

»Ingrid.«

»Wie bitte?«

»Schon vergessen? Sie heißt eigentlich Ingrid. Niki ist nur …«

»Ihr Künstlername, ich weiß. Klingt auch besser. Apropos klingen. Ich glaub, bei uns klingt bald das Glöckchen. Also genieß es. Du wirst sehen, das wird dein schönstes Weihnachten seit 1999.«

»Wenn du es sagst! Dir auch frohe Weihnachten, Sigi. Und alles, alles Gute!«

Eine Stunde später tröstete Resi einen traurig dreinschauenden Obiltschnig. »Das mit dem Parfum hast ja nicht wissen können. Aber du hattest buchstäblich den richtigen Riecher.« Sie lächelte. »Und es verdirbt ja nicht. Ich werde einfach zuerst deine Flasche verwenden und danach die, die ich mir selbst gekauft habe.« Sie streichelte sanft seinen Oberarm. »Und das Kleid kann man ja umtauschen. Wirst sehen, die haben sicher haargenau dasselbe in meiner Größe.« Sie lächelte zärtlich. »Außerdem ist es ja süß, wenn du mir noch so eine gertenschlanke Figur zutraust. Das ist mir viel lieber, als wenn du mit einer Übergröße angetanzt wärst.« Sie küsste ihn auf die Stirn. »Und mit den Büchern liegst du goldrichtig. Auf die freue ich mich schon. Sehr sogar.« Und noch einmal berührten ihre Lippen seine Stirn.

»Habe ich dir eigentlich schon gesagt, dass ich deine Aktion mit den Pedruzzos als sehr charmant empfunden habe? Ich finde, du hast genau richtig gehandelt. Das wollte ich dir eigentlich schon damals sagen.«

»Findest du?«

»Unbedingt. Was hätte es gebracht, den beiden die Zukunft zu verbauen? Immerhin haben sie niemandem persönlich geschadet, und so eine Versicherung, ja mei, die steckt so etwas sowieso weg. So wie ich die kenne, schreiben die das einfach von der Steuer ab und aus.«

»Ja, das dachte ich mir eben auch. Außerdem hatte es diese Sonja ohnehin nie leicht. Also soll sie wenigstens jetzt glücklich werden.«

»Eben. Weil, wir sind es ja schon. Glücklich, meine ich.« Resis Lächeln erhellte ein weiteres Mal den Raum. »Wir haben nämlich wirklich ein Glück mit uns, findest du nicht?« Er nahm sie in den Arm und küsste sie. »Und ob«, erwiderte er, »und ob.«

Knapp 20 Kilometer weiter nördlich erbebte Nikis Wohnung in kurzen Abständen von lautstarken »Jös« und »Ahs«. Jedes Geschenk, das Popatnig hervorzauberte, löste weitere Begeisterungsstürme von Niki aus. Sie sprang ihm buchstäblich um den Hals, drückte ihn ganz fest an sich, während sich ihre schlanken Beine um seine Körpermitte schlangen. »So lieb wie du war überhaupt noch nie jemand zu mir.« In kürzester Folge drückte sie Dutzende Küsse auf seine Wangen. »Du bist mir das Liebste auf der ganzen weiten Welt«, schnurrte sie. Und als sie spürte, dass Popatnig Mühe hatte, sie länger zu halten, glitt sie langsam wieder zu Boden. »Soll ich das da gleich anprobieren?« Popatnig nickte erfreut.

Sie entschwand in Richtung Badezimmer, schon unterwegs ihren Pulli abstreifend, sodass sie mit nacktem Oberkörper vor dem Spiegel ankam. Dort fiel auch der kurze Rock, der bis zu diesem Zeitpunkt ihre Taille umhüllt hatte, sodass sie nur noch einen Slip und die seidenen Strümpfe am Leibe trug. Kurz lugte sie aus dem Badezimmer hervor. »Oder soll ich lieber so bleiben«, neckte sie ihn. »Später, mein Schatz, später«, erwiderte er mit begeisterter Miene.

Niki verschwand wieder im Bad und war damit beschäftigt, die neue Kollektion anzulegen. Als alles am richtigen Platz war, stolzierte sie wie ein Model am Laufsteg zurück zu Popatnig und drehte sich dabei verführerisch. »Na, was sagst? Gefalle ich dir?«

Popatnig antwortete nicht.

Vielmehr griff er in seine Hosentasche und holte ein kleines Etui hervor, das nicht verpackt war. Er öffnete es, und sein Inhalt blitzte im Licht der Christbaumkerzen auf. Popatnig ging auf die Knie und hielt den Ring unter Nikis Gesicht. »Willst du mein Glück vollkommen machen?«, fragte er mit belegter Stimme.

Niki stand da und sah Popatnig lange an. Mit einem Ausdruck, der voll war von unendlicher Zuneigung und überbordender Liebe.

ENDE

Alle Bücher von Andreas Pittler:

Kriminalromane:
Mischpoche
ISBN 978-3-8392-0051-3

Wiener Bagage
ISBN 978-3-8392-1625-5

Die Spur der Ikonen
ISBN 978-3-8392-2040-5

Bronstein
ISBN 978-3-8392-2436-6

Kärntner Finale
ISBN 978-3-8392-0362-0

Kärntner Ritterspiel
ISBN 978-3-8392-0603-4

Kärntner Hochzeit
ISBN 978-3-8392-0791-8

Historische Romane:
Der göttliche Plan
ISBN 978-3-8392-1821-1

GMEINER SPANNUNG

WWW.GMEINER-VERLAG.DE
Wir machen's spannend